通俗

大众视野与文类实践

罗 萌 著

上海人民出版社

目录

第一章　绪论

第一节　印刷文化与通俗视野

新世纪以降，清末民初的印刷文化一度成为学术热点，并为中国现代文学研究带来对象和方法论层面的拓展。研究者已经充分注意到，在十九世纪末到二十世纪初的中国，印刷工业的发展、公众阅读市场的开发和开放，往往和文化/政治领域的重新规划互相缠绕。实际上，这样的观点一定程度呼应了西方研究界的经验之谈。在《想象的共同体》一书中，本尼迪克特·安德森（Benedict Anderson）重点针对西欧情况，强调了十八世纪以来，报纸和小说在塑造大众的"民族国家"观念方面扮演的突出角色。[1] 类似地，哈贝马斯（Jürgen Habermas）认为，在十八世纪欧洲，"杂志"作为重要的大众媒介形式和公共平台被创造出来，它是一种"面向观众的对私人性的制度化"[2]，伴随着市民社会的兴起，促进了"公共领域"（public sphere）的形成和转型。"想象的共同体"（imagined community）和"公共领域"等概念均凸显了印刷资本主义的建构性力量，尽管它们侧重不同：前者强调了印刷工业的扩展对民族主义的培养作用，后者则指向

---

① Benedict Anderson, *Imagined Communities : Reflections on the Origin and Spread of Nationalism* (New York : Verso, 1991), pp.24—25.

② Jürgen Habermas, *The Structural Transformation of the Public Sphere : An Inquiry into a Category of Bourgeois Society*, trans. Thomas Burger (Cambridge, MA : MIT Press, 1991), pp.41—43.

挣脱国家控制发展起来、体现舆论和公众关怀的社会领域。

这些年来，上述理论不断被中国研究界吸收采纳；而对它们的具体使用，则体现出西方理论概念进入中国语境过程中所经历的调整和重述。芮哲非（Christopher A. Reed）在他关于中国印刷工业（1870—1930年代）的专著①中，重新定义了中国背景下的"印刷资本主义"。他注意到，十九世纪末到二十世纪上半叶之间，中国的出版运营与同期的西方情况不一样，"编辑、印刷和发行是在同一屋檐下统一完成的"②。很大程度上，这一状况倚赖的是传统印刷文化和传统商业的综合效应。而早在现代印刷资本主义进入上海、促使其发展成为现代中国出版业重地之前，两者业已存在。书籍印刷与文人之间的紧密联系使中国报人有机会在与现代商业打交道的过程中保存他们的文化价值和文人理想。另外，资本、机器和文人之间的斡旋说明，被描述为"普遍"和"中立"的技术，在向特定社会传播的过程中，由于使用者的主观能动性发挥作用，会产生非普适的使用效果。类似的观察体现在孟悦的研究中。她考察了商务印书馆自晚清开始的编译工作，在描绘现代中国印刷工业的"跨国"特征之余，同样强调"译者"能动性的影响。她指出，翻译 / 再译不应该被看作单纯的"输入"行为（importation）；相反，它的吸纳力和包容性极强。译者和编辑总是保留策略制定上的主动，关照着本土文化需要，呼应着国家政治局面的切实性。孟悦提出，这种由"编译"实践带来的"符号现代性"（semiotic modernity）可以转化为"一种具备对抗现代霸权潜力的符

---

① Christopher A. Reed, *Gutenburg in Shanghai*：*Chinese Print Capitalism, 1876—1937*（Vancouver：The University of British Columbia Press, 2004）.

② Ibid., p.265.

号交互作用（semiotic interaction）"。①

在《文化、资本与想象的市场的诱惑》（"Culture, Capital, and the Temptations of the Imagined Market: The Case of the Commercial Press"）② 一文中，胡志德（Theodore Huters）将商务印书馆作为中国早期印刷工业的代表。他认为，1920 年之前，商务印书馆的运营应该被视为传统文人文化的延续，从中体现出他们重建智识权威的努力，但也表明了一种持续性的"大众市场与试图监管市场的高等教育者之间的分裂"。③ 以这一"分裂"为前提，意味着，对当时这些投身出版业的知识分子来说，他们"想象的市场"，与日益发展的工商业城市的实际需求相悖。这样的前提下，就"想象的共同体"这一引入概念的在地化表意而言，"更准确地说，它测绘出（清末民初）中国国家机器的脆弱"。④ 胡志德的阐释，实实在在地体现了西方术语进入中国语境过程中具有生产性价值的意义偏离现象：从晚清到民国，发生在中国的"想象"过程更多意味着"分解"的症候，以及由此产生的"重建"必要，而非一次全新的"建立"。在对梁启超的"新民"和"群治"两个重要概念的讨论中，陈建华同样重新定义了"想象的共同体"。他认为，中国大众是被现代媒介的到来"唤醒了"国族想象这种说法并不合适。和欧洲不同，中国人的

① Meng Yue, *Shanghai and the Edges of Empires* (Minneapolis: University of Minnesota Press, 2006), pp.31—61.

② Ted Huters, "Culture, Capital, and the Temptations of the Imagined Market: The Case of the Commercial Press," in *Beyond the May Fourth Paradigm: In Search of Chinese Modernity*, ed. Kai-wing Chow, Tze-ki Hon, Hung-yok Ip, and Don C. Price (Lanham: Lexington Books/ Rowman and Little Fied, 2008), pp.27—49.

③ Ibid., p. 45.

④ Ibid., p.44.

民族国家意识是在汉字传统以及抵抗外敌的漫长岁月中形成的。然而，在19世纪晚期世界观念的影响下，"中国性"陷入危机。此时此刻，面对帝国主义势力和现代霸权的挑战，探寻"新的"、理想的国民身份，寻求单一民族国家范式，成为中国知识分子的现代使命。①

李海燕（Haiyan Lee）的研究着重讨论了"鸳鸯蝴蝶派"作品如何以通俗语言表述"道德"："鸳鸯蝴蝶派在寻求普适性的同时，保持立足于特殊性，正是这样，他们的共同体叙事才得以维系。"② 在她的论述语境中，对"公共领域"概念的使用显得比较弹性，这实际上借鉴了克雷格·卡尔霍恩（Craig Calhoun）的观念。卡尔霍恩指出，"公共领域并不意味着预设一个关于私人身份和私人事务的前政治领域——以此为基础，市民阶级得以兴盛，并非如此"。③ 事实上，私人主体性的成形可以由公共生活本身（尤其在文学领域）来完成。在这一过程中，公共/私人、社会/个体之间的分界线被超越了。李欧梵在《批评空间的开创——从〈申报·自由谈〉谈起》④一文中，探讨了从晚清到民国，"批评空间"在报纸中的产生和发展。从另一个角度出发，此文完成了"公共领域"概念在中国语境中的重置。与哈贝马斯的做法类似，李欧梵非常关注报纸专栏。然而，从一开始，他就

① 陈建华：《从革命到共和：清末至民国时期文学、电影与文化的转型》（桂林：广西师范大学出版社，2009年），第77页。

② Haiyan Lee, "All the Feelings That Are Fit to Print: The Community of Sentiment and the Literary Public Sphere in China, 1900—1918," *Modern China* 27（2001）: 310.

③ Ibid., p.297.

④ 李欧梵：《批评空间的开创——从〈申报·自由谈〉谈起》，选自《批评空间的开创——二十世纪中国文学研究》（王晓明编，上海：东方出版中心，1998年），第101—117页。

否认中国存在"市民社会"。与此同时，他启用"公共空间"(public space)，用来取代"公共领域"(public sphere)。①"市民社会"的概念是哈贝马斯理论的前提，但这篇论文的讨论中，它被搁置了。在另一篇跟汪晖合作的文章里，李欧梵明言道，中国语境中，使用"公共空间"要比"公共领域"更为合宜。因为，对于当时中国的"所有权"状况而言，用"领域"来做能指，过于板正，也显出过多资产阶级色彩。② 相较而言，"空间"在成分上更混杂，在进入门槛方面，也不那么严格。

清末民初中国印刷文化的在地化发展及其蕴含的建构性能量值得进一步发掘。除了宏观的民族国家观念，借用"想象的共同体"来描述和解释印刷媒介对于相对微观的文学文化共同体意识的生产作用，同样是有效的。晚清民国期间的出版物形式丰富，包括书籍、报纸、期刊和小报等，其中文学类出版物内容取向多样。考虑到生产者和读者群体的具体性和多层次化，理应为考察以印刷媒介为平台的"共同体"建构和公共空间营造开拓更加多维的视角。胡志德和芮哲非的研究均以商务印书馆为例，强调了中国现代印刷工业早期阶段的传统精英主义倾向。此外，李欧梵在《文学界的出现》一文中，以"《新青年》创刊前二十年"的上海出版业为切入点，为理解文学革命的生产图景铺设了物质化的历史语境，呈现了"文学圈子"/社团与出

---

① 李欧梵：《批评空间的开创——从〈申报·自由谈〉谈起》，选自《批评空间的开创——二十世纪中国文学研究》，第 101 页。

② Wang Hui, Leo Ou-fan Lee and Michael M.J. Fischer, "Is the Public Sphere Unspeakable in Chinese？Can Public Spaces (*gonggong kongjian*) Lead to Public Spheres？" *Public Culture* 6.3 (1994)：597—605.

版机构之间的有机联结。① 许纪霖的《都市空间视野中的知识分子研究》旨在考察"思想和社会互动关系中的知识分子"②,并纳入"都市空间"这一兼具物理属性和符号属性的研究视野。总的来说,都市维度下不同层面的空间关系(现代的文凭身份等级、意识形态认同和都市地域文化)与传统的宗亲关系、同乡关系共同作用,形塑了作为出版业生产者的都市知识分子的交往网络和团体认同。③ 而这一研究的主要方法论来源——卡尔·曼海姆(Karl Mannheim)在其针对知识分子角色的研究中强调"知识阶层"的松散和弹性:"显而易见的是,知识阶层并非一个阶级,也无法组成一个政党,其行动也不会步调一致。这些尝试必定失败,因为政治行动主要依赖于共同利益。而相比其群体而言,知识阶层更缺少共同利益。没有哪个阶层比知识阶层更缺少目的专一和团结一致。"④ 他把知识阶层描述为"一个处在阶级与阶级之间的空隙中的阶层",可能会体现出阶级的清晰位置,但往往并不以单一视角看待问题,和其他人群相比,具有更多的潜在的易变性。⑤ 以这一观点为启发,观察民初出版市场,可以看到,日益扩容的知识阶层带来了出版物类型的多样化,进而促生以出版机构为依托的多元化"圈子"。与此同时,"圈子"不意味着恒定的联结关系,圈子与圈子之间,也不必要泾渭分明,而是随着整体文化生产氛围的发展和变化,呈现出相对弹性、自发的流变轨迹。

---

① 李欧梵:《文学界的出现》,选自《20 世纪中国知识分子史论》(许纪霖编,北京:新星出版社,2005 年),第 324—343 页。
② 许纪霖:《都市空间视野中的知识分子研究》,选自《20 世纪中国知识分子史论》,第 427 页。
③ 同上,第 432—434 页。
④⑤ 卡尔·曼海姆著,徐彬译:《卡尔·曼海姆精粹》(南京:南京大学出版社,2002 年),第 172—173 页。

通俗:
大众视野与文类实践

清末民初，随着市场的扩张、成本的降低以及文人职业化趋势的普遍化，更多中等教育程度、背景不同的青年人进入报刊出版业，为进入社会流通的文化价值以及文学风格的转型和分野带来重大影响。以文学史为经纬，可以看到为数众多用以标记"团体"的概念，借由不同种类的具体出版物变得可触可见。但与此同时，如前所述，差异化的"共同体"之间未必界线分明，相反，可以观察到重叠与分化的并存，以及边界的浮动游离——无论在意识形态关怀、文学志趣、文化价值还是经营策略方面都是如此。因为，首先，所有文化群体都受惠于一个可共享的时代知识资源库，并且，这些文化群体均参与到整体知识体系的发展壮大之中。重叠与分化的并存营造出强烈的对话性，这种对话关系是非常值得深入探讨的主题。从一〇年代中期到二十年代初，通俗文学出版经历了空前的繁荣，伴随着它的兴盛和传播，通俗文学与其他文化力量之间的对话也不断展开，值得进一步关注和考察。

近年来，二十世纪早期的通俗文学一度成为研究热点。林培瑞（Perry Link）的《鸳鸯蝴蝶：二十世纪早期中国城市通俗小说》（*Mandarin Ducks and Butterflies: Popular Fiction in Early Twentieth-century Chinese Cities*）是这一领域内较早的专著。他考察了一〇年代到三十年代间的"鸳鸯蝴蝶派"小说，其中大多数发表在文学杂志和报纸专栏上。林培瑞提出，一〇、二十年代"鸳蝴"小说（林培瑞用"鸳蝴"来通称二十世纪早期中国"现代风格的消遣小说"）的繁荣是在特定"世界背景"下发生的。照他的说法，这一繁荣一定程度上取决于工业革命成就的全球蔓延。[1] 这里，林培瑞实际上借鉴了伊

---

① Perry Link, *Mandarin Ducks and Butterflies: Popular Fiction in Early Twentieth-century Chinese Cities* (Berkeley: University of California Press, 1981), p.8.

恩·瓦特（Ian Watt）关于小说在十八世纪英国兴起的观点，认为阅读大众规模的扩大得益于制造业的发展、印刷成本的降低、识字率的提高以及休闲时间的增多（有了周末），这一切，都是工业革命的无孔不入带来的。[①] 林培瑞注意到，从一〇年代到二十年代，除了中等阶层之外，为数不少的劳工阶层也加入了阅读者的行列。[②] 这些新型读者的加入，以及相应的满足他们"需求"的必要性，促进了小说写作的通俗化。大体上，林培瑞把通俗小说定位为知识、新闻和时尚的称职传播者，为大众的日常趣味和道德价值服务，"让人们自我感觉良好"。[③] 周蕾（Rey Chow）犀利地指出，林培瑞的方法"在无意识中产生了帝国主义效果"。[④] 在聚焦"鸳蝴"作品"知识性"的眼光之下，"'鸳蝴'小说多多少少因此被中性化了，成为透明的资料，向我们提供那一时期的'事实'"，因为，总的来说，在林培瑞的描述中，小说的功能被分成两大类："检验新观念和消遣娱乐"。[⑤] 其结果是，不带批评地把通俗文学当作某种原材料或社会学知识来阅读，这种企图"不可避免地同文学的不透明性或建构性问题发生冲突"。[⑥]

周蕾的批判发人深省，其价值不仅在于揭示了林培瑞观点的简单

---

① Ian Watt, *The Rise of the Novel: Studies in Defoe, Richardson, and Fielding* (Berkeley: University of California Press, 1957), pp.42—47.

② Perry Link, *Mandarin Ducks and Butterflies: Popular Fiction in Early Twentieth-century Chinese Cities*, p.6.

③ Rey Chow, "Mandarin Ducks and Butterflies: An Exercise in Popular Readings," in *Woman and Chinese Modernity: The Politics of Reading between West and East* (Minneapolis: University of Minnesota Press, 1991), pp.34—83 & 235.

④ Ibid., p.47.

⑤ Ibid., pp.47—48.

⑥ Ibid., p.50.

化，更重要的是，它揭破了当前通俗文学研究中常见的盲点：研究者们把大量注意力和精力投注在那些被正统的中国现代文学史忽视甚至拒之门外的"通俗"作品上，而具有讽刺意味的是，不少已有实践，最终反而让这些作品再次被压抑了。它们得到貌似中肯的评判，但实际上，这些评价仍然潜在包含偏见。举个例子，丹妮丝·吉姆佩尔（Denise Gimpel）关于《小说月报》的研究 [1] 考察了该刊从 1910 年到 1914 年初的出版情况。她的论述涉及短篇小说、各种各样的广告等，还包括封面图案。不过，她似乎并不打算在不同的内容类型之间做出多少区分，鉴于她几乎一视同仁地把它们看作"对新思想不拘一格的追求"的体现。[2] 吉姆佩尔不同意通俗杂志编辑和作者们是在"玩世"（这一形容发自新文学作家）——即只偏爱和生产那种感情用事的消遣作品。可她同样不认为他们是专业作家。[3] 吉姆佩尔努力试图勾连杂志出版与社会改革，建构起一个呈现不同文化生产群体之间互动关系的社会网络。活跃其中的通俗作家可能在多领域里有所建树（商业、政治、医学等），而在一〇年代，像《小说月报》这样的通俗杂志，为信息传达和社会改革期望的表达提供了平台。通过强调那些作者的"多面手"/"改革者"角色（而不是作家身份），吉姆佩尔基本上把一〇年代初期的《小说月报》看作"反映"的舞台，而非"创作"。

贺麦晓（Michel Hockx）的《风格问题：现代中国的文学社团和文学杂志，1911—1937》(*Question of Style*：*Literary Societies and*

---

① Denise Gimpel, *Lost Voices of Modernity*：*A Chinese Popular Fiction Magazine in Context*（Honolulu：University of Hawaii Press，2001）.

② Ibid., p.175.

③ Ibid., p.184.

Literary Journals in Modern China，1911—1937）^①也是关于二十世纪早期多样化文学实践的一部有影响力的专著。贺麦晓把文学社团之间的斗争总结为"风格"竞争。他关于"风格"的诠释，实际上是把这一斗争中性化地处理为单纯的艺术取向上的差异。他给出大量的材料和数据，对那一时期的不同社团的实践进行了细节化的、"不偏不倚"的描述；在此过程中，不难发现，作者有意识地回避了带有意识形态色彩的"革命""通俗""精英"等词汇。这样，他将五四正典去中心化，继而使整个"文学场域"呈现为多极化的局面。贺麦晓的尝试看似是突破性的，然而，实际上，它牺牲了文学实践的意识形态价值，而且，是有意地无视。这样的处理是有问题的——在阅读／重读现代中国文学史的过程中，意识形态意义价值丰富，永远无法在分析中被避免。

以上我们大致观察到两种通俗文学研究方法：一种重在标榜其知识／信息生产的价值，另一种是去意识形态化。二者都可能为通俗文学戴上新的镣铐。除了海外研究，八十年代以来，中国大陆的通俗文学研究也收获颇丰。作为近现代通俗文学研究在当代学术场域的重要奠基者，范伯群的《中国近现代通俗文学史》百科全书般地对"通俗流派"展开了收集和分类。该书强调了通俗创作与时代之间的"同步性"，以此对比五四作品的"先锋性"。^②通俗文学不那么激进，更"平易近人"，必然更为普通读者接受和喜爱。同时，在讨论通俗小说的"文学模式"时，范伯群倾向于采纳经过新文学运动洗礼、在

---

① Michel Hockx，*Question of Style：Literary Societies and Literary Journals in Modern China*，1911—1937（Leiden：Brill，2003）.

② 范伯群编：《中国近现代通俗文学史》（南京：江苏教育出版社，1999年），第7页。

现代文学史上充分稳定的术语，譬如"问题小说""革命加恋爱"公式等。[①] 这样的做法一方面是策略性的，旨在挑战五四作家的"专利权"，但同样投射出通俗文学研究者所面对的共同的困局：在对通俗文学历史进行专门性论述的过程中，研究者时常体会到术语方面的空白。

李楠关于晚清民国上海小报的博士论文[②] 从诸多方面来说都颇有贡献。她的研究展现了小报的多种面向，成功证明了小报在城市空间里承担的多元角色：不仅是散播信息的渠道，更是开展建构和重构的潜力空间。依照李楠的描述，"小报文人"并不像现代文学史的主流叙述假定的那样，沉湎于商业利益和日常消遣；事实上，他们探讨的话题广泛，从政治事件到文学论争无所不包。而且，在讨论中，他们提供了独特的视角。小报呈现了一个不一样的"上海"，一个在知识分子叙述中缺席的"上海"。李楠用两个短语来阐明两种区别化的"上海"形象："夜上海"和"拥挤的上海"。前者在来自不同意识形态阵营的知识分子话语中被频繁使用——可能出于批判，也可能出于迷恋，李楠分别列举了左派、新感觉派和京派的例子。而"拥挤的上海"，是经过小报书写才得以充分塑形的。前者仅仅是"表象"，后者才指向城市生活的实质。[③]

历史学家卢汉超的《霓虹灯下》(*Beyond the Neon Lights*) 微观地呈现了上海的日常，尤其是中下阶层的生活。[④] 而在文学研究领域，

① 范伯群编：《中国近现代通俗文学史》，第 278 页。
② 李楠：《晚清、民国时期上海小报研究：一种综合的文化、文学考察》（北京：人民文学出版社，2005 年）。
③ 同上，第 144—146 页。
④ Lu Hanchao, *Beyond the Neon Lights: Everyday Shanghai in the Early Twentieth Century* (Berkeley: University of California Press, 1999).

迄今为止，专注于揭示广大中眉／低眉（middlebrow/lowbrow）文本空间的生产力的研究依然较为有限。李楠的论文旨在从小报的流通中构造起"市民话语"，可以说颇具雄心。对她而言，"市民话语"充分植根于"世俗价值"，有能力从主流政治意识形态和精英话语脱离出来，自成形态。[①] 李楠的观点具有启发性，但从另一个角度讲，她的研究同样体现出微妙的预判：李楠终究把小报文学限制在"世俗"甚至粗俗的限度之内。比如，在她的描述里，从精英话语中脱离，几乎意味着向美学创新告别。显然，她对通俗作家在文学变革方面作为的评价并不积极，认为即便有时候，他们试着做些新尝试，但在文学形式方面，他们始终是缺乏意识的。[②] 此外，另一些已有研究，为了标榜"通俗"价值，倾向于假设"市民话语"是"独立的"，这一点同样需要商榷。事实上，塑造小报文学，甚至"通俗文学"在整体意义上的"独立"形象，既不够有说服力，也没有必要，盖因通俗文学创作往往是在与其他社会行动的交互作用下发生的。尤其在与主流意识形态和更为精英的知识运动的互动中，通俗实践表现得相当活跃。这类互动恰恰是最有趣的：它们往往并非表现为单方面的"给予"或"获取"，多数时间呈现为一个包含接受、借鉴、抵抗、回应和挪用的过程。

回到"鸳鸯蝴蝶派"这一历史标签——它来自五四知识分子的"加持"。在为通俗文学命名的同时，他们批判对方的粗俗、拜金和玩世——双方的论争集中在二十年代初。对通俗文学的严厉批评最终被吸纳为中国现代文学史叙事的一部分，即使通俗文学已经日益得到重

①　李楠：《晚清、民国时期上海小报研究：一种综合的文化、文学考察》，第152页。
②　同上，第239页。

新发现，成为近三十年来的热点话题之一，历史成见依然持续影响着当代的判断。另外，从前文综述可见，即使出于为通俗文学辩白的目的，很多研究在某种程度上依然有意无意地跟从着历史的批评论调。比如说，相比五四时期知识分子指责"鸳鸯蝴蝶派"为"消遣""玩世"，一些研究可能采用相对中立的口吻，强调通俗文学为市民提供了很好的休闲活动，投合了普通人的兴趣和品位，"让人们自我感觉良好"，这两种评价看似一正一反，其实非常接近。另一些研究者依然坚持把通俗作者预先判定为"非专业"作家，无论是由于作者能力不足，还是缺乏前提性的思想关照，总之，难以在现代文学创作历史上留下什么痕迹。另一方面，视通俗文学为"无政治意味的"，带来了另一种刻板观念。贺麦晓把二三十年代的文学社团活动笼统地描述成一个争相取得文学场域内优势位置的过程，而把意识形态差异引起的激烈斗争旁置。这种"去意识形态化"的方法对于中国现代文学领域毫不适用，因为意识形态因素始终存在，始终在一定程度上驱动着所有创作行为。

因此，不管是通俗作品的文学和美学价值，还是意识形态关照，都值得深入关注。实际上，这两方面常常彼此缠绕，鉴于后者往往具体地体现在文学创作的形式革新和叙事建构之中。对以往研究的回顾促使我们思考开拓通俗文学研究新的可能性。如何重新定位二十世纪初的通俗文学出版？"重新定位"又能为现代中国文学史带来什么样的丰富和补充？带着这些问题，本研究尝试展开考察。研究主要包含两个历史情境中的关键词，其一是"短篇小说"，其二是"礼拜六"。

第二节　短篇小说

清末"小说界革命"以降，小说创译繁荣，其中，"短篇小说"作为一种新兴文体形式，从翻译异域文本开始，继而带动本土创作，迅速上升成为最重要的报刊文体之一。范烟桥在《中国小说史》（1927）中提到，陈冷血和包天笑主持的《时报》（1904）上登载小说，除了例行的长篇连载之外，更有"新体短篇小说"，可谓现代中国短篇实践的试水先锋。[1] 根据张丽华的统计，从 1904 年到 1906 年，《时报》共刊登标明"短篇"的作品三十七篇[2]，可以想见，当时，连载小说仍然占据发表的主体。不过，十年之后，形势扭转。《月月小说》首发于 1906 年，为期两年，刊中特设"短篇小说"栏目，与"历史小说""科学小说""写情小说""侦探小说"等专栏并列。所谓"历史""科学""写情""侦探"等名目，显然沿袭了梁启超创办的《新小说》（1902）刊内体例[3]，唯"短篇小说"是新鲜出炉，且无关主题，专以形式为关心。另以《小说月报》为例，出版第一年（1910），翻开杂志，首先看到"长篇小说"栏目，篇幅上远远超过"短篇小说"。逐步地，短篇数量增加，到了 1913 年，长篇、短篇已经平分秋色；此后，后者开始占上风。到了 1914 年，短篇小说已经完成了它在期刊生产领域的制度化进程。以当年开始发行的《礼拜六》为例，每期连载小说一般只有一篇，短篇则有六至八篇，数量上占据绝对优势。而且，除了第一期以外，短篇小说均登载在杂志的最前。另外，从一〇年代开始，无论是杂志还是报纸上，都有不少招募短篇作品投稿的广告。我们可以得出这样的结论：在不到 20 年的时间里，短篇

---

[1] 范烟桥：《中国小说史》（苏州：秋叶社，1927 年），第 259 页。

[2] 张丽华：《现代中国"短篇小说"的兴起》（北京：北京大学出版社，2011 年），第 44 页。

[3] 新小说报社：《中国唯一之文学报〈新小说〉》，选自《二十世纪中国小说理论资料》（第 1 卷）（陈平原、夏晓虹编，北京：北京大学出版社，1989 年），第 42—45 页。原载于《新民丛报》14 号（1902）。

小说作为一种新近被"引进"的叙事文类，已经在日常媒体中得到充分制度化，并成为编辑们偏爱的文体。

"短篇小说"文体似乎与杂志媒介天然相配。从实用的角度出发，可以轻易假定，短篇小说比长篇小说更"适合"期刊生产，也更适合一〇年代中国方兴未艾的大众印刷市场，因为它为出版社和编辑提供了便利——篇幅容易控制。还有，像林培瑞说的，短篇小说可能对城市读者更有吸引力，满足了他们"在有限的时间里获得快感和迅速解答"的需要。[①] 然而，除了实用价值的考量，"短篇小说"的兴起是否体现出新兴文学意识的形成，值得我们进一步发现和探讨？短篇小说的兴盛和制度化是在"小说界革命"的前提下发生的，但梁启超时代主导的期刊文体——连载小说——此时被全面取代了。形式上的转变包含了新的文学特征的形成。短篇小说通常以集中的情节线索、浓缩的视角以及片断式风格为特点，这些特点，均有别于连载小说。就杂志载体而言，短篇小说的特点受制于载体，也催生了别样的写作和阅读理念。

当代美国学者在研究中提出，短篇小说在形式上"内在地"依附于"杂志"形式的规划设计，这一观点可能为我们带来启发。《美国短篇小说的文化与商业》(*The Culture and Commerce of the American Short Story*) [②] 一书中，安德鲁·利维（Andrew Levy）把爱伦·坡（Edgar Allan Poe）在杂志界的成就描述成美国短篇小说的一个"发明"时刻。通过阐明文类塑形和媒介之间的共生关系，利维指出，最

---

① Perry Link, *Mandarin Ducks and Butterflies: Popular Fiction in Early Twentieth-century Chinese Cities*, p.89.

② Andrew Levy, *The Culture and Commerce of the American Short Story* (New York: Cambridge University Press, 1993).

终，是杂志，"容纳了他（坡）的理想文类"。"对坡来说，杂志本身成了交流和人类接触的主要范式：他用期刊流通的模型作为他所提倡的艺术的结构哲学的基础。"①

利维认为，人们看杂志，看完就扔，类似地，短篇小说也是一种可抛弃的艺术品，这意味着一次性的阅读，而且，只阅读一次，但这仅有的一次可以产生巨大的冲击力，是单纯统一的文本效果之下激发的冲击力。② 概括性的"单一效果"，当然来自坡自己关于短篇小说的评论，在评论中，他赞美短篇故事作家的绝顶天才，创造了"效果或印象的统一"③，而短篇小说胜过长篇小说的地方，在于后者"不能被一口气读完，自然地，它丧失了源自总体性的巨大力量"④。坡的"效果之统一"理论对短篇小说创作标准构成重要影响，也最大程度上促进了西方评论者继续展开理论阐述。例如，布兰德·马修（Brander Matthews）所作、著名的"短篇小说的哲学"（"The Philosophy of the Short-Story"，1901）一文，即由坡的观点派生而出。

回到中国。大致从一〇年代开始，一股围绕"短篇小说"的理论兴趣潮流出现了。其中一个得到反复回顾的重要事件是，1918 年 3 月 15 日，胡适在北京大学作了短篇小说主题的讲座。讲座稿日后成文并发表，题为《论短篇小说》。⑤ 文章中，胡适充分凸显"描写事实中最精彩的一段"和"手段的经济"作为短篇小说写作的核心要义。

---

① Andrew Levy, *The Culture and Commerce of the American Short Story*, p.11.
② Ibid., p.22.
③ Edgar Allan Poe, "Poe on Short Fiction," in *The New Short Story Theories*, ed. Charles E. May（Athens: Ohio University Press, 1994），p.60.
④ Ibid., p.61.
⑤ 胡适：《论短篇小说》，《新青年》第 4 卷第 5 期（1918）。

高利克（Marian Galik）指出，胡适的观点体现出对西方定义和观念的借鉴和综合。① 此外，1921 年以前，《小说月报》已经登载了数篇评论，来讨论一篇出色的短篇小说应该符合什么样的标准，如《小说琐谈》②《短篇小说是什么？两个元素》③《世界最短底短篇小说》④ 等。在一〇年代，关于这一新兴文类的讨论，一个显见的倾向是：在中国的传统资源内部寻找它的"对应物"。早在一〇年代中期，就可见此类思路的文章。胡适在《论短篇小说》批评中国文人不理解什么是"短篇小说"，对他们来说，"短篇小说"指的不过是"不成长篇的小说"而已。⑤ 这样的批评，虽然一定程度有效，但恐怕对当时文坛关于新文类的形式意识有所低估。早在 1907 年，《月月小说》中有《新庵谐译》一文，指出把"short story"简单翻译成"短篇小说"不合适，因为，在英语的分类中，"short story"的命名本身并非由"小说的短版"而来：

> 泰西事事物物各有本名，分门别类，不苟假借。即以小说而论，各种体裁各有别名，不得仅以形容词别之也。譬如"短篇小说"，吾国第于小说之上增短篇二存以形容之。而西人则各类皆有专名。⑥

---

① Marian Galik, *The Genesis of Modern Chinese Literary Criticism*（1917—1930）(London: Curzon Press, 1980), p.13.

② 匿名：《小说琐谈》，《小说月报》第 9 卷第 9 号（1918）。

③ 张毅汉：《短篇小说是什么？两个元素》，《小说月报》第 11 卷第 9 号（1920）。

④ 衣水：《世界最短底短篇小说》，《小说月报》第 11 卷第 11 号（1920）。

⑤ 胡适：《论短篇小说》，《新青年》第 4 卷第 5 期（1918）。

⑥ 紫英：《新庵谐译》，《月月小说》第 5 期（1907）。

尽管缺乏更为细化的论述，引文表明了对"形式"的特别关心，暗示了：除了长度，小说文体的分类应该还有其他标准可以参照。几年之后，随着短篇小说在日常媒体中的日益流行，出现了数篇专注于形式、较为深入的评论，其中的常见角度，是拿"短篇小说"和中国传统文类"笔记"作比。

以管达如的《说小说》（1912）为例，文中，作者根据语言和风格，将"中国小说"作了分类。用他的说法，"笔记"是一种简洁的叙事形式，以"直书"见长，应该被归为一种小说类型。而"笔记"和"章回体"之间的区别在于，前者专注于单一事实。另外，笔记通常使用文言，为的是配合它简练的风格。[1] 成之（吕思勉）《小说丛话》（1914）[2] 的观点有异曲同工之处。除此之外，作者还创造了一组有对立关系的分类："单独小说"和"复杂小说"。他认为，"复杂小说，即西文之 Novel。单独小说，即西文之 Romance"。[3] 成之继而解释道，"复杂小说"大体上指的是中国传统小说（章回体）；而对他来说，多数西方小说属于"单独小说"，无论长短，皆与中国的"短篇小说"（笔记）精神相合：

> 单独小说者，书中惟有一主人翁，其余之人物，皆副人物也。……虽有此人物，而其意并不在描写此人物，仍在于描写主

---

① 管达如：《说小说》，选自《二十世纪中国小说理论资料》（第 1 卷），第 371—387 页；原载于《小说月报》第 3 卷第 5、第 7—11 期（1912）。
② 成之：《小说丛话》，选自《二十世纪中国小说理论资料》（第 1 卷），第 412—456 页；原载于《中华小说界》第 1 卷第 3—8 期（1914）。
③ 同上，第 416 页。

通俗：
大众视野与文类实践

人翁也。故单独小说者，以描写一人一事为主义者。凡西洋小说，多为单独小说，若《茶花女》《鲁滨逊漂流记》等，其适例也。中国之短篇小说，亦多属此类，如《聊斋志异》，其适例也。……复杂小说者，自结构上言之，虽亦有一主人翁，然特因作者欲组织许多独立之事实，使合成一事，故借此人以为之线索耳。①

当然，成之关于西方小说的阐释受限于他个人的阅读经验。但不管怎样，他的独特分类颇有启发，且一定程度体现了对形式与结构关系的思考。

据以上引文，可以注意到，尤为有趣的一点是，从结构角度出发，清末民初的评论者们努力建立起一种文类层面的跨文化关联。这种探讨短篇小说与中国传统文类之间类比关系的兴趣持续了不短的时间。直到二十年代，仍有一些评论者沿用这样的类比。例如，"小说特刊"的老作者黄厚生发表过一篇题为《短篇小说与笔记》的文章，文中声称，笔记和短篇小说"无大异也"，而且实际上，笔记"降及近代，遂渐流而为小说"，"小说之始，实脱蜕于笔记也"。②通过以西方文学作品为例，他进一步归纳道，当代短篇小说的写作风格放松了笔记体的叙事原则，即忠于事实：

今者纵观欧西各国诸名家小说，……趣向不同，撰作各殊。……然余以为近今之小说，头绪虽属纷繁，要不外事之所

---

① 成之：《小说丛话》，选自《二十世纪中国小说理论资料》（第 1 卷），第 417 页。
② 厚生：《短篇小说与笔记》，《申报》1921 年 2 月 27 日、3 月 6 日，第 14 版。

有、不必文之所无，事之所无、忽为文之所有二派也。……若笔记则否。①

　　显然，作者把中西文学实践归为一谈了。通过把"短篇小说"同时看作一个舶来概念和传统文类的派生，黄厚生假设了一个近代以来跨国性的"文类变革"过程。

　　当然，除了发掘本土资源来理解和定义新兴文类，更重要、更具备建构性的做法，体现在对西方小说理论的引述。这一方面，主张新文学运动的知识分子们自然一马当先，胡适的《论短篇小说》即是其中一例。进入二十年代，创作理论话语的译介一时间繁荣蓬勃，而且，参与其中的，不只是五四知识分子，还有为数众多的通俗作家。其中一个重要发表平台，是1921年1月《申报·自由谈》上开辟的每周一次的"小说特刊"，特刊持续了八个月，当时的主编是著名通俗作家周瘦鹃。从文艺期刊到大众日报，社会覆盖面进一步扩大。这意味着，更多普通读者有机会接触小说以及与小说有关的话题，并萌生兴趣。"特刊"里，主持和引导讨论的，多为通俗作家和从事中等教育工作的市民，比如张舍我、黄厚生、周瘦鹃、俞牖云、凤兮、寂寞徐生、吴灵园等。刊登的大多数文章属评论文体，其中不少与短篇小说有关，论述中常以西方学者的观点为例，爱伦·坡、马修（Brander Matthews）、汉密尔顿（Clayton Hamilton）、司各特（Walter Scott）、皮特金（W. B. Pitkin）、史蒂文森（R. L. Stevenson）、比昂松（Bjørnstjerne Bjørnson）等均被提及。

　　很容易发现，二十年代初，通俗文人与五四知识分子在观念采撷

---

① 厚生：《短篇小说与笔记》，《申报》1921年2月27日、3月6日，第14版。

方面颇有共通之处：效果／印象之单纯统一，手段之经济，短篇形式在行文上的严格控制，这些特征总结常常出现在通俗报刊中。新文学方面，同在 1921 年，清华小说研究社的成员们编纂了《短篇小说作法》——一本包含理念和方法论的小册子，开篇便明确声明："短篇小说的感效是单纯的，背景是紧细的，机构是简化的。"① 总而言之，以各级、各派出版物为平台，经过翻译整理的短篇小说理论话语得以传播，而其中体现出的共通之处，表明了全社会范围内具有共享性的知识资源。不过，与此同时，同样存在知识的分化。而且，不同文化群体对文学风格的独特选择，呼应和影响着他们各自的写作实践。在比较的视野下，重新考察通俗文学在二十年代初的理论译述和传播，有助于进一步认识通俗作家的创作理念和文学风格。

从一〇年代到二十年代初，围绕"短篇小说"这一新兴文体的翻译、创作和理论探讨十分活跃。这一时期的活动一方面促使"短篇小说"成为一种日常化的文体类型，另一方面展现出在反思和延续本土经验的前提下吸收亦同化西方概念话语的强大能力。"短篇小说"的兴起和制度化是在"小说界革命"背景下发生的。在不长的时间里，它超越连载小说，成为大众出版市场的优势文体，证明了这一文体类型和报刊媒介形式之间的高度合拍。作为一种"简便"的形式，首先，短篇小说适用于杂志这一出版形式；此外，更重要的是，形式的转变包含了新的文学特征的形成。比如，相比连载小说，短篇小说的特点通常表现在集中的故事线、缩影化的视角和片断化的风格。总的来说，一〇年代开始蓬勃旺盛的"短篇小说"实践活动，是一次新鲜

---

① 陈平原、夏晓虹编：《二十世纪中国小说理论资料》（第 2 卷）（北京：北京大学出版社，1989 年），第 109 页。

的美学尝试。本研究将以"短篇小说"为重要维度，从翻译、创作、理论等不同角度出发，关注文类在通俗媒介中的发展和成熟化。而在文学实践之余，研究将进一步观察到，通俗作者如何赋予这一文类社会功能的价值。

第三节 "礼拜六"

在民初涌现的众多通俗文艺报刊中，《礼拜六》是极具影响力的一本。其发行历时四年，分为前后两个阶段。1914 年 6 月 6 日，第一期面世，满百期后，于 1916 年停刊。五年之后，1921 年 3 月，《礼拜六》再度进入大众视野，继续发行 100 期后，在 1923 年结刊。二十年代末，主编之一周瘦鹃回顾了杂志出版首年可谓火爆的销售情况。[①] 1914 年是上海通俗期刊出版的重要年份。除了《礼拜六》，还有十来种杂志在同一年开始刊行，几乎每个月一种。即便对手众多，《礼拜六》依然独占鳌头，堪称当时通俗出版的焦点。用周瘦鹃的说法："《礼拜六》两度在杂志界中出现，两度引起上海小说杂志中兴的潮流，也不可不说是杂志界的先导者。"[②] 对比一〇年代，1921 年的大众报刊生产领域，无论文学文化还是意识形态，乃至语言氛围，都与此前大不相同。一个重要事件是，1921 年年初，沈雁冰接手了恽铁樵在《小说月报》的主编工作，而后者一般被归为"旧派"作家。此后，该刊经历激烈改革，迅速成为新文化运动的前线刊物之一。对于同期复出的《礼拜六》来说，则意味着一个全新的竞争性环境，也意味着更为复杂的出版语境和对话关系。

---

① 瘦鹃：《〈礼拜六〉旧话》，选自《鸳鸯蝴蝶派文学资料》（上）（芮和师等编，福建：福建人民出版社，1984 年），第 231 页。
② 同上，第 232 页。

随着通俗文学研究的日益"显学化",《礼拜六》作为一份具有影响力的民初通俗文艺刊物,也逐渐获得学界关注。迄今为止,已经出现若干专题性研究,其中较为系统和具有代表性的,比如刘铁群的《现代都市未成型时期的市民文学:〈礼拜六〉杂志研究》。在她的讨论中,《礼拜六》被定位为一种照应了其生产环境(即"未成形的"现代城市背景)的市民文学。[①] 著者以一种线性视角展开分析,指出《礼拜六》中的文学写作反映了从传统到现代过渡阶段的特征,而这正呼应了其变动性的、未成熟的生产环境。通俗作家们所面对的,是"一扇通向现代的门",但他们还不够资格真正跨进这扇门。[②] 总的来说,在作者的论述中,扎根于五四语法的"通俗与严肃"、"新与旧"之间的二分依然清晰。毛佩洁的博士论文《〈礼拜六〉:民初上海文学杂志里的通俗叙事、认同和文化想象》("*The Saturday*:Popular Narrative,Identity,and Cultural Imaginary in Literary Journals of Early Republican Shanghai")[③] 是另一部卓有贡献的专题研究作品。从一开始,毛佩洁就强调了像《礼拜六》这样的通俗期刊的"建构性",而非对于社会习俗的单纯"反映"。通俗媒介有助于建立"另一种现代性"(alternative modernity),因为它"为普通人提供了一个讨论现代问题和现代经验的平台,从而商榷和普及现代生活的新观念,帮助塑

---

① 刘铁群:《现代都市未成型时期的市民文学:〈礼拜六〉杂志研究》(北京:中国社会科学出版社,2008 年)。

② 同上,第 227 页。

③ Mao Peijie,"*The Saturday*:Popular Narrative,Identity,and Cultural Imaginary in Literary Journals of Early Republican Shanghai"(Ph.D. diss.,Stanford University,2009)。

造现代社会的文化价值和文化认同"。① 毛佩洁的研究针对《礼拜六》中的短篇小说做出文本细读，这一点，相比那些单纯从宏观角度白描通俗文学文化的研究来说，具有填补空白的意义：不少研究更倾向于对社会变动展开记录和描写，将通俗杂志看作一种单纯的、反映式的资料来源，而另一些学者则更多关注长篇小说，而非短篇。

　　毛佩洁研究的某些关键词，为这一领域的研究提供了继续发展的空间。比如"文类"（genre）成为她的重要维度，作者试图对《礼拜六》展开一种"文类"研究，由此将其中的短篇小说分门别类。不过，在她的研究中，关于"genre"的定义始终有些含混。大体看来，她对这一术语的使用基本是在情节的层面上，而非总体性的形式本身。尤为明显的一点是，她的分类标准是主题导向的：包括"感伤小说"（story of sentiment）、"社会小说"／"问题小说"（social story）和"商业小说"（business story）三个类别。将主题种类等同于"类型"的做法，似乎有待进一步斟酌。另外，应当说，这三个种类之间缺乏明确的界线；事实上，同一篇短篇小说，完全可能同时属于其中两个种类，甚至三个全占。比方说，民初爱情主题的短篇小说，往往是社会问题导向的。更何况，作为常规话题，"自由恋爱"和"自由结婚"无论在新文学作家还是通俗作者的作品中都十分常见。至于"商业小说"，也很难看作独立类型，一般来说，这一类型尽可归到"社会小说"名下。简而言之，鉴于在这一研究中，"类型"划分所依据的标准区分度并不高，一定程度甚至存在彼此重合的情况，在这种情形下，需要追问的是，"类型"方法论在多大程度上实现了它的效度。

---

① Mao Peijie, "*The Saturday*: Popular Narrative, Identity, and Cultural Imaginary in Literary Journals of Early Republican Shanghai" (Ph.D. diss., Stanford University, 2009), pp.1—22.

通俗：
大众视野与文类实践

或者，如果我们依然把"类型"视作一种有效的方法选择，或许首先需要在更广义的层面上使用它，而不止于以具体情节主题为限定。

本书把对出版载体的考察与文类研究相结合。对于像《礼拜六》这样的通俗杂志而言，"短篇小说"这一文体类型意味着什么？探讨这一问题，除了有助于从一个侧面验证整体文学场域内的文体变革趋势之外，同样具备文化和社会层面的诠释价值；而作为一〇年代到二十年代通俗文艺期刊的代表，围绕《礼拜六》的考察可以揭示出这一领域的重要特征。在通俗生产领域，"短篇小说"所指向的，可能是某种写作模式在一群人之间的循环，或者故事生产和再生产过程中体现出的相似性。它具体表现为一种经得起重复的特定叙事形式。作为一种开放的再生性概念，"类型"在意指方面可以是弹性的。它可以像毛佩洁所使用的那样，用来形容一种鲜明的故事主题，也可以关乎形式、风格、模式等方面的元素。或者，更广泛地讲，它可以用来有效分析一定时期下特定群体的文学创作倾向。"类型"既不是一种理想型，亦非一套简单的技术规则。它充满了变化，是历史的产物，并浓缩为物质化的具体写作形态。而文学创作中新"类型"的生成，意味着"感觉结构"(structures of feeling) [1] 的形成。鉴于通俗文学的普及性和包容性，在这一领域展开类型研究，有助于理解特定时期内文学领域乃至跨领域的社会实践。

需要说明的是，在本书中，"礼拜六"作为一个时代能指，其意义远远超出一本具体的杂志。首先，作为杂志的《礼拜六》并不具备特指性和"独一性"。也就是说，《礼拜六》和同期其他通俗文艺报刊

---

[1] Raymond Williams，"Structures of Feeling，" in *Marxism and Literature* (New York: Oxford University Press, 1977)，pp.128—135.

之间，存在一定程度的可替换性，这也正是本研究意图标榜的通俗研究基本立场。换句话说，以《礼拜六》为对象，更基本的前提在于把它作为特定时期的一个相对成熟的通俗样本，而并非因为它是《礼拜六》。以这样的认知为出发点，本书在肯定和发掘"通俗"成就、考察精英与通俗之间知识共享和对话关系的同时，尝试提炼出不同于经典文学及其研究的一系列特征，从中摸索和探讨通俗研究方法、差异化的价值标准等问题。另一方面，针对本书所关注的历史时段，《礼拜六》的相对"特殊性"，更多体现在作为一个"关系中心"的意义：通过它，可以串联各种类型主旨的书刊出版，以及不同背景的作者和时代事件。而它本身，也从一本具体刊物，上升成为文化符号和时代关键词。同时，与刊物紧密关联的"礼拜六派"，在二十年代初的重要文学论争中反复现身，成为我们考察不同文学文化阵营之间交互关系的着眼点。

第四节　章节安排

本书聚焦一〇年代中期至二十年代前期的通俗文学，探讨其中包蕴的大众视野和文类实践。研究着重凸显"跨文化"和"在地化"的双重视角，尤其体现在"短篇小说"文类借助通俗媒介的输入过程中：无论创作还是理论层面，均显示出"翻译"活动的多样性和复杂性，不仅限于舶来作品或文论物质层面的译介和传播，更表现在深层意义上充满能动性的吸收、模仿、挪用和改造。其中蕴含的"在地化"能量，尤其值得关注。而且，在地化的努力，往往与一种结构主义式的关照相辅相成。与此同时，"短篇小说"亦构成通俗群体社会交互行为的载体。而通过书写，原本身份弹性、边界模糊的作者们为自身酝酿出集体化的氛围，并在（暂时性）边界的勾勒中展开与他者的对话。

除绪论和结论外，本书主体部分分为六章，其中，第二章到第四章均聚焦"翻译"问题，第二、三章围绕文类输入问题，关注民初通俗领域多层次、多形式的"翻译"现象，从作家周瘦鹃的短篇小说译文集，到大众报刊中吸收、挪用或改造了异域元素的短篇小说创作，充分凸显译者/创作者在"翻译"过程中的能动性。第四章讨论清末民初"短篇小说"译创风潮背景下通俗作家的小说理论译介和生产，在整体化的文学潮流中考察通俗生产领域的独特贡献。这三章的排布，呈现出层次上的递进：从体现"译述"精神的作品翻译，到西方技巧与情境、主题的再输出和创造性转化，再到围绕西方文论的借鉴和反思，是一个能动性含量和抽象化程度不断升级的过程。与之相伴随的，是"短篇小说"文类在通俗文学领域的进入和制度化过程，一定程度上体现出时间的线性关系。第五章以文本解读为主，借用了西方文学中的"情节剧"概念，对通俗短篇小说的美学风格和常用模式作出梳理和评价。第六、七章聚焦横向空间关系，以《礼拜六》为中心，在"传播""接受""论争"等不同维度中考察通俗文化实践：第六章考察《礼拜六》如何借助一系列文本生产活动，带动"阅读共同体"的有形化。主要涉及一类"功能性"短篇小说，既宣传包装"文化品牌"，又表达理念，促进"小说家"与"读者"之间的联盟。第七章围绕二十年代初的"新/旧"文学之争展开，论争过程中，"礼拜六"作为一种特定指向的文学概念，扮演了重要角色。这一章进一步铺陈和丰富"通俗"的实践语境，揭示外部对话关系，从时代文学文化生产的整体视角出发，对全书形成总括。

第二章 《欧美名家短篇小说丛刊》：
周瘦鹃的翻译实践

第一节 三部短篇小说翻译集

1917 年，鲁迅和周作人的《域外小说集》面世八年以后，另一部翻译集《欧美名家短篇小说丛刊》印行出版，比胡适的《短篇小说集》早两年。这部小说集的译者是著名通俗作家周瘦鹃。和周氏兄弟及胡适的翻译集相比，周瘦鹃显然更倾向于富于戏剧冲突的类型化主题，包括家庭、爱情、战争、侦探等。而这些主题，在像《礼拜六》这样的一〇年代通俗期刊中，同样是最常见的短篇小说题材。应该说，这既是一部个人译著，同样投射了那一时期相对普遍的大众阅读兴趣。

文集出版后不久，时任通俗教育研究会小说股主任的鲁迅大力褒奖其为"近来译事之光"[1]。但另一方面，他指出了文集的一些"小失"，比如"体例未能统一"，"命题造语，又系用本国成语，……未免不诚"。[2] 鲁迅的评价呼应了他自身的翻译理念。《域外小说集》由文言译就，而非日后推崇的白话文，但同时保持了一种直译的风格。在《现代中国"短篇小说"的兴起》一书中，张丽华极具启发地建议"从体类而不是文白的角度"来看待《域外小说集》的翻译问题。[3]

---

① ② 《通俗教育研究会审核小说报告》，《教育公报》1917 年 11 月 30 日。
③ 张丽华：《现代中国"短篇小说"的兴起》，第 143 页。

语言层面，周氏兄弟艰涩的对译工作一定程度实现了对古文语法的创造性重构，本身的效果是陌生化的，其中蕴含的是一种新的文体感觉，相对于同期的白话译文，反而更接近"新文学"的白话文。

《域外小说集》重版之际（1920），译者显然觉得，有必要对文集的古文面貌作出说明，重新作序道："其中许多篇，也还值得译成白话，教他尤其通行。可惜我没有这一大段工夫，……所以只好姑且重印了文言的旧译，暂时塞责了。"[①] 类似地，胡适也在《短篇小说集》的"自序"中做了解释，"我这十篇不是一时译的，所以有几篇是用文言译的，现在也来不及改译了"[②]，间接申明了白话文作为新文类翻译之"正确"语言形式的地位。相对而言，周瘦鹃对于语言形式没有表现出特别的关注。《欧美名家短篇小说丛刊》和《短篇小说集》一样，翻译语言有文有白。不过，文白之间的差异显得没有那么大，鉴于周瘦鹃采取的文言颇为浅近平易，文白混杂的情况也不算少数。除此之外，值得注意的是，周氏的白话译文尽管风格上基本沿袭了明清拟话本小说，但同时也体现出英语语法的影响，虽然相较胡适的翻译，其欧化程度并不明显。

鲁迅另外表示了对周瘦鹃文集"以英国小说为最多"的不满意，鉴于"短篇小说，在英文学中，原少佳作"，但同时代为解释："欧陆著作，则大抵以不易入手，故尚未能为相当之绍介"[③]。鲁迅对特定欧洲国家文学的属意，包含了特定的价值出发点，在《我怎么做起小说来》一文中有明确阐明：

---

① 周作人："序"，《域外小说集》（北京：新星出版社，2007年），第 2 页
② 胡适："译者自序"，《短篇小说集》（合肥：安徽教育出版社，2006年），第 3 页。
③ 《通俗教育研究会审核小说报告》，《教育公报》1917 年 11 月 30 日。

但也不是自己想创作，注重的倒是在绍介，在翻译，而尤其注重于短篇，特别是被压迫的民族中的作者的作品。……因为所求的作品是叫喊和反抗，势必至于倾向了东欧，因此所看的俄国，波兰以及巴尔干诸小国作家的东西就特别多。①

《域外小说集》第一、二集集中体现了周氏兄弟对俄国及欧洲"弱小民族"的关切，其中俄国小说占最多数，另外收录了波兰、芬兰、波斯尼亚等国的作品，而属于"列强"的英国、美国、法国作品各入选一篇。一〇年代的周瘦鹃对于鲁迅推荐并点评他的文集这一内情并不知晓。直到五十年代，当他读到周作人的回忆文章②时，才了解这一往事。在1957年的一篇文章中，表达感激之余，周瘦鹃解释了自己的选择"偏好"："我翻译英、美名家的短篇小说，比别国多一些，这是因为我只懂英文的原故。……其实我爱法国作家的作品，远在英美之上。"③

除了语言能力的原因之外，周瘦鹃对作家的选择并非偶然，也未必是个别现象。1914年，周瘦鹃在《游戏杂志》上发表了一篇翻译作品。④这篇小说比较特别，因为它是一篇50位作家的"合著作品"，

---

① 鲁迅：《我怎么做起小说来》，选自《南腔北调集》，载《鲁迅全集》（第四卷）（北京：人民文学出版社，2005年），第525页。
② 参见鹤生：《鲁迅与周瘦鹃》，《亦报》。1950。或周遐寿：《周瘦鹃》，选自《鲁迅的故家》（上海：上海出版公司，1953年），第308—309页；周遐寿：《鲁迅与清末文坛》，《文汇报》1956年第5期。
③ 周瘦鹃：《我翻译西方名家短篇小说的回忆》，《雨花》第6期（1957），第45页。
④ 瘦鹃译：《妒》（原作标题为"The Undoing of Archibald"），《游戏杂志》第6期（1914）。

"撷取英美法三国名小说家著作中之一二段缀合而成"。原文来自"英国最风行之施屈恩杂志（*The Strand Magazine*）"，周瘦鹃将小说译成中文，并把作家名单和照片附于小说之前。周瘦鹃从 1911 年开始从事文学翻译，到了 1914 年，已经有一定知名度，并为《礼拜六》《游戏杂志》《中华小说界》等流行刊物供稿。《欧美名家短篇小说丛刊》中收入的作品发表于 1914 年至 1917 年。图 2.1 即 50 位作家小像合集的一部分。这张图起到了宣传介绍的作用，对于中国作者和译者而言，也有参考意义。至少对周瘦鹃而言，确实如此。他的小说翻译所涉作家中很大比例都可见于 1914 年的这份名单，尤其是名单的前半部分（作家小像以金字塔形排列，位列塔尖者为狄更斯，紧随其后的是大仲马和司各特，再后是艾略特、布莱特·哈特和莫泊桑，彰显了他们的崇高地位）。

　　Strand Magazine（今译《海滨杂志》，发行时间为 1891—1950 年）是世纪之交极具影响力的英国杂志，大量登载小说作品，尤以连载柯南·道尔的绝大多数福尔摩斯作品闻名。同时期的英美杂志，成为当时通俗报刊翻译文学的主要资源库之一。周瘦鹃曾在《我的书室》一文中展示了家中的工作环境："箱旁小山似的一堆，堆着英国四种周刊和美国的两种影戏周报。写字台的左面，又有一座山，比那周报的山高出一倍以上，是堆着历年所搜罗的各种中西杂志和半新旧的杂书，没系统，没秩序，简直是一座山啊。在这山旁，靠壁放着一口书橱，一共四格，第一格中有法国毛柏桑短篇小说全集十卷、英国文学丛书二十卷，第二三格，都是各国的名家小说，第四格却放的中国文学书籍，约有一百多种。"[1] 这样详尽的环境描写，目的当然不仅

---

[1]　周瘦鹃：《我的书室》，《申报》1924 年 12 月 17 日，第 17 版。

图2.1 "欧美小说界五十名人小影"（上部）(《游戏杂志》1914年第6期）

　　从上至下、从左至右分别为：狄更斯（Charles Dickens），大仲马（A. Dumas），司各特（Sir Walter Scott），艾略特（George Eliot），布莱特·哈特（Bret Harte），莫泊桑（Guy de Maupassant），查尔斯·里德（Charles Reade），柯南·道尔（A.Conan Doyle），哈葛德（H.Rider Haggard），萨克雷（W. M. Thackeray），吉尔伯特·帕克（Gilbert Parker），吉卜林（R.Kipling），奥斯汀（Jane Austen），查尔斯·加维斯（Charles Garvice），亨弗莱·伍德夫人（Mrs. Humphrey Ward），S.R.克罗克特（S.R.Crockett），A.E.W.梅森（A.E.W.Mason），菲尔丁（Henry Fielding），W.W.雅各布斯（W.W.Jacobs），欧仁·苏（Eugene Sur），斯坦利·韦曼（Stanley Weyman）。

仅在于忠实交代，而是出于一种"影响的自觉"，向读者坦白自己的阅读史、素材和思想源泉。另外，经已有研究考证，《海滨杂志》是周瘦鹃经常阅读的西方杂志之一，他小说翻译的原文，曾在这本杂志上刊登的，有十余篇之多，其中收入《丛刊》的，包括柯南·道尔的《病诡》（"The Dying Detectives"）和《黑别墅之主人》（"The Lord of Chatean Noir"）、法朗莎·柯贝（Francois Coppee）的《功……罪》（"The Bullet-holes"）、保罗·鲍叶德（Paul Bourget）的《恩欤怨欤》（"A Patch of Nettles"）等。①

除了提供翻译素材之外，《海滨杂志》这样的欧美刊物，在塑造译者的文学价值观和经典意识方面的作用，同样不能小觑。像"五十名人小影"这样的图示，形象鲜明地为中国读者渲染了"谁是重要西方小说家"的直观印象，同时可能影响译者在撷选作品时的决定。周瘦鹃翻译过狄更斯、大仲马、司各特等人的作品，而作为《我的书室》中唯一具名的外国作家，莫泊桑可谓他关注最多的西方作家之一。从 1915 年到 1948 年，他翻译了不下几十篇莫泊桑的作品，其中第一篇发表于 1913 年 5 月的《小说时报》，译名《铁血女儿》，第二篇在《礼拜六》第 74 期（1915），也就是后来收入《丛刊》的《伞》。杂志复刊之后，又推出了一系列莫泊桑作品（第 156—160 期）。此外，在《小说月报》《小说大观》《半月》《紫罗兰》等刊物上，也陆续可见周氏翻译的莫泊桑短篇。

除了周瘦鹃，这位法国作家也成为同期许多译者的选择。事实上，在二十年代中国，莫泊桑是被翻译最多的外国作家之一——他的

---

① 潘瑶菁：《周瘦鹃是以一己之力编译了一部小说集吗？》，《文汇报》2018年 7 月 27 日。

多产，以及主题和风格方面的多元化，为不同取向的译者提供了选择空间。比如，胡适同样是莫泊桑的热心读者。在日记中，他屡次提到关于这位法国作家的阅读感受。① 《短篇小说集》里有三篇莫泊桑作品，包括《梅吕哀》（"Minuet"）、《二渔夫》（"Two Friends"）和《杀父母的儿子》（"A Parricide"）。除此之外，在著名的《论短篇小说》一文中，胡适正是以莫泊桑的作品为例，来诠释"短篇小说"这一文类：

> Maupassant 所做普法之战的小说也有多种。我曾译他的"二渔夫"，写巴黎被围的情形，却都从两个酒鬼身上着想。还有许多篇，如"Mlle. Fifi"之类，（皆未译出）或写一个妓女被普国士兵掳去的情形，或写法国内地乡村里面的光棍，乘着国乱，设立"军政分府"，作威作福的怪状……都可使人因此推想那时法国兵败以后的种种状态。这都是我所说的"用最经济的手腕，描写事实中最精彩的片段，而能使人充分满意"的短篇小说。②

胡适特别突出了短篇小说的"缩影"特征。文章中，他强调普法战争是作家持续性的写作背景，因此也构成了小说被阅读的先决语境。类似地，在对都德小说的解读中，胡适同样突出了战争背景，在正文之前的译者注中作了详细说明。《短篇小说集》里有两篇都德作品，一篇是《柏林之围》，另一篇是著名的《最后一课》，两篇都附有前言。下面以《最后一课》的前言为例：

---

① 胡适：《胡适日记》（合肥：安徽教育出版社，2001 年），第三卷，第165页；第四卷，第16页，第44—47页，第51页。
② 胡适：《论短篇小说》，《新青年》第4卷第5期（1918）。

当西历千八百七十年，法国与普鲁士国开衅，法人大败，普军尽据法之东境，明年进围法京巴黎破之。和议成，法人赔款五千兆弗郎，约合华银二千兆元，盖五倍于吾国庚子赔款云。赔款之外，复割阿色司娜恋两省之地，以与普国，此篇托为阿色斯省一小学生之语气，写割地之惨，以激扬法人爱国之心。①

《最后一课》的中文译本首次发表在 1912 年的《大共和日报》上，其时使用的译名是《割地》，对于当时的中国读者而言，这个标题恐怕很能唤起他们对于自己民族遭遇的联想。另一方面，译者补充的背景信息一定程度上参与了阅读过程，因为这些信息为读者铺陈一种"正确的"阅读心境。换句话说，胡适的翻译活动本身包含了一种方便意义建构的"有效"角度，显得颇有几分实用主义。总的来说，观察胡适的翻译文集，可以注意到他对"历史小说"这一类型的特别关注。在《论短篇小说》一文中，他强调了表现历史的短篇小说需要制造"横截面"效果，捕捉时代精神，找到"可以代表全部的部分"，而非堆砌历史事实。胡适突出了短篇小说写作的"概括性"，通过描写"最精彩的事实"将宏大的时代背景前景化。而他的翻译实践，如他所说，是为了"给后来的新文人作参考的资料"②，触发新文类的生长。而鲁迅所作《域外小说集》旧序（1909）所关注的，与其说是文类形式本身的"新"，不如说更具抽象意味、超文类的"心声"和"神思"之新：

---

① 胡适译：《最后一课》，选自《短篇小说集》，第 5 页。
② 胡适："译者自序"，《短篇小说集》，第 4 页。

异域文术新宗，自此始入华土。使有士卓特，不为常俗所囿，必将犁然有当于心，按邦国时期，籀读其心声，以相度神思之所在。①

"神思"较"心声"更进一步，可以理解为从"语言"（文学）到思想根柢、精神力量的进阶式把握。"心声""神思"是早期鲁迅的重要概念，尤其后者，出现在他的若干篇杂文中。②在1920年第二版中，周作人作了新序，序中提到"隔膜"、"心思"／"心"、"本质"／"实质"：

> 我看这书的译文，不但句子生硬，"诘诎聱牙"，而且也有极不行的地方，委实配不上再印。只是他的本质，却在现在还有存在的价值，便在将来也该有存在的价值。
>
> ……
>
> 这三十多篇短篇里，所描写的事物，在中国大半免不得隔膜……同是人类，本来决不至于不能互相了解；但时代国土习惯成见，都能够遮蔽人的心思，所以往往不能镜一般明，照见别人的心了。
>
> 倘使这《域外小说集》不因为我的译文，却因为他本来的实质，能使读者得到一点东西，我就自己觉得是极大的幸

---

① "旧序"，《域外小说集》，第4页。
② 参见陈云昊：《鲁迅的神思与〈新生〉的神思——以留日时期鲁迅、许寿裳、周作人为中心》，《中国现代文学研究丛刊》2022年第4期，第194—211页。

福了。①

这里提示了"隔膜"的存在和破除隔膜的可能性。造成"隔膜"的，除了"时代国土习惯成见"之外，也包括作为物质性中介的"译文"本身。而通过反复提示经验性遮蔽之下那抽象的、超越意味的"本质""实质"，译者保留了冲破隔膜的可能性。总的来说，尽管初版和重版相隔十年，但两篇序言表达了一以贯之的理念和诉求。从他们的自我表述看来，周氏兄弟并非旨在介绍短篇小说的写作技术和形式标准，或是提供跨文化的历史参考性，更多是期望他们的翻译实践可以保持、呈现甚至强化差异感和陌生感，冲击中国读者的经验系统，从而促使人们悬置经验本身，触摸更具根柢意味的现代精神动力。

有别于胡适和周氏兄弟，周瘦鹃在理念表述方面不够"自觉"。他并未亲自给《欧美名家短篇小说丛刊》作序，而是采用了另三位著名通俗作家——包天笑、天虚我生和王钝根——的推荐语，似乎更看重宣传效果。不过，几年之后，周瘦鹃在《说觚》(1926) 一文中回顾了自己早期的阅读、翻译和写作经历，介绍并评价了一系列中外名家作品。他认为，小说创作的要义，在于阅读模仿和亲身经验：

> 作小说非难事也。多看中西名家之作，即登堂入室之阶梯。一得好资料，便可着笔矣。吾人欲得资料，事亦非难，但须留意社会中一切物状，一切琐事，略为点染，少加穿插，更以生动之笔描写之，则一篇脱稿，未使不成名作。是故穷乡僻壤，均可入小说；野叟村婆，均可作小说中人物。惟在吾人之善于掇拾，善

---

① 周作人："序"，《域外小说集》，第 2—3 页。

于安排耳。……予居恒好为短篇小说，随意杜撰，有时资料枯窘，苦思不可得则于途中留意一切极平淡极寻常之事。①

和周氏兄弟明确不同的是，周瘦鹃显然将"经验"视作无可非议的认知根基，而把"一切极平淡极寻常之事"作为主要的写作资源和依据，进一步肯定了以普通个人为主体所能获得的直观经验的价值和有效性。这样的信念，或许正由阅读习得而来。《说觚》一文罗列了诸多西方作家，有八位（狄更斯、大仲马、司各特、哈葛德、吉卜林、萨克雷、加维斯、韦曼）可见于《游戏杂志》上转载的"五十名人小影"，另有雨果、歌德、华盛顿·欧文、斯托夫人等，周瘦鹃均能举出代表作品，加以点评。他津津有味地向读者叙述出故事情节，概括主旨，发表感慨，其中包蕴的，是对"可传达"的信心。可以注意到，行文中，周瘦鹃试图把中西放到一个相对对等的位置。比如，部分作品，周读的是中译本，于是，在谈及这些作品时，采取了原著与中译并举的方式，有意彰显译者之功。除了有意识地留下译者姓名之外，他时不时在中西之间建立类比关系。

《说觚》以褒奖《红楼梦》开篇，进而提到曾于"西书肆之玻窗"见到疑似《红楼》英译本的 *The Dream of the Red Chamber*，于是脑中产生联想，想象欧美读者捧读场景，"欧美人读之当亦叹中土作家描写家庭描写情爱之细，正不让狄根司氏之描写社会也"。② 另外，周瘦鹃举出自己的作品《亡国奴日记》，自陈"以日记体记之，而复参考韩印越埃波缅亡国之史，俾资印证……吾身似亦入书中，躬被亡国之

---

① 周瘦鹃：《说觚》，选自《鸳鸯蝴蝶派研究资料》（上）（芮和师编，北京：知识产权出版社，2010 年），第 58—59 页。
② 同上，第 56 页。

通俗：
大众视野与文类实践

苦"。① 选择以"感受"的方式接受历史材料，并从中生发出个体视角的文学叙事，与此同时，周默认了小说创作和舆论生产之间的直接关系，并以此论证写作《亡国奴日记》的必要性：他回忆十年前读过的英国小说家威廉·勒·奎克斯（William Le Queux，文中译为"威廉勒苟"）所作《入寇》（原名应为 *The Great War in England in 1897*）一书，书中写到德国攻陷英国。周瘦鹃感慨道："夫以英之强，苟氏尚发为危辞，警其国人，今吾祖国之不振如是，则此亡国奴之日记，又乌可以不作哉。"② 这样的预设，显然和梁启超在《译印政治小说序》中"往往每一书出，而全国之议论为之一变"的假设一脉相承。

应当说，周瘦鹃视小说创作为文本经验和现实经验的叠加，而文本经验本身包含了阅读、翻译和模仿的过程。此外，他预设了一种文化间的无障碍状态。但与此同时，《说觚》一文也体现了对中西差异的觉察，更准确地说，是以欧美小说的特点，反衬出中国的问题。观察角度颇为特别，所针对的，是小说命名。周瘦鹃注意到，西方小说常常直接以小说中人名事物为题："欧美小说之名称，大抵以质直为贵，不加雕琢。"而反观中国小说命名，有"不直"的特点。不过，周并没有完全否定"不直"的合理性，认为"苟能与书中情节相切合，则亦未尝不佳，较之直用书中人姓名，动目多矣"。可一旦命名形成套路，大家纷纷效法，问题就来了。周瘦鹃列举了一系列以昔人诗句为题的小说标题（其中包括他自己的若干作品），并不客气地批评道："往往强以情节凑题，可怜亦复可笑。他人以为新奇，效而尤之。于是唐诗三百首，搬运几尽，后且恶俗不可耐，读者嗤之。是

---

①② 周瘦鹃：《说觚》，选自《鸳鸯蝴蝶派研究资料》（上），第60页。

所谓学我者死，不可以为训也。"① "不直"的错误在于颠倒了内容和标题的轻重关系：应该以题凑文，而非以文凑题。而更深层的危害是，以千篇一律的标题来对应理应各自不同的小说文本，潜在地迫使作者"以文凑题"，意味着小说失去了个体经验层面的根基和价值。伊恩·瓦特在《小说的兴起》中指出，18世纪以后的欧洲小说主流，起源于一种观念，即"个人通过知觉可以发现真理"，也就是说，强调的是经验的个体性和特殊性，个人主义是其认识论前提。具体表现在文学创作中，就是背离传统，内容来自真实经验，而不是神话、历史、传说或先前的文学作品。因此，"原创性"和"新颖性"得到前所未有的重视。② 就命名问题来说，以具体小说中人物事物为题，避免借用耳熟能详的前人文字，实际就是保障了作品的"当下性"和"原创性"。周瘦鹃的经验化观察，具备指向更为深层的现代文学特征的潜能。

不同的阅读经验、侧重和趣味，导向这些小说译者在挑选翻译文本时的不同结果。而当他们面对同一个作家时，选择上的差异就更有意味。之前已经提到，周瘦鹃和胡适都是莫泊桑的忠实读者。胡适的翻译小说集中有三篇莫泊桑作品，周瘦鹃收入了一篇。周氏兄弟也在文集中收入了一篇。但他们的具体选择很不一样。胡适所选《梅吕哀》③ 和《二渔夫》④ 的故事都发生在帝国危机的历史背景下。《梅吕哀》中，叙事人"我"在鲁森堡花园中偶遇"一短小老人"，后与之

---

① 周瘦鹃：《说觚》，选自《鸳鸯蝴蝶派研究资料》(上)，第61页。
② 伊恩·P. 瓦特著，高原、董红钧译：《小说的兴起：笛福、理查逊、菲尔丁研究》(北京：生活·读书·新知三联书店，1992年)，第4—7页。
③ 胡适译：《梅吕埃》，选自《短篇小说集》，第34—41页。
④ 胡适译：《二渔夫》，选自《短篇小说集》，第42—52页。

结为朋友，从聊天中"我"得知，"此人当法王路易十五世时，在王宫乐部中为舞人"。等到再一次相遇时，老人带着他那曾经是著名宫廷舞者的妻子同来，向我谈到随着波旁王朝覆灭而"成绝艺"的"梅吕哀"舞。然后，"两人为余作'梅吕哀'之舞矣。……俄而舞毕矣。两人相对作怪笑。已而皆泪下呜咽，则又相抱而泣矣"。在正文之前，胡适作了更明确的注解："'梅吕哀'者，法文为 Menuet，英文为 Minuet，乃是一种蹈舞之名。此舞盛行于法国。至十九世纪中叶以后，帝国瓦解，此舞亦绝。"另一篇小说《二渔夫》，叙事背景是普法战争。这个故事里讲的是普通人在战时的个人遭遇；不过，在承受打击和暴行的同时，他们同样表现出英勇。两个故事充分证明了胡适关于"什么是好的短篇小说"的观念：通过捕捉最重要的"横截面"，触及时代的宏大议题。

周氏兄弟《域外小说集》中的莫泊桑作品《月色》酝酿了一场他们试图在中国读者心头掀起的风暴。这个故事讲述的是，一位虔诚刚直的圣徒，为美好的月色和动人的爱情所感，对以往的信念发生动摇。主人公长老摩理难"为人玄怪而简直，且信仰坚定，无所游移，自信能知天帝，通其意趣"[①]。他憎恨女性（作为遵循圣训的表现），因为她们是软弱、危险、麻烦的存在。不过，在青春活泼的侄女身上，他无法抗拒地感到了一种父爱的甜蜜。当听说侄女和一位青年相爱时，摩理难变得狂怒。可是，当他在娟娟月色中看到两人相爱那宁静神圣的场景，不禁"愕然痴立，心跃益疾"。最终，他带着惊慌甚至羞愧的心情逃离现场，"如潜入圣寺，而其寺则为己之弗得阑入者

---

① 周作人译：《月色》，选自《域外小说集》，第13页。

也"。① 小说以"长老"这一象征式人物为出发点，重新界定了什么是"神圣的"。作品精神与周氏兄弟的革命理念暗合，借由这一文本，译者暗示性地扰乱和颠覆着传统价值和信仰。

周瘦鹃选择的莫泊桑作品《伞》②，风格主题与上述几篇差异颇大。这是一则家庭故事，标题是对"质直"原题的直译，故事取材于"极平淡极寻常之事"，但经过戏剧化表现，情态夸张，故事中人物犹如卡通一般。故事主人公是一对夫妻：极度吝啬的乌利尔夫人和她非常惧内的丈夫。故事主要道具是一把伞：乌利尔先生恳求了夫人许久之后，终于得到了一把新伞。但很快，一不防备，伞的绸面被雪茄烟烧出一个洞。乌利尔夫人暴跳如雷，对着丈夫大吵大闹，丈夫则害怕得面无人色。她不甘心承担这笔损失，假称发生火灾，去保险公司要求火险赔偿。为了提高成功率，出门前还在伞面上多烧一个洞。最终，她绘声绘色描写火灾过程，费尽口舌，得到了保险公司经理负担修理费的口头承诺。故事末尾，她"高视阔步地"走进一家"最时新的伞店"，大声说道："我要把这伞儿换上一个绸面，用你们所有最上好的东西，价钱就贵些，我可不计较的。"③ 跟胡适和周氏兄弟选择的莫泊桑作品相比，无论人物还是精神主题，《伞》都显得微小琐碎。这一文本的主要意义在于，通过渲染普通人在寻常情境中的极端反应，发掘出离寻常的趣味。这篇故事是讽刺基调，但讽刺之中又透露出对于悭吝的普通人的某种同情，比如描写乌利尔夫人的外貌时："她身材生得很短，活像一只矮脚老母鸡。面上额上满堆着皱纹，

---

① 周作人译：《月色》，选自《域外小说集》，第 16 页。
② 周瘦鹃译：《伞》，选自《欧美名家短篇小说》（长沙：岳麓书社，1987 年），第 338—349 页；原载于《礼拜六》第 74 期（1915）。
③ 同上，第 349 页。

通俗：
大众视野与文类实践

好似地图上所画的山脉。衣服却很清洁，为了省钱起见，分外的当心。"① 这两句生动写出了乌利尔夫人的勤勉、劳碌和操心。她显然是个有缺陷的人，时不时显出滑稽相，但叙事人并没有真正向她发出恶语，而且看到她的"清洁"。无论是卑微、有缺陷的主人公，还是戏谑中带着宽容的叙事人，在一〇年代，都是颇为新颖的存在。这样的叙事人，讲述世俗故事，保持着和世俗价值的距离，也怀抱着一定程度的认可，因此和人物之间处于相对"平视"的关系。

在《欧美名家短篇小说丛刊》里，像这样体现同情关系的"平视"视角，是比较常见的。而且，有时候，由于译者周瘦鹃的加工，叙事人和人物之间的距离被进一步拉近。例如，华盛顿·欧文（Washington Irving）的"The Pride of the Village"（是 *The Sketch Book of Geoffrey Crayon, Gent* 中一篇，中译名《见闻录》或《见闻札记》），周瘦鹃的译名为《这一番花残月缺》②。这篇小说是第一人称叙事。文内叙事人"予"曾在英伦乡间游历，在那里，他目击了一位年轻美人的葬礼。然后，他从乡民处听说了这位逝者的故事：女孩认识了一位青年军官，坠入爱河。一天，她的爱人回归战场。自此以后，女孩陷入忧郁，健康每况愈下。最后，在与情人重见的那一刻，她含笑而逝。听完这个故事，"予"整理了见闻，"缀合而成斯文"。除了对故事本身的感怀之余，"予"还发表了由这样的故事成就的叙事文体特征的评价："事甚简赅，初无足观。今之作家，每以文之俶诡奇诞见长。此篇平淡无奇，又乌足尘大雅之目。然予伸纸拈笔时，有动

---

① 周瘦鹃译：《伞》，选自《欧美名家短篇小说》，第 339 页。
② 周瘦鹃译：《这一番花残月缺》，选自《欧美名家短篇小说》，第 365—374 页；原载于《礼拜六》第 60 期（1915）。

于中，不能自已。"① 这里体现了对正在形成的新文体的某种特征的自觉意识，也暗合了周瘦鹃本人的小说取材理念。

但另一方面，这篇翻译作品又表现得没有那么"平淡"，让它不平淡的是译者的情感投入。首先是题目的改变：相比原题"村庄的骄傲"，"这一番花残月缺"注入了感慨的语气，且充满感伤气息。发出感慨的潜在主体可以是叙事人"予"，也可以是率先阅读了小说、并借由自身的中介位置将故事向其他读者传达的译者。换句话说，译者在顶替作为"假托作者"的叙事人位置的同时，也具备小说读者的身份。这个读者为故事所感，甚至和人物发生了比原作者更强烈的认同。最明显的是临近小说结尾处，描写女孩临终前的忧愁之态，原文如下：

> Was she thinking of her faithless lover? —or were her thoughts wandering to that distant church-yard, into whose bosom she might soon be gathered? ②（她在思念她那言而无信的情郎吗？——还是她的思绪正游荡着去向那远处的教堂的墓地，回到那个她即将被召去的怀抱之中？）

周瘦鹃的译本里，第三人称"she"变成了第二人称"尔"：

> 嗟夫女郎，尔殆念及尔跃马天涯之情人，捐尔如秋扇耶？抑

---

① 周瘦鹃译：《这一番花残月缺》，选自《欧美名家短篇小说》，第374页。
② Washington Irving, "The Pride of the Village," in *The Sketch-Book of Geoffrey Crayon, Gent* (New York: Oxford University Press, 1996), p.281.

念及彼礼拜堂中之墓田，将埋尔艳骨耶？嗟夫女郎，尔其毋悲，
尔情人来矣。①

译文颇具音乐性和节奏感，很能激发感情。第三人称到第二人称的
转变，使得"女郎"成为更切近、更活生生的对象，译者僭越原文，
自动发起女郎和"予"/译者/读者之间的对话关系。另外，"嗟夫女
郎，尔其毋悲，尔情人来矣"这句，原文中没有，是译者增加的，这
是一句预告（仿佛来自一个代入感很强的文本知情者），也是一种人
情味十足的安慰，既是对人物的，也是对读者的。以这一处原文译文
对照为例，可以窥见周瘦鹃翻译的"情热"特征；或者说，通过建立
"同情关系"和充分代入，译者有意识地不断加强阅读过程中读者的
情感体验。

比较同一文本的不同译文有助于认识译者在风格和关怀方面的区
别化。《域外小说集》和《欧美名家短篇小说丛刊》有一篇共同文本，
是芬兰作家尤哈尼·阿霍（Juhani Aho）的"Pioneers"。这个故事里，
两个年轻人在牧师家做仆佣，相识相爱。后来他们结婚了，决定离开
主人家，去开垦荒野。经年累月的辛苦劳作之后，他们终于开辟了一
小片林地。但上帝并没有垂怜他们：他们负了债，妻子因为辛劳而早
逝。当"我"遇到那位丈夫时，他正吃力地扶着棺木向教堂走去。他
们剩下的只有那一小块开垦的土地，而这块地终将遗泽后人。

周作人将小说题目直译为《先驱》，周瘦鹃则译为《难夫难妇》，
凸显了家庭和婚姻的视角和重心，这一点也构成两个译本的主要差异
之一。周瘦鹃的译本篇幅上长出许多，除了翻译语言不同（一个文

① 周瘦鹃译：《这一番花残月缺》，选自《欧美名家短篇小说》，第 373 页。

言，一个白话）的原因之外，跟周瘦鹃对于描写和情绪铺陈的特别兴趣有关，尤其是关于家庭画面、夫妻生活的描写。例如，描写两个年轻人日益滋长的爱情和对将来的憧憬时，周作人只用了一句话概括：

惟年来情愫益密，将来希望，日益光明。①

周瘦鹃的翻译是：

以后一年中，他们两下里的爱情，益发打得热烘烘的，好像火一般热。两颗心也好似打了个结儿，再也分不开来。翘首前途，仿佛已张着锦绣，引得他们心儿痒痒地，急着要实行那大计划。②

不能确定周作人和周瘦鹃各自使用了哪个版本的原作译文进行中文转译，不过可以以更为当代的中译版本作为参照和依据。梅绍武的译本中，对应的译文也只有一句："然而，一年年来，他们的感情日渐深笃，将来的远景也日益明朗。"③语体不同，但和周作人的翻译几乎完全对应。因此，比较可能的情况是，周瘦鹃在翻译时对原文进行了刻意丰富。"热烘烘的""打了个结儿""心儿痒痒地"，这些口语化表达烘托了年轻情侣的爱情和生活激情，充满了世俗的快乐。在另一个场景中，听说妻子的死讯后，"我"走向他们的家——一座茅舍，向屋

---

① 周作人译：《先驱》，选自《域外小说集》，第 166 页。
② 周瘦鹃译：《难夫难妇》，选自《欧美名家短篇小说》，第 545 页。
③ 梅绍武译：《先驱》，选自《域外小说集》(伍国庆编，长沙：岳麓书社，1986 年)，第 405 页。

内张望，

周作人的译文：

> 场中有虚榻，死妇之衾，则被于篱上。梁木参差如故，窗间波黎昏暗，槛上置杨木小匣，植金凤华，已槁矣。①

周瘦鹃的译文：

> 天井的中央，放着一只空床，那些被褥，都披在篱笆上边。屋中一切情形，仍和往时一样，只少了个婉变可爱的主妇。窗上玻璃，都罩着灰尘。外边的天光，一些儿也透不进去。窗槛上放着一只小木匣，匣中种着一枝凤仙花，花瓣已枯，叶儿也黄了。我瞧着这种凄凉景象，心中很觉得难堪。只是想维尔的目的，总算也有一小半达到。②

上述两段译文的区别主要在于叙事人"我"的参与程度。周作人的版本更倾向于一种非个人的再现。而周瘦鹃让叙事人更多介入他所观察的场景中：看着依然如昔的室内陈设，"我"意识到那"婉变可爱的主妇"不在了。"我"为丈夫的不幸感到难过，同时自我安慰着至少他们实现了一小半的梦想。周瘦鹃显然又一次借助译者身份对原文进行了发挥，通过展现"我"的心理，让"我"对男主人公设身处地。而这次带有凭吊性质的拜访，使得叙事人"我"成为夫妇俩所拥有的

---

① 周作人译：《先驱》，选自《域外小说集》，第 168 页。
② 周瘦鹃译：《难夫难妇》，选自《欧美名家短篇小说》，第 548 页。

的记忆和荣耀的见证者。

但周瘦鹃并非永远在做加法，他也有做减法的时候。周作人译本结尾是：

> 每见田中麦秀，禾穗就黄，人当常念先驱者之烈。特吾侪不能树碑墓上，为之记念。盖言其往事、如是者则既千万人、而姓名皆不闻于后世也。①

梅绍武译文中也有完全对应的语句。而周瘦鹃译本中，后一句消失了：

> 所以我们以后见了田中的麦穗谷粒，须得记着那两个最先的殉道人呢。②

有没有后一句，效果上的区别是什么？后一句其实是对小说主题的升华，使得小说从一个"夫妻奋斗史"的具体故事上升成为对一切新生事物的无名开拓者的赞歌。这样的结尾呼应了小说标题"先驱"，也充分寄寓了周氏兄弟的变革热望。少了这一句，则让小说继续停留在"夫妻俩的故事"这一层面，而这样的处理恰恰解释了周瘦鹃对小说题目的改动——"难夫难妇"意味着从一开始起，译者就打算把这个故事限定在"家庭故事"的范畴。可以由此延伸到另一个问题，即三部翻译集的一个重要比较维度——所选文本的主题。而对不同叙事主

---

① 周作人译：《先驱》，选自《域外小说集》，第169页。
② 周瘦鹃译：《难夫难妇》，选自《欧美名家短篇小说》，第549页。

通俗：
大众视野与文类实践

题的选择，进一步影响了他们在"短篇小说"创作方面的具体产出。周瘦鹃的文集中，"家庭"/"家庭性"（domesticity）一类的文本主题尤其突出，占总篇目的半数以上。"家庭性"的范围颇广，大致统计，包含以下几种类型："夫妻"（包括《情奴》《伞》《妻》《悲欢离合》《芳时》《除夕》《难夫难妇》），"父亲和子女"（包括《回首》《美人之头》《伤心之父》《洪水》），"母亲和子女"（包括《慈母之心》《惩骄》）以及"兄弟姐妹"（包括《星》《阿兄》《兄弟》）。此外，其余文本多数亦与家庭相关。

相较而言，周氏兄弟的短篇小说集中，除了《先驱》一文，没有其他家庭故事。而且，正如前文所说，相比周瘦鹃，周作人的译本不那么突出"家庭"面向。小说集收录的短篇小说，常常塑造了无可归依的孤独个体，似乎呼应着译者对读者（"卓特之士"）以及这一新兴文类的预设。而"孤独者"这一形象，日后成为鲁迅创作的一个重要主题。另外，《域外小说集》里，不少作品可以归类为"寓言"，比如奥斯卡·王尔德的《安乐王子》（"The Happy Prince"）、埃德加·爱伦·坡的《默》（"Silence—A Fable"）、马塞尔·施沃布（Marcel Schwob）的《拟曲》（"Mimes"）、安徒生的《皇帝之新衣》（"The Emperor's New Clothes"）和索洛古勃（Theodore Sologub）的系列寓言等。周氏兄弟的古文翻译，为这些作品渲染了疏远而永恒的意蕴。这样的特征日后同样融入了鲁迅的寓言式写作，尤其在《故事新编》一集中。

胡适的《短篇小说集》中，同样有几篇关于家庭问题的作品，但面貌大不相同。例如，莫泊桑的《杀父母的儿子》[1] 作为一个家庭故

---

① 胡适译：《杀父母的儿子》，选自《短篇小说集》，第 53—63 页。

事，完全挑战了父母子女关系的一般期待：一对有钱的夫妇，被发现死在一块河边草地上。不久以后，一位信仰共产主义的少年木匠向警察局投案，而案件本身被定性为一桩政治意味的谋杀。但后来，年轻木匠坦白，他是这对男女的私生子，还是个婴孩的时候，就被抛弃了。他犯下这桩大罪，作为对他们过去罪恶的惩罚。小说中，家庭问题和阶级问题以及社会思潮的传播相互缠绕，促使中国读者从历史和政治的维度反思父母子女的关系。

周瘦鹃翻译集里的家庭故事，不带有对父母／兄弟之爱的任何质疑。不过，这些故事，也并不局限于家庭范围。比如，"父子"或"兄弟"关系通常和整个共同体的命运联系在一起，因此进一步体现为一种广义的、象征性的"手足情谊"。都德的《伤心之父》("The Loyal Zouāve")[①]里，父亲为儿子做了逃兵感到耻辱，最终，他选择从军，补上了儿子的缺。另一篇左拉的《洪水》("The Inundation")[②]，说的是一户乡村人家在大洪水里遭遇的灾难。小说用了很多篇幅描写家庭成员如何互帮互助，对抗天灾。小说结尾，孩子们全部在灾难中丧生，只留下老父亲一个人，缅怀着他的儿女们。小说基调颇具英雄主义气息，甚至有几分史诗的意味。当然，这不是一出英雄史诗，而是普通人为了日常生活奋斗的史诗。

上一章已经提到，到了二十世纪一〇年代，作为日益普及化的新兴文类，短篇小说已经成为一种重要的再现媒介，也是一种文化话题。不同的文化力量都参与到新文类介绍的过程中来。作为早期实践者之一，周瘦鹃因其在诸如《礼拜六》等主要通俗期刊中活跃的翻

---

① 周瘦鹃译：《伤心之父》，选自《欧美名家短篇小说》，第293—299页。
② 周瘦鹃译：《洪水》，选自《欧美名家短篇小说》，第299—328页。

译活动而受到关注。在共同的文学兴趣的背景之下，周瘦鹃的实践为"短篇小说"文类进入中国文学场域作出了贡献。和其他两部翻译作品集相比，周瘦鹃提供的"短篇小说"形态是以日常化、经验化和戏剧化为特征的。在短篇小说主题方面，也体现了特定的选择。最为突出的就是家庭主题。这里的"家庭"，不同于传统小说里的大家庭，业已转化为规模有限、人际关系简单的小型家庭。除了译者的个人偏好和文化关怀之外，就形式需要而言，简单、平常的人物关系与追求简明的文类相互配合。毫不意外的是，在周瘦鹃自己的短篇小说创作中，家庭和家庭性同样成为他最常规的主题。

第二节　"情"的标榜与多元化

周瘦鹃在《说觚》中所举的欧美文学篇目，多以"情"为主题。或者说，周瘦鹃选择以"情"的角度描述它们，并冠以"哀情""性情"等名目。已有不少研究论及"情"主题对于周瘦鹃的核心意义[①]，从《欧美名家短篇小说丛刊》到周本人的创作来看，确实可以认定"情"在周瘦鹃文学写作活动中的重大比例。不过，应当说，对"情"的关注，是周瘦鹃个人取向和客观阅读经验共同作用的结果。因为在他眼中，"言情"乃是欧美现代小说的创作主流："小说性质不一，细析之，可十余类。在欧在美，以言情侦探两类为最夥，汗牛充栋，几足骇汗僵走一世。"[②] 以此为前提，那么，《丛刊》对言情类篇

---

① 参见陈建华：《抒情传统的上海杂交——周瘦鹃言情小说与欧美现代文学文化》，《中山大学学报》（社会科学版）2011 年第 6 期，第 1—18 页。潘少瑜：《情死·自虐·恋尸：论周瘦鹃哀情小说的死亡书写》，《苏州教育学院学报》2018 年第 6 期，第 47—57 页。《周瘦鹃为什么对莫泊桑的爱情小说情有独钟》，《东方翻译》2011 年第 1 期，第 40—45 页。
② 周瘦鹃：《说觚》，选自《鸳鸯蝴蝶派研究资料》（上），第 67 页。

目的撷选，一定程度上，也是周瘦鹃从自身经验出发，对欧美小说总体情况的一种展示。另外，尽管"情"文本多为"言情"，即爱情故事，放在周瘦鹃身上，尤以"哀情"见长，但实际上，周瘦鹃笔下的"情"，无论类型还是美学风格，均呈现出更为多元化的面貌。而在"情"的翻译中，译者借助"润饰"风格，投射出自己对文本的接受、模仿或局部强化。接下来将比较《丛刊》中三篇译文和它们的英语原文 ①，借此展现周瘦鹃对"情"的演绎。

　　丹尼尔·笛福的"The Apparition of Mrs. Veal"，标题直译为"费尔夫人的幽灵"；周瘦鹃在翻译时作出改动，译为《死后之相见》②。这一变更，起到了转移焦点的效果——译者有意识地把读者的注意力引向"相见"，尽管就情节本身来说，重点在于"幽灵"。因为这是一则鬼故事：费尔夫人拜访了白格莱夫夫人，二人进行了长谈。她们是老朋友了，但失联了若干年。隔日，白格莱夫夫人得知，费尔夫人在星期六病故。她坦承道，星期六当天，她见到她了。这件奇事在小镇上引起很大反响。不过，很多居民不相信白格莱夫夫人的话，尤其费尔夫人的哥哥，"主严冷"，"力主异议，与其朋辈抨击白格莱夫夫人，斥为妄人"，并疑她有所图。人们纷涌而来，向白格莱夫夫人询问求证，"夫人长日应客，几于唇焦舌敝"，但始终坚持不愿从中获得一丝好处。③ 小说最后，叙事人"我"断言白格莱夫夫人是可信的，基于她那根据充分的自白，同样基于她的个人品格。

　　笛福的故事关乎精神领域和物理领域的交互。作者力求故事看起

---

① 所选取的短篇小说，原著语言都是英语，因为这是周瘦鹃唯一掌握的外语；如果是原著非英语的作品，很难确定他用的是哪个译本。
② 周瘦鹃译：《死后之相见》，选自《欧美名家短篇小说》，第1—9页。
③ 同上，第8页。

052

来是"真实的"。因此，他花费了不少篇幅来详细叙述人们的质询，以及白格莱夫夫人的自证。除了围绕孰真孰伪的争论之外，白格莱夫夫人和费尔夫人幽灵的交谈，颇为生动感人。对照原文和译文，可以发现，相比"真伪"之证，译者周瘦鹃显然对展现两人的交谈更有兴趣。周的翻译里有几个明显的省略：一部分是关于白格莱夫夫人回忆鬼魂是如何拜托她分配遗产的，一部分是费尔夫人的幽灵试图不让她的老朋友察觉她是鬼魂。译者有意识地省去了这些细节，或许他并不觉得这些有多重要。除这些以外，还有两处省略。原文中，在进入情节主线之前，有一段开场白，周瘦鹃的翻译里没有呈现：

> This thing is so rare in all its circumstances, and on so good authority, that my reading and conversation have not given me anything like it. It is fit to gratify the most ingenious and serious inquirer.[①]（这件事在任何情况下都是如此罕见，且又有着如此确实可靠的证据，以至于我所经历过的阅读和谈话都没有带给过我这样的经验。它适合于满足最有天分、最严肃的询问者。）

另一处省略在最后一段：

> And why we should dispute matter of fact, because we cannot solve things of which we can have no certain or demonstrative notions, seems strange to me.[②]（让我觉得奇怪的是，我们为事实

---

① Daniel Defoe, "The Apparition of Mrs. Veal," in *The Best Ghost Stories*, ed. Joseph Lewis (New York: Boni & Liveright, 1919), p.4.

② Ibid., p.12.

争论不休的原因，是因为我们无法解决那些我们对之缺乏明确概念，或者不能证明的事情。）

这两段均旨在说明和反思"验证"行为及其合理性，并加深了整个故事的"真实效果"。当这两处被省略，关注重心就发生了变化。周瘦鹃的译本，开门见山就是两位女性的"相见"：

> 费尔夫人死后所与相见者，为白格莱夫夫人。①

这句是定语从句，无需任何结构上的调整，就可以译回顺畅的英文表达。不过，尽管这句文言体现出一种"西化"特征，却并非忠实直译。笛福的原文是"Mrs. Bargrave is the person to whom Mrs. Veal appeared after her death"，直译的话，中文应为"白格莱夫夫人是费尔夫人死后现身的对象"。② 比较这两句句子，可以感觉到，周瘦鹃的翻译强调了她们"相见"的事实，这同样呼应了他对小说标题的改动：通过这样的改动，得到凸显的是两位女性的关系。此外，有时候，周瘦鹃会添加细节，来强化两位女性彼此之间深厚感情的表达。举个例子，小说原文只是简短描述了她们相见的那一刻：她们彼此热烈致意，"嘴唇几乎相贴"（till their lips almost touched）③。而周瘦鹃延长了这一时刻：

> 二人且相抱接吻，用示亲爱。斯时两心中之欣悦，直不可纪

---

① 周瘦鹃译：《死后之相见》，选自《欧美名家短篇小说》，第 2 页。
② Defoe，"The Apparition of Mrs. Veal，" in *The Best Ghost Stories*，p.4.
③ Ibid.，p.5.

通俗：
大众视野与文类实践

极。觉天下乐事，无过于此矣。①

相见的时刻被永恒和神圣的光晕笼罩着。类似地，在小说的后半部分，写到人们议论白格莱夫夫人的经历，小说原文如下：

> The generality believe her to be a good spirit, her discourse was so heavenly. Her two great errands were, to comfort Mrs. Bargrave in her affliction, and to ask her forgiveness for her breach of friendship, and with a pious discourse to encourage her.② （大多数人都相信她是个好的灵魂，她的话语是那么的神圣。她的两件使命是，安慰白格莱夫夫人的苦恼，请求她原谅她辜负了她们的友谊，并用虔诚的话语鼓励她。）

周瘦鹃的译文是：

> 而信者仍复不少。谓费尔夫人之鬼，可谓奇鬼，慰藉白格莱夫人之诸语，直同天上纶音，足令天下苦恼众生，忘其痛苦。③

原文中私人之间的安慰换成了普适的慰藉。而且周瘦鹃用"奇鬼"来对应"好灵魂"（good spirit），产生了不同的表达效果。原文意在肯定费尔夫人的幽灵，形容她是"好的"，而译者选的"奇"字，则超越了好/坏之分——"奇鬼"一词，让人联想到《聊斋志异》里那些超

---

① 周瘦鹃译：《死后之相见》，选自《欧美名家短篇小说》，第 4 页。
② Defoe, "The Apparition of Mrs. Veal," in *The Best Ghost Stories*, pp.11—12.
③ 周瘦鹃译：《死后之相见》，选自《欧美名家短篇小说》，第 8 页。

绝出世又笃重情义的鬼魂。总而言之，译文旨在引导读者体验两位女性之间深刻珍贵的友谊，至于幽灵事件本身是否得到证实，并不是重点所在。译本意图表现的，是感情如何超越生死，如何通过一种静谧的、无迹可寻的方式得以实现，一种"女性的"方式。

在《说觚》一文中，周瘦鹃举出早年译作《无国之人》（"The Man Without a Country"）作为欧美"爱国小说"的代表，不但叙述情节，还自引了部分译文，足见是得意之作。[1] 所引用的段落，是主人公在流放的船上吟读司各特长诗《最后一个吟游诗人的歌》（"The Lay of the Last Minstrel"）的片断。该诗以描绘呈现苏格兰风尚习俗闻名，而周瘦鹃在《说觚》中，直接将其定位为"爱国诗"。这一定位，着眼于该诗在小说内部的功能：通过吟诵诗歌，主人公的爱国情感被充分激发。这个场景成为小说的转折点，为下文主人公参加战斗击退英舰作了铺垫。周瘦鹃以离骚体例，精心翻译了原文中的诗歌片断：

> 彼其人之生于世兮，似仅留其躯壳。虽呼吸之尚存兮，而灵魂早已淹泪。
>
> 故吾未尝闻其一言曰：是为吾所有之祖国。
>
> 今有人自海滨归兮，望衡宇而言旋祖邦。苟漠然而无所动于中兮，是其人者必无心肠。惟无心肠之人不可交兮，汝其志吾言而毋忘。
>
> ……
>
> 夫从万恶于彼一身兮，吾不待筮而卜其终凶，吾不待筮而卜

---

① 周瘦鹃：《说觚》，选自《鸳鸯蝴蝶派研究资料》（上），第67页。

其终凶。①

近十年之后，当他撰写《说觚》一文时，将诗歌段落完整录入，足见这次翻译经历令他念念不忘。通过潜在地将《无国之人》的主人公与屈原类比，周瘦鹃有意识地调动着读者的阅读经验和情感反应。而情绪上的渲染和触动，正是译文相对于原文更进一步的地方。如何促成这样的效果？与人物形象的文本呈现息息相关。

"The Man Without a Country" 的作者是爱德华·哀佛莱·海尔（Edward E. Hale，1822—1909），周氏译本由文言译就，最早发表于《小说大观》第 3 辑（1915 年 9 月），后收入《欧美名家短篇小说丛刊》。小说取材于 19 世纪美国真实存在过的一位人物"菲立泊拿兰"（Philip Nolan），但具体情节是虚构的：美国军官菲立泊拿兰被判处叛国罪，与自己的国家脱离了关系，并被勒令在海上度过余生，至死听不到任何关于美国的消息。在余下的生涯中，拿兰慢慢地、饱含痛苦地意识到国家对他的真实价值，临终时，他终于证明了自己是一个真正的爱国者。小说初版于 1863 年，由于采取较为严格工整的文言作为翻译语言，周瘦鹃赋予了这篇近世作品一种"古意"。此外，他借鉴了"史传"笔法，为译文营造了一种"真实感"，一种伪造出来的"历史性"。作品原本是中篇小说的篇幅，译者作了大量删减，将其缩减为短篇。其中多数被省略的段落，都是关于具体的历史和政治信息的。省略背景信息，很可能是考虑到大众读者对美国历史的有限认知（他自己的知识也很有限），信息量太大，反而会造成困惑。删减的结果是，小说叙事集中浓缩到了情节主线本身。

---

① 周瘦鹃：《说觚》，选自《鸳鸯蝴蝶派研究资料》(上)，第 404—405 页。

其余的几处省略对小说的文本效果产生了影响。例如，原作开头是菲立泊拿兰的讣告，登在"8月18日的《纽约先驱报》上"。[①] 叙述人"我"，作为拿兰的旧相识，偶然读到了这则新闻。"我"特别告知读者拿兰这个人，是因为这个名字不为人所知，而"我"想把这桩多年来为官方所保密的事务公之于众。这样的开头制造了神秘感，引发了读者对于菲立泊拿兰及其身世的兴趣。然而，在周瘦鹃的翻译中，开头一整段被略过了，开门见山，直接让人物出场：

> 菲立泊拿兰者，为我西部大军中一少年之军官，英英佳少年也。[②]

这句开首语吸取了列传语法。加上对"讣告"一段的省略，产生的效果就是：菲立泊拿兰的"当代感"被削弱和模糊了，而更近乎一个历史人物。此外，周瘦鹃把原文中叙述人"我"的部分基本取消，或许是因为和"列传"体例相冲突了。有几处，由于无法避免，必须保留，他就改用"著者自称"来标记。显然，这样的处理，并不意味着他无法区分"文本叙述者"和"作者"——周氏在翻译其他第一人称作品时，不存在这个问题。这么做的原因，除了借鉴"列传"体裁所做出的必要调整之外，更重要的目的，可能在于试图把"我"的声音和叙事主线隔绝开，造成疏离感，保障小说叙事口吻的"非个人化"。

---

① Edward Everett Hale, "The Man without a Country," in *The Man without a Country & Other Stories* (Ware: Wordsworth Editions Limited, 1995), p.5.

② 周瘦鹃译：《无国之人》，选自《欧美名家短篇小说》，第401页。

译文中菲立泊拿兰的英雄形象相当突出且稳定，无论是被哀朗白尔（Aaron Burr）诱导、犯下叛国罪，还是后来当他意识到自己的过错并赎罪（与英军展开海战），都没有减损他的英雄光芒。相比之下，原著中拿兰的形象更加中性化。举几个例子：

原文：

> Burr marked him, talked to him, walked with him, took him a day or two's voyage in his flat-boat, and, in short, fascinated him.[1]（白尔令他沾染污点，和他聊天，与他散步，带他乘坐平底船，一起航行一两天，简而言之，他迷惑了他。）

译文：

> 一见拿兰，则亟赏其人，因与盘谈，偕之散步。复同乘其平底之舟，扬帆出游，容与海中者可一二日。运其莲花之舌，以污此少年清白纯洁之心。少年初不自觉，竟入其彀。[2]

二者区别颇为明显：译文强调了拿兰的"清白纯洁"，原文中没有这样的说明。下面是另一处例子，描写的是拿兰在法庭上的表现：

原文：

---

[1] Edward Everett Hale, "The Man without a Country," in *The Man without a Country & Other Stories*, p.6.
[2] 周瘦鹃译：《无国之人》，选自《欧美名家短篇小说》，第 402 页。

Nolan laughed. But nobody else laughed.[1]（拿兰大笑起来。但除了他，没人笑。）

译文：

拿兰纵声而笑，格格然如怪鸱。而全庭之人，则均沉默不声。[2]

中文译本中，拿兰和在场其他人的对比关系得到进一步强化，从而凸显了拿兰作为"叛逆英雄"的形象。另外，原文中，是拿兰朋友的一封信，透露了他和拿兰去世前长长的对话。信中，拿兰的政治生涯，以及后来所犯下的罪行，完完整整都提到了。然而，周瘦鹃的译文中，整段对话缩减为简单一句话，由菲立泊拿兰说出：

时吾亲爱之老友已见吾之目光所及，即作苦笑曰："君不见乎，吾已有祖国矣。一小时后，吾即别去。"[3]

前半句话是忠实翻译，但后半句"一小时后，吾即别去"是周瘦鹃自己加的。加上这句，拿兰仿佛拥有了某种神性，可以预知自己的死亡。

原著小说里的"爱国"很大程度上是在赎罪和洗刷个人耻辱的层面上得到体现的。作为一位近世的政治人物，菲立泊拿兰是以有争议

---

① Edward Everett Hale，"The Man without a Country，" in *The Man without a Country & Other Stories*，p.8.
② 周瘦鹃译：《无国之人》，选自《欧美名家短篇小说》，第403页。
③ 同上，第408页。

通俗：
大众视野与文类实践

的英雄的形象立身的。然而，当读者翻阅周瘦鹃的中译版《无国之人》，就会发现，人物的英雄性几乎没有受到任何质疑。之所以产生这样的文本效果，不仅依靠具体历史信息的删减，更归因于译者对人物的微妙重塑。译文表现出的"列传"风格，以及人物的传奇做派，会让中国读者联想到某些古代英雄。加上译者对"离骚体"的主动选择，让拿兰和屈原之间产生了某种内在可比性，尽管两者的语境相去甚远。而正是通过强化甚至创造拿兰的"英雄性"，译者为人物赢取了读者的同情和钦慕，让《无国之人》成为一篇激越人心的作品。

那么，为何需要如此烘托一位"知耻而后勇"的人物呢？事实上，拿兰的悲情感，一定程度呼应了翻译的时代语境，以一种关键词提示的方式，触动着中国读者的神经。前文已经提到，这篇短篇小说最初发于 1915 年。结合历史情境，"无国之人"这一表述，可以被解读为对 1915 年公众心境的一种略带夸张的诠释。这一年签订了"二十一条"。1915 年的通俗文学期刊中，登载了大量爱国主题的小说，有原创，也有翻译作品；其中多数关乎外来侵略。另外，比如，《礼拜六》刊登了系列议论文章《国耻录》，连载两个月。[1] 可以说，对于"耻"的强烈意识，构成了那几年爱国叙事的主要元素。在这样的语境下，"无国之人"这一主题信息，超越了具体文本中个人层面的政治过错和赎罪行为，并得到充分扩张，足以包容读者视角出发的共同体命运体认，以及反抗命运的希望。作为一个耗尽全力、从所背负的耻辱中重新站起来的巨人，"菲立泊拿兰"的形象堪称爱国表率。而他的遗言，"君不见乎，吾已有祖国矣"，定然令当时面对自身耻辱命运的中国读者感到灼烈的疼痛。

---

① 王钝根：《国耻录》，《礼拜六》第 52—58 期（1915）。

《丛刊》中，白话译就的作品占总数三分之一。前文已经提到，相比周氏兄弟和胡适，周瘦鹃在翻译语言的选择方面，显得比较"随机"。而且，他的翻译表现出一种通俗且混杂的特征：一方面，他所使用的文言，十分浅显，比周氏兄弟的艰涩古文易读得多。有时候，为了表达效果，文言和白话会局部混用。举个例子，《鬼新娘》[①]一文译成了白话，但在男主人公赞美女鬼的美貌时，发出的感叹是"凤兮凤兮，仙乎仙乎"[②]，这里突如其来的古典诗意，激发了荒唐感，鉴于它和通俗风格的整体翻译语言产生了一定冲突，从好色且庸俗的男主人公口中说出，也有些滑稽。这样的"混搭"译法强化了男主人公人物形象的喜感特点。而他最终因为沉迷美色，成了女鬼的牺牲品。另外，尽管较难从周瘦鹃的文白选择中发现规律，但可以注意到，对于日常喜剧类型的小说，译者稳定地选择白话作为表现语言，比如前文列举的莫泊桑的《伞》。

同样关乎夫妻生活的喜剧故事，《情奴》是另一个例子。作者是英国作家萨克雷（William Makepeace Thackeray），原题"Dennis Haggarty's Wife"（"丹尼斯·哈格蒂的妻子"）。与《伞》的生活琐事不同的是，这篇短篇小说着重爱情维度，描写了 Haggarty 如何陷入爱河、进入婚姻、最终人财两空的故事。故事大意如下：虚荣的男青年但奈哈加（Dennis Haggarty）爱上了一位更加虚荣的加姆小姐，不顾一切要娶她为妻。后来，加姆小姐因为感染"天然痘"（天花），双目失明，容貌尽毁。尽管如此，哈加依然疯狂迷恋着她，为她鞍前马

---

① 周瘦鹃译：《鬼新娘》，原作题为"The Mysterious Bride"，作者詹姆斯·霍格（James Hogg），选自《欧美名家短篇小说》，第12—24页；原载于《礼拜六》第18期（1914）。

② 同上，第15页。

后，而她也依然自我感觉良好。小说最后，夫妻俩的生活条件每况愈
下，妻子和岳母便带走全部家产，抛下丈夫一个人。最终，但奈哈加
靠着微薄的收入独自彷徨于世。尽管以悲剧告终，阅读体验并不悲
伤：一方面，和《伞》类似，两位小说主人公都是有缺陷的，且经过
了漫画式处理。另一方面，哈加和加姆小姐之间的爱情，尤其哈加的
全身心投入，被反复判定为反常和不可思议，因此，小说结尾，当叙
事人"我"（哈加的一位朋友）发出"以后我愿普天下的男子，别识
这一个不详的情字，别做那情的奴隶"① 这句悲情小说常见的哀怨说
教时，带出的却是半含同情半嬉笑的别样效果。

《情奴》的翻译，吸取了一些传统拟话本小说的形式特征。比
如，译者以"话说"开场，用"看官"来吸引读者注意，用"闲话休
叙"作为过渡。说书人的声音实际上和文本内部的叙述视角"我"重
合了。鉴于叙述者"我"是有限视角，"说书人"也就不再全知，因
此和传统说书人的情况区别开。应当说，视角"我"对于揭示哈加爱
情的荒谬、形成全篇的嬉笑风格十分重要。尤其是加姆小姐的形象
描写，从两个角度得到表现：一是叙述人"我"，另一个是但奈哈加
的视角，两者构成极大反差。叙述人的描述为读者率先塑造了一个粗
俗、自命不凡的"琪美麦加姆姑娘"。有了这样的先入为主，就让后
面哈加对她的不能自拔显得愚蠢古怪。尽管以"哀情巨子"的称号闻
名民初文坛，周瘦鹃似乎十分享受这种与感伤作品在风格上截然相反
的戏谑故事。他进一步夸大叙述人和丈夫双方面的一些叙事细节，形
成更强烈对比，加强滑稽效果。比如下面的例子：

---

① 周瘦鹃译：《情奴》，选自《欧美名家短篇小说》，第90—91页。

These eyes Miss Gam had very large, though rather red and weak, and used to roll them about at every eligible unmarried man in the place. But though the widow subscribed to all the balls, though she hired a fly to go to the meet of the hounds, though she was constant at church, and Jemima sang louder than any person there except the clerk, and though, probably, any person who made her a happy husband would be invited down to enjoy the three footmen, gardeners, and carriages at Molloyville, yet no English gentleman was found sufficiently audacious to propose.[1]（加姆小姐的眼睛非常大，尽管发红且疲惫，她用它们在本地每一个条件合适的未婚男人身上转来转去。但是，尽管寡妇参加了所有的舞会，尽管她雇了一只苍蝇去盯梢猎犬的聚会，尽管她经常出现在教堂里，而且琪美麦唱歌的声音比那里除了神职人员以外的任何人都大，尽管，也许任何成为她幸福丈夫的人都会被邀请下来享受莫洛维尔的三个仆人、园丁和马车，却没有一位英国绅士足够勇敢，前来求婚。）

周瘦鹃对这段进行了明显的添油加醋式误译：

　　加姆姑娘的一双明眸，又红又大，往往斜乜着，偷瞧那未成年的少年儿郎。她的声音十分响朗，已不象是莺啭，却近乎鹤唳。不鸣则巳，一鸣直能惊人。所以每逢在礼拜堂中唱歌时，歌

---

[1] William M.Thackeray, *Men's Wives* (New York: D. Appleton & Company, 1852), pp.218—219.

声嘹亮，总高出旁人之上。这妙目清声，实是加姆姑娘平时所自负。不过有一件很抱憾的事，原来她那明珠慧眼中，还没一个可意人儿，当得上雀屏之选。委实说，世上男子，多半是浊物，怕也没一个有福亲近那绝世美人的芳泽，更没一个有福享受那麻洛维尔巨厦中的豌豆、下人、园丁和那三辆绣幨华毂的香车。①

在用"斜乜""鹤唳"等词加倍刻薄地描写了加姆姑娘并不美好的形象之后，周瘦鹃故意制造反差，将"却没有一位英国绅士足够勇敢，前来求婚"改写为"怕也没一个有福亲近那绝世美人的芳泽"。这样的处理，夸大了加姆小姐的可笑程度。而有了"鹤唳"在先，后文中但奈哈加对妻子歌声的沉迷就愈发显得不可理喻：

> 听了他老婆的歌声，直好像一翻身跌落在九天白云堆里，真个栩栩欲仙。便是那狂嘶极喊，几乎闹聋了人家耳朵，也当做广寒宫中一片霓裳仙乐声。②

原文是：

> It was occasioned by looking at poor Dennis's face while his wife was screeching and, believe me, the former was the more pleasant occupation. Bottom tickled by the fairies could not have been in greater ecstasies. He thought the music was divine.③（在丹尼斯的

---

① 周瘦鹃译：《情奴》，选自《欧美名家短篇小说》，第68页。
② 同上，第81页。
③ Thackeray, *Men's Wives*, p.232.

妻子尖声叫嚣时，看着可怜的丹尼斯的脸，相信我，这样愉快多了。即使被仙女们在屁股上挠痒痒，也不会有这样的极乐。他认为这音乐绝妙极了。）

译者由"仙女"引发联想，加入了"九天白云堆""广寒宫""霓裳仙乐"等中文典故，来进一步修饰，强化了戏剧感和夸张意味。总之，在翻译过程中，周瘦鹃几乎不错过每一处能表现荒诞的描写，肆意发挥，大加渲染。因此，《情奴》里的爱情，丝毫没有因为哈加的矢志不渝而显得动人心弦，反倒比原著更令人感到荒唐、鄙弃和不安。周氏译文中有一种自然主义的兴味：男女主人公的形象进一步动物化，与此同时，他们的命运被毫不客气地推向悬崖，引起一些唏嘘，但更多的是缺乏道德的笑声。另外，可以观察到哀情套语的沿用和失效。前文已经提到，诸如"以后我愿普天下的男子，别识这一个不详的情字"这样的常见表达，运用到《情奴》里，就变了味道。与之类似的还有"前世孽缘"：

> 平日间总是愁云满面，郁伊不乐。于是引得他朋友们和军营中的伙伴都咄咄称怪。可是那加姆姑娘既算不得个美人，她那颜色，自未必就能迷住哈加的心窍。若说贪她妆奁富厚，然而她家的富贵，也在可信不可信之间。况且哈加的向来不象是个小说中人物，但喜欢牛排威司克，事他酒国中的生活。那妇人女子和温柔乡中的生活，并不在他心上。所以那醇酒妇人四字，他单做了一半。哪里想到如今见了加姆姑娘，却从头到脚全个儿没在森森情海之中，缠绵固结到这般地步，难道真合着世俗所说的前世孽缘么？只这前世孽缘四字，究竟是虚无缥缈之谈，不能作为

定论。①

原文：

His down-heartedness, indeed, surprised most of his acquaintances in and out of the regiment, for the young lady was no beauty, and a doubtful fortune, and Dennis was a man outwardly of an unromantic turn, who seemed to have a great deal more liking for beefsteak and whisky-punch than for women, however fascinating.②
（事实上，他的沮丧让军团内外的大多数熟人都感到惊讶，因为这位年轻的女士并不漂亮，所拥有的财富，也令人怀疑，而丹尼斯从外表上看是一个不浪漫的人，他似乎更喜欢牛排和威士忌，而不是女人，无论她们多么迷人。）

显然，周瘦鹃在原文基础上大逞添枝加叶之能，引导读者加深对文中爱情"合理性"的怀疑，这种怀疑，有条件上升成为对文学阅读惯习的质疑：他提出并自我否决了"前世孽缘"的说法。而"前世孽缘"在这里，不仅作为事实层面爱情发生的解释，更指向爱情文学中一种常见的叙事逻辑。与此相呼应，周瘦鹃将"outwardly of an unromantic turn"译作"不象是个小说中人物"，潜在地从文学标准的层面上理解"romantic"。以此标准为参照，人物哈加"不象是个小说中人物"，但又在叙事中完成了

---

① 周瘦鹃译，《情奴》，选自《欧美名家短篇小说》，第71—72页。
② Thackeray, *Men's Wives*, p.222.

小说式行为——即前世孽缘般的缠绵爱情。但最终，正是因为人物特征和行为之间的错位，产生了有别于常规的文学效果。这里或许透露出周瘦鹃对叙事模式的自觉和反思意识，并通过翻译将文本的新意进一步有形化和前景化：一种不浪漫（unromantic）/去浪漫化的爱情叙事。

类似《情奴》这样具解构意味的爱情文本，在《欧美短篇小说丛刊》中并非孤例。而同一时期，在通俗文学创作领域，同样可以看到这一类带有非道德狂欢性质、体现"错位"的爱情书写。比如，周瘦鹃的编辑和创作重地《礼拜六》中，有不少婚恋小说采纳了戏谑风格。举个例子，《眼儿媚》[1] 讲了一个关于新旧审美和情感伦理南辕北辙却歪打正着的故事：一个新式学堂的女学生，相貌普通，苦练抛媚眼，为的是吸引青年男性，最终成功为自己赢取了一桩婚约。可是，后来她才发现，当初，她的媚眼被丈夫解读为白眼，而且因此获得了他的尊敬，因为他视之为女性贞洁的表现，认为女孩具有旧派美德，符合自己和家中母亲的要求。另一篇《红楼劫》[2] 中，一位痴迷于《红楼梦》的男青年，计划把自己那体格强健的新派未婚妻培养成为"红楼式"美人，并成功达成心愿。然而，随着战争爆发，他们陷入贫困。纤弱优雅的太太，连一点活都干不了，丈夫只好充当仆佣，来维持她的"古典美"。这两则短篇小说均表现了新旧交替之际的"错位"，换句话说，这种错位一方面成就了文本的喜剧结构（由错位而滋生出不安定和荒谬感），一方面也构成文本的历史和现实基础。小说叙事通过对另类言情情境的再现，既调侃了新旧价值，又制造出悬

---

① 痴侬：《眼儿媚》，《礼拜六》第 16 期（1914）。
② 钝根：《红楼劫》，《礼拜六》第 38 期（1915）。

置道德、去浪漫化的文本效果。

　　本章聚焦民初著名通俗作家周瘦鹃在一〇年代的翻译实践。《欧美名家短篇小说丛刊》以弹性且风格化的面貌加入了民初文学文化领域对舶来文体短篇小说的译介和塑形。可以看到，为了达成不同的风格和情感效果，周氏进行了多样化尝试，包括对语言形式的灵活使用，以及结合特定传统文类，等等。作为言情大家，值得注意的是他在采纳和处理"情"主题时体现出的多元化和复杂性，其中一类荒诞嬉笑风格的爱情故事，自觉体现了对浪漫话语的解构，以及对传统"言情"套路的反讽。此外，最重要的是，周瘦鹃赋予翻译一种丰沛且活跃的"原创力"。他兴致勃勃地投入这一"再创作"过程，这样的状态，与他自身的小说家身份息息相关。而"小说家／译者"这样的"双重身份"，同样层次化地体现在更为广泛的通俗作者群体身上。

第三章 作为小说家的"译者"

天虚我生为《欧美名家短篇小说丛刊》作序,提出小说家才是理想的小说译者,并强调,翻译过程中加以改造,是比直译更好的做法:"中国之小说家,乃籍欧美小说家而传……欧美文学,绝不同于中国,即其言语举动,亦都扞格不入。若使直译其文,以供社会,势必如释家经咒一般,读者几莫名其妙。等而上之,则或如耶稣基督之福音,其妙乃不可言。"[1] 语言的非透明转换让翻译行为成为一个再创作过程:"除事实外,尽为中国小说家之文字也。"[2] 另外值得一提的是,无论"释家经咒",还是"耶稣基督之福音",都突出了翻译行为带来的"异域性"体验。从这个意义上来说,翻译中的"润饰",或者我们通常所说的"意译",并不能简单归结为以"本土化"为目标的努力。归根结底,天虚我生认为,译者/小说家的贡献在于有能力成为"识曲知音","参以己意,尽其能事"。[3]

二十年代初,现代文学领域有"直译/意译"之争。以林纾为代表的早期"译述"实践者,被推崇"直译"的青年革命家们视为不合法。1924年,林纾去世之后,得到了相对温和的评价。比如郑振铎同年发表在《小说月报》上的纪念文章[4],对林纾的贡献颇多赞誉。郑一方面重申了直译的优越性,另一方面把林纾译本的不理想转而归咎

---

[1] 天虚我生:《天虚我生序》,选自《欧美名家短篇小说》,第4—5页。
[2][3] 同上,第5页。
[4] 郑振铎:《林琴南先生》,《小说月报》第15卷第11期(1924)。

到他那些"不合格"的合作者身上，作为为他开脱的一种方法。① 身为专业译者却不懂任何外语，林纾的例子，在中国近现代文学史上，颇为独特。作为文学翻译领域的后辈，像周瘦鹃这样在通俗期刊里发表译文的译者，接受的是西式教育，并至少掌握一门外语。不过，不同于同期新文化阵营的反应，他们很少批评林纾和他的译本。不仅如此，1922 年，当林纾的名字越来越少在报刊媒介里出现时，他的作品仍然时不时在《礼拜六》上发表。②1926 年到 1928 年间，周瘦鹃主编的《紫罗兰》还采用了林氏的六篇翻译和一篇原创作品。

事实上，围绕直译／意译的观念分歧，构成了触发新文化阵营和通俗阵营之间论争的主要因素之一。张枕绿主编的《最小》是通俗文人们就翻译问题发表观点的重要平台。关于选择哪种翻译风格，有些评论者的态度比较温和。比如，朱天石认为："翻译外国小说，必须保存原文风格。故直译法，未始不佳。但遇只可意会的地方，也不妨参以意译，不必固执成见。"③ 姚庚夔的语气则激烈多了，把直译小说者称为"傀儡"和"奴隶"。④ 施青萍（即施蛰存）挖苦朱自清在《小说月报》上发表的新体长诗《毁灭》，发出质疑："此亦直译乎？"⑤ 在他看来，这首诗不过是枚乘《七发》的现代仿作。不过，施青萍进一步声称："说现代新作品有套袭古作品的嫌疑，这语新文学家一定死命地反对。"⑥ 此处并没有真的涉及翻译问题的讨论，而是施在直译／意译论争的背景下，将他认为借鉴了古文的新文学作品戏谑为"直译"，从中讽刺新文学家固守"边界"的态度。

---

① 郑振铎：《林琴南先生》，《小说月报》第 15 卷第 11 期（1924），第 10 页。
② 参见《礼拜六》第 155—159 期（1922）。
③④ 《关于直译小说的小谈话》，《最小》第 1 卷第 17 期（1923）。
⑤⑥ 施青萍：《此亦直译乎？》，《最小》第 4 卷第 100 期（1923）。

其时，不少通俗文人的态度呼应了天虚我生的观点，他们强调译者在带出深层文学信息方面的能动性位置。上一章已经充分展示了译者周瘦鹃如何创造性改造原文，实现阅读引导或主题强化。而周瘦鹃的翻译和创作事业几乎同时展开，且都收获颇丰。这一特征，对于民初通俗文人而言，也是比较常见的情况：他们往往同时担负着"译者"和"小说作者"的双重角色。这样的角色可能贯穿和影响着他们的整个文学生涯。上一章呈现了通俗作家如何将文学理解渗透进翻译实践，本章要谈的是，他们如何把翻译精神融入小说创作。

第一节 作为"读者"的作者

《礼拜六》中可以观察到周瘦鹃的一类有趣实践：有时候，周瘦鹃将翻译和个人创作组合在一起，以原创作品的名目发表。比如，第63期到66期连载了两篇这样的作品：一篇题为《噫》，另一篇题为《世界思潮》。[1] 第63和64两期各自包含四则短篇小说，每一篇标题均包含"噫"字；四篇是原创作品，另外四篇是翻译作品。《世界思潮》出现在两期中，总共四则短篇小说。和"噫"系列一样，一半是翻译，一半是周瘦鹃自己的创作。比较可能的情况是，作者首先选择并翻译了西方作品；接着，为了把译作和原创整合起来，成为一篇"完整"作品，原创作品势必在一定程度上（风格、主题等方面）模仿所选取的西方短篇小说。

"噫"系列中的四篇外国作品来自丹麦的安徒生和美国作家哈特。[2] 它们的共通点是，均以"爱"为主题，更具体地说，是感伤之

---

① 周瘦鹃：《噫》，《礼拜六》第63期、第64期和第67期（1915）；周瘦鹃：《世界思潮》，《礼拜六》，第65、66期（1915）。

② 周瘦鹃译：《噫》，《礼拜六》第64期（1915）。

爱。这四则短篇小说均表现了生活的"片断"，尤其是心理片断。另外，在叙事过程中，采用的意象也颇为相似，比如"情书"和"书籍"。举个例子，哈特原作的《噫！斜阳下矣》以两封书信见证了一位老小姐人生最后时刻的欢乐与悔恨。一封是来自昔日情人的情书，这封信当年被夹藏在小说中，直到多年以后，人到晚年的老小姐才偶然发现。另外是一封短信，通知她情人的亡故。小说叙事呈现了一个具有永恒意味的场景：夕阳中，老小姐静静地坐在一把椅子上，身边静静地躺着两封信，她静静等待大限到来。安徒生的《噫！祖母》把叙事重点聚焦在祖母日夜不离手的一本"歌集"。"集中夹一玫瑰之花，见压而平，且已干枯，不若瓶中之玫瑰嫣红而作媚香。祖母不爱鲜花而爱枯花，恒对之作微笑。"[1] 去世前的最后日子里，祖母时时凝视着玫瑰。整篇小说没有交代任何具体的故事，当然，完全没有这样做的必要。这两则短篇在描写上的共同点，是把结尾落在一个"定格镜头"，来放大并延长情绪的效果。周瘦鹃在"噫"系列的原创作品里吸取了这样的做法，将静态描写融入写作中。另外，他同样借鉴了"书信"这一情节道具。

作为一种场景转换，周瘦鹃把公寓楼的窗户或阳台构建成为主人公阅读书信、踌躇流连于感伤之爱的文本场所，而非如哈特作品中的"花园"。这一改变，应当说，是对城市作为潜在的文本生产环境的写实性再现。同时，选择"公寓楼"，也可以看作是古典诗词中"高楼"意象的现代转化，寄寓了离愁别恨和对孤独的体验。在日益现代化的城市日常中，"收信、读信、写信，寄信"是一个反复循环的过程。到了周瘦鹃的文学文本里，这个现实中的行为过程和特定生活空间紧密

---

① 周瘦鹃译：《噫》，《礼拜六》第 64 期（1915），第 18—19 页。

关联起来，构成爱情活动的连续性叙事。而且，"邮寄一封情书"兼容了私人性与公共流通，这一点，同公寓窗前／阳台上这样的半开放空间之间具有同构性和可比性。由此，"爱情"不仅是一桩私人事件，同时也依赖、加入并促发公共流通——无论是个人层面的鱼雁往来，还是大众阅读层面的文学出版。另外，两则原创作品都以个人层面的流通阻隔来制造"感伤"体验。第一则短篇小说题为《噫！无处投递之书》，故事的男主人公倚在窗边，一遍一遍读自己写的情书；最后，他把它烧了。而在另一篇《噫！迟矣》中，一个女孩焦急地等待着情人的回信，她整日站在阳台上，期盼着邮差经过——两则作品叠加起来，可以构成叙事闭环，但显然不必要这么做，因为两位主人公各自体现了城市生活下的某种普遍性。比较这两篇原创和两篇译作，可以看出风格上非常接近，都是片断式的，给出的情节信息，仅仅是"冰山一角"。尽管如此，对于读者而言，就文本理解的需要来说，线索已经足够。而且，事实上，文本采用的是气氛导向（而非情节导向）的描写，令读者更易于免除具体个人的特殊性，得到一种代入的快感。

此外，尽管"书籍"并没有直接出现在周瘦鹃的原创作品中，"阅读"的痕迹却持续存在。《噫！无处投递之书》里，主人公引用华盛顿·欧文在《碎心篇》（"The Broken Heart"）中的语句来表达自己无法与人言说的"腐心折骨之苦"："鸽受箭，尚复戢，翼自掩其创，不为人见。"[1] 第二个故事里，女孩赞美情人的美，"好似那些小说家形容美人儿所说的"。[2] 而在《噫！失望》中，主人公回忆道，正是他在学校里的阅读经历，教会了他什么是"love"和"sweetheart"。这两个单

---

[1] 周瘦鹃：《噫》，《礼拜六》第 63 期（1915），第 19—20 页。
[2] 同上，第 21 页。

词在文中以英文形式出现，说明不仅是"阅读"、而且是"英语读物的阅读"激发并催化了关于"爱"的表达。而文本内部建构的"启发关系"同样呼应了作家的自身实践——整个"噫"系列正是"阅读"的结果。作家通过有意识的文本组合，向读者展现了"影响的过程"。

"噫"系列的"感伤之爱"主题是非常鲜明的。相较而言，"世界思潮"系列在意指方面，就模糊多了。后半部分的两篇翻译作品，《星》("A Child's Dream of a Star")和《故乡》("The Native Village")，分别来自狄更斯和兰波。[①] 这两篇同样收录于《欧美名家短篇小说丛刊》。《故乡》采用了第一人称叙事视角：离家多年以后，"我"重回故里。"我"在安葬着父母的树林里徘徊踱步，回忆着自己的童年。狄更斯的《星》讲了一个令人心碎的故事：一个小男孩在成长为大人之前，失去了所有他爱的人。每当他仰望星空，就感觉到，他们在召唤他。临终前，垂垂老去的他再度看见那些星星，他知道，团聚的一刻到了。

周瘦鹃用来对应译作的原创作品，其中一篇题为《阿母之墓》[②]，描述了一个男人在母亲的坟墓旁回忆逝者的场景。在这则短篇叙事文中，作者综合了狄更斯和兰波作品的某些特征，比如"第一人称"，以及"回归故里"和"哀悼"的主题。此外，关于母亲在世时的回忆片断中引入了"儿童视角"，将成年的"我"的叙事声音，转换代入当时场景中的幼年的"我"，这一点，算是新鲜的尝试。行文中散落着一些激发切身体验的心理描写，比如：

---

① 周瘦鹃译：《星》《故乡》，来自《世界思潮》，《礼拜六》第 66 期（1915）。
② 周瘦鹃：《阿母之墓》，来自《世界思潮》，《礼拜六》第 65 期（1915）。

> 沉沉入睡梦中，犹见阿母掬其玫瑰浅笑之容，霭然向予，一
> 若天上安琪儿，下临吾，躬赐吾以福祉者。一时梦魂蘧蘧，都觉
> 安。适诘朝兴时，而口角阿母宵来吻处似尚有温意。[①]

以一种虚幻而可触的方式（口角边的吻）唤起了儿子对去世十年的母亲的爱的重新体验，进而开启了主人公向个人记忆通道的回溯。很难明确判断，周瘦鹃为何以"世界思潮"作为这几篇的总标题；不过，通过对译作和原创作品共通点的观察，或许可以猜测，标题强调的是"思潮"：即人物澎湃的内心运动。也就是说，把"心理活动"界定为这一作品系列的"题眼"。并且，通过对翻译作品的学习转化，以及译作和原创作品最终的并置化呈现，周瘦鹃将"思潮"表现为一种世界性的"运动"。

以上是《礼拜六》主编周瘦鹃在杂志中尝试过的一类略显特别的"创作活动"，虽然数量不多，但颇为引人注意。这类创作具象化地展示了一个抽象的过程：文学技巧是如何被习得并付诸实践的。它同样展现了一种"阅读"关系基础上的互文指涉活动。实际上，可以把这类实践描述为一种"双重翻译"：在将西方小说译入本土语言之后，周瘦鹃开展了一次创新性、诠释性的"重演"工作。过程中，特定文学技巧、主题和形式特征得到了集中、放大和再生产。

第二节　世界想象：中国作者的"外国"短篇创作

首先需要说明的一点是，考察一〇年代至二十年代初通俗期刊中

---

① 周瘦鹃：《阿母之墓》，来自《世界思潮》，《礼拜六》第 65 期〔1915〕，第 1 页。

的文学翻译实践，常常会碰到困难。具体来说，是研究者时常感到，不太容易提供一个足够准确和可靠的描述：标注信息的缺乏，以及文本的"译述"风格，使人难以确定翻译作品所对应的原作。但困难还不仅于此。有时候，情况更加复杂——我们甚至很难确定，其中有些文本，到底是译文，还是原创。这一类"存疑"文本，大致包含三种情况：当作原创作品发表的译作；伪装成译作的原创；可能是原创、并作为原创发表的以"外国"为场景和主题的作品。

译者在发表时没有自我表明译者身份，或许是无心，也或许有意为之。其直接影响就是，作品会被误以为是原创。这种情况，在前期《礼拜六》（1914—1916）的出版中是较为普遍的情况。比如第 42 期中，有一短篇小说题为《金丸缘》，没有标注为翻译作品，但根据情节来看，无疑译自格林兄弟的著名童话《青蛙王子》。这样的"疏忽"，为当代研究者顺利识别翻译文本制造了很大障碍。除了那些特别有名、能够一眼识别的外国作品之外，很难充分辨别出，哪些是"伪原创"。唯一能做的，就是对这些潜在的"冒名者"保持怀疑态度。"伪翻译"则是相反的情况：作品其实是原创，却作为翻译作品发表。从晚清开始，社会上就出现了"伪翻译"实践。近年来，这一现象已经引起学术界的注意。① 小说题为《自由结婚》，"弁言"中宣称："此书原名 Free Marriage，犹太老人 Vancouver 先生所著。余往岁初识先生于

---

① 参见 Michael Hill，"No True Men in the State：Pseudo/Translation and 'Feminine' Voice in the Late Qing，" *Journal of Modern Literature in Chinese*，Vol.10. No.2（2011）：125—148；胡翠娥：《不是边缘的边缘：论晚清小说和小说翻译中的伪译和伪著》，《中国比较文学》2003 年第 3 期，第 69—85 页。

瑞西，先生自号亡国遗民，常抑郁不乐。一日，问余译 Vancouver 以华文当作何字，余戏以万古恨对。先生曰：此真不愧吾名也。……余感而哀之，时录其所言，邮寄欧西各埠华文报馆。"出版时，封面署名为"犹太遗民万古恨著，震旦女士自由花译"。① 但事实上，经过后世考证，小说的真正作者是曾经留学早稻田大学的张肇桐。

　　在短篇小说领域，也存在类似的现象。陈建华在《民国初期周瘦鹃的心理小说》② 一文中提到周氏在短篇小说创作中的"伪翻译"实践。另外，台湾学者潘少瑜列出了七篇自陈为"伪翻译"的作品，创作时间在 1912 年至 1913 年间。③ 但总体来说，学术界对"伪翻译"的发现工作总体比较被动，因为很大程度上依靠"译者"的自白来为文本定性。为什么会出现"伪翻译"现象？有学者解释为迎合当时读者对于翻译文学的迫切需求。同时，顶着"翻译"的帽子，也是一种"打掩护"的做法，方便中国作者大胆进行文学试验——中国读者对"外国"作品宽容度更高。④ 本节所处理的对象，是前文提到的第三类"存疑"文本，即可能是原创、并作为原创发表的以"外国"为场景或主题的作品。这类文本在三种"存疑"情况中处于中间状态：一方面，它和"伪创作"存在潜在重叠；另一方面，很多时候，它和"伪翻译"之间的差别，仅仅在于作者"愿不愿"/"敢不敢"承认作者身份。无论如何，就"文学翻译"这一话题而言，这一类文本体现了相对广义的翻译观念下的跨文化实践。

---

① 张肇桐：《自由结婚》（上海：自由社，1903 年）。
② 陈建华：《民国初期周瘦鹃的心理小说》，《现代中文学刊》2011 年第 2 期，第 37—49 页。
③ 潘少瑜：《想象西方：论周瘦鹃的伪翻译小说》，《编译论丛》2011 年第 4 卷第 2 期，第 7 页。
④ 胡翠娥：《不是边缘的边缘》，第 73—74 页。

在民初文坛，时人对于"伪翻译"现象的存在，是心知肚明的。在《我国现在之创作小说》一文中，凤兮这样评价道：

> 鸱雏等好效林译笔法，而杜撰外国事实，以为译者，其实颇为误解。盖中国人正不妨取他国人事实为小说材料，何必曰译。[1]

引文中，林纾的译作由于"杜撰"特点，似乎已经被排除在合格的"翻译"范围之外，但文章作者这么说，并非出于一种批评的态度，反倒进一步鼓励小说作者放开手脚。另外，凤兮评论中"杜撰外国事实"的说法，也颇为有趣：既是"编造"，但某种角度来说，又符合"事实"。或者说，符合时人认知"他国"的"观念性事实"。

《礼拜六》中不少中国作者署名的短篇小说都取材异域，并以外国人为主人公。让我们暂时搁置它们是"伪原创"的可能性，把它们当作确实的原创作品。在这一前提下，可以提出以下问题：这些作者如何借鉴了自身的阅读经验？他们所做的，是否只是将中国故事重置于异域场景？如若不然，那么，他们如何利用异域情境来引入新鲜的观念和主题？可以将"中国作者书写的外国故事"视作一种特殊的"翻译"实践：通常基于作家自身的外国文学阅读经验，并包含对于故事类型的创造性转化，以及意识形态和美学观念的移置。如果说，一般意义上的"翻译"可以被描述为一种"输入"行为，那么，在创作的同时体现吸收、模仿、挪用和再生产的"翻译"，可谓一种"输出"。接下来，本节选取一系列取材异域的短篇小说文本作为具体讨

---

[1] 凤兮：《我国现在之创作小说》，《申报》1921年3月6日，第14版。

论对象；基于特定文本特征，所选文本更具备被确认为原创文本的可能性。这样的判断基于以下几点因素的考量：作者直接或间接承认了作品的原创属性；叙事展现出比较明确的"原创"特点；作品的主题投射了本土关照，呼应着时代的政治文化语境。与此同时，这些小说主题多元，可以从中考察，"异域性"是以何种角度被撷取和使用的。

一、作为典范的"西方妻子"

前文提到的 1903 年"伪翻译"小说《自由结婚》，讲述了黄祸（后化名黄转福）和关关这对年轻情侣如何将爱情建诸同心协力的革命精神之上。《礼拜六》中也有一些假托"翻译"的爱情／家庭主题创作。这里聚焦其中一篇，题为《商人妇》。[①] 和《自由结婚》类似，《商人妇》同样把家庭生活和社会改革理想关联起来，主要区别在于主人公的身份。《自由结婚》里的女主人公关关接受新式教育，并成长为青年知识精英的一员。和关关的情况截然不同，"商人妇"只是一个受过中等教育的普通女性。这则短篇小说采用第一人称叙事，文前注明"商人妇原著，李东垒译述"，是假托的常见模式。整篇小说基于商人妻子的自述：故事讲述了一位女性如何在丈夫患病期间成功接手家中的杂货铺。随着生意越做越好，他们的婚姻和爱情关系也变得越来越牢固。作者没有言明故事发生的时空背景，但所有人物都使用了外国名字。借助"异域牌"，小说建构了一种理想且可以被假定为"真实"的家庭生活方式。故事的意涵表达并不单一。首先是妇女解放。尽管文中的女性独白是由男性作者的声音伪装的，心理描写的部分倒颇为生动细腻。小说中，妻子首先坦陈了自己从少女时代起就

① 李东垒：《商人妇》，《礼拜六》第 57—60 期（1915）。

怀揣的抱负："典册簿而核盈虚消长"，经营一门生意：

> 故我当待聘之年，兰闺寂寂，悄然常有所思。不知者以为为
> 怀春也。实则我之心绪未尝不可以告人。我以为，一日者标梅迨
> 吉，据赋于归，我之责任岂特主中馈、做内政而已？典册簿而核
> 盈虚消长责，非异人任也。诸君勿以为我为好事。碧玉虽生长小
> 家，然亦颇持大体，以为婚姻之道，非特遂男女之大欲已，也非
> 因世界之上有需乎小儿之产出而为此也。盖所以补助男女聪明材
> 力上只缺憾而已。①

这里陈述了一种理性、经济的婚姻观，并将妇女的责任从"内政"向
"外务"扩张；但与此同时，女性的个人志愿又立足于维护"小家庭"
的生活和利益基础。丈夫生病以后，杂货店的生意无人打理，唯有仰
赖妻子。意识到这一局面后，商人妇感受到一种复杂的心情：

> 余闻是言，泪点涔涔，不自觉其缘颊而下，始戚然而悲，继
> 乃恍然而悟：余怀抱宿愿，一年又数月矣，今乃得逢其机。而得
> 此机会之起因，则累我夫淹滞于床褥间。代价之巨，直无与伦
> 比。我思及此，我能勿怆然而殒涕也哉。②

以上心理描写颇为层次丰富：一方面丈夫身体的颓败令人悲戚，另
一方面却因此成全了商人妇实现职业理想的可能性。两相叠加，令

---

① 李东垄：《商人妇》，《礼拜六》第 57 期（1915），第 2—3 页。
② 同上，第 1 页。

人百感交集。东垄笔下"商人妇"的形象是丰满自然的：她没有被描写成某类为了女性权利而斗争的战士（就她的身份而言，不太切实），但也没有止步于"贤妻良母"的角色。另外，以这位忠诚且拥有个人理想的妻子为中心，作者假设了一种理想化的婚姻关系：随着妻子日益实现自己的理想，夫妻之间的感情也日益增长。由此，故事的第二层内涵也彰显出来："理想家庭"的建构。妻子接手生意的第一天，在去杂货店之前，她梳妆打扮，前去看望住在医院的丈夫：

> 倍恩顾而笑曰："汝妆艳哉！衣香鬓影何太似当年礼拜堂行礼回，夜阑人定傍苗窗絮语时也！"医生、看护妇粲然皆笑，争以目迎余。①

小杂货店成为妻子施展才能的舞台。在她的经营下，事事井井有条，生意蒸蒸日上。与此同时，妻子感到，丈夫对她的爱也与日俱增。在此基础上，作者提出"爱情与信任"的正反比例问题：

> 经此一夕话，倍恩信我之心与其爱我之心遂成一正比例。以前则几乎成一反比例也。……我与倍恩结缡，两载有余，尚未能曲体倍恩所以体我之心。"倍恩信我之心与其爱我之心成一反比例"。此其谬解……天下岂有不信任而爱之之理？天下而有不信任而爱之者，信固伪信，而爱亦必伪爱。此在常人皆然，而于夫

---

① 李东垄：《商人妇》，《礼拜六》第 57 期（1915），第 3 页。

妇之间为尤甚。[1]

这则小说从家庭关系的改良角度出发，思考"女性解放"问题：夫妇之间以信任为基础的沟通促进了女性的解放；换个角度来说，一个解放了的女性，有助于改善家庭关系。

　　除了表达社会改良方面的展望之外，《商人妇》微妙地改写了一个传统文学主题。小说标题无疑令人联想到白居易的《琵琶行》。"门前冷落车马稀，老大嫁作商人妇"是乐坊艺伎年华老去后不得志心情的抒发，其中投射了"轻商"观念。而小说挪用了"商人妇"这一意象，并消除了原有的负面意味。除了近代中国工商业地位的提高这样广义的语境之外，这一改写的重点，在于把注意力投向市民阶层的劳动女性。"商人妇"是接受中等教育、享有中等经济地位的普通人的缩影。她的悲喜易于为市民阶级所理解和分享。而另一方面，通过把"商人妇"置于改良想象的中心位置，作者实际上为投入社会改革提供了一个相对低的门槛。

二、作为修辞的现代科学

　　把科学元素（尤其化学元素）吸收进文学创作，最好的代表就是侦探小说。继十九世纪末"福尔摩斯探案"系列译介进入中国以后，侦探小说很快成为大众媒体中最流行的文学类型之一。除了翻译外国作品，中国作者也开始了自己的写作尝试。《鲁格塞》就是其中一个例子。除此之外，本节还会讨论另外一种短篇小说现象：把"化学反应"作为修辞纳入小说创作，而且，这类叙事也往往选择"异域"作

---

[1] 李东堥：《商人妇》，《礼拜六》第 59 期（1915），第 1 页。

为故事发生的背景。

《鲁格塞》是一篇连载了两期的侦探故事（第14期和第15期），作者署名"醉灵"和"蝶仙"，而"鲁格塞"是小说中受害者的名字。"蝶仙"全名陈蝶仙，是一〇年代至二十年代间最重要的通俗作家之一；而"醉灵"是陈蝶仙之子陈小蝶的笔名。父子二人都投身于文学翻译工作，尤其侦探小说的译介。他们是《福尔摩斯侦探案全集》[①]的译者，此外参与翻译的还有刘半农、程小青、严独鹤等。而原创小说《鲁格塞》也是一篇合作作品，发表时还留下了记号，来标注哪部分出自哪位作者。

通读这篇小说，很容易嗅到福尔摩斯的影响痕迹。比如说，罪案发生在"伦敦郊区"，而担任侦探角色的，是一对搭档，一个叫"洛勃尔企痕"，一个叫"克兰"。企痕总是叼着一根雪茄。和柯南·道尔不同的是，蝶仙和醉灵对于搭档二人的能力分配更"平等"：企痕善于现场调查，而克兰是化学实验的专家。小说一开始，同绝大多数侦探小说一样，采用了有限视角叙事。到了中间部分，加入了一个额外的"说书人"声音，为的是分享作者关于"侦探小说怎么写"的经验，体现出创作元意识：

> 读者诸君当知，侦探小说之通例，其间必布许多疑阵，而以疑似之人迷离惝恍，使立于嫌疑地位，而后出人不意，破获真凶。[②]

---

① 《福尔摩斯侦探案全集》(上海：中华书局，1916年)。
② 蝶仙、醉灵：《鲁格塞》，《礼拜六》第15期（1914），第1页。

经过两位侦探的调查之后，认定凶器是一把特制的匕首：

> 此刃者，实为改良之注射器耳。但以一指撽其柄上之细孔，则毒液自刃尖喷射，着人肌肤，则血液立即停滞，而知觉亦失。[1]

当时的侦探故事通常包含了关于"科学"的通俗表达，看似振振有词，其实似是而非。《鲁格塞》中的调查过程正符合这一特点，只不过看起来更加玄乎。上述引文的描写让我们联想到武侠小说中的暗器，不过，为了配合西洋背景，作者对暗器进行了"西化"处理，让它成为一支匕首形状的注射器。

小说最有趣的部分是结尾：侦探没能抓住凶手。而且，揭露真相靠的是罪犯的自白信。信中列举了所有和犯罪有关的细节，包括经调查发现的凶器线索。凶手声称，杀人是出于复仇的目的，因为被害人"鲁格塞"和凶手有杀父之仇，不仅如此，他还引诱了凶手的母亲，侵吞了他们的财产。此外，写信人还坦陈相告，虽然自己有能力逃脱法网，但"不欲为暧昧之事，致留迷惘于人间"，因此留下书信，澄明一切。[2] 他甚至捐出鲁格塞的财产作为对因为他的复仇而蒙受损失的人的补偿。至于如何领取复仇金，依靠的是名为"鲁格塞"的银行户头，凶手是谁，没有留下分毫线索。对于两位侦探而言，他们甚至不清楚凶手是男是女。相较于无所不能的福尔摩斯，《鲁格塞》里的侦探可谓相当平庸，而被刻画为"无所不能"的是罪犯。这位罪犯仿

---

[1] 蝶仙、醉灵：《鲁格塞》，《礼拜六》第 15 期（1914），第 10 页。
[2] 同上，第 2 页。

佛武侠小说中的侠士，但比侠士多出了现代科学的武装，以及熟练利用现代金融系统的能力。从这个例子，可以观察中国作者们如何参考并重塑了舶来侦探小说的模式。在享受"戴上西洋面具"的乐趣的同时，他们并没有成为忠实的模仿者，而是展开了西方侦探故事、中国武侠传奇和"现代科学"（虽然不那么科学）之间的互动。

通俗文学写作中对"化学反应"的挪用并不罕见；而且，这种挪用往往配合着异域情境的营造，这种做法，可能因为"化学反应"在民初大众眼中依然属于新鲜而陌生的舶来知识领域。《亚氧化氮》① 一篇被标签为"滑稽科学小说"，标题中的化学元素，在故事里，扮演着催化家庭之爱的关键角色。或许为了投合"爱情"主题，作者选择让故事发生在巴黎：男主人公因为和妻子之间无休止的争吵而苦恼，于是向他一位教化学的朋友求助。朋友给了他一个空瓶子，告诉他，这是"稀世的宝贝"②：只要闻一下，争吵就会停止。让男主人公吃惊的是，这个方法确实奏效。后来，丈夫询问朋友，瓶子里到底是什么，朋友解释道，这是亚氧化氮："用二分淡氮和一分氧气合成而成的，又名笑气。"③ 笑气的作用在于麻痹神经，让丈夫听不见妻子的咒骂，由此缓和了两人之间的关系。亚氧化氮确有麻痹神经的效果，而"笑气"这一命名，赋予化学物一种修辞特征。另外，把化学引入家庭语境，催生出"化学反应"的譬喻式用法：用来比喻丈夫和妻子之间的喜剧性互动。

作者为什么要利用"亚氧化氮"来讲故事？可能单纯因为这是一个新鲜的名词。二十世纪初期，虞和钦、杜亚泉等学者陆续把化学

① 半废：《亚氧化氮》，《礼拜六》第 62 期（1915）。
② 同上，第 53 页。
③ 同上，第 52—53 页。

元素和化合物术语译介到中国。绝大多数翻译是以日本化学教科书为基础的，并在1906年出版的商务印书馆教科书中采用。[1] 教科书的流通加快了新名词的传播。这些新名词进而在通俗文学语言中得到转化。《白眉佳人》[2]是另一篇家庭喜剧故事，同样被归类为"科学小说"。小说主人公，卫尔先生和太太，住在波士顿。丈夫醉心于科学，把所有时间都花在实验室里；妻子很年轻，喜欢化妆打扮。有一天，妻子偷偷溜进实验室，想跟丈夫开个玩笑。没想到实验室里放了一瓶硫化水素（作者注道："系一种气体，与金属化合力极强"）。"这硫化水素一见了雪尼史，面上的粉好似小孩子遇了慈母样儿，扭作一团，顿时把她雪白的脸儿变作黑炭似的了。"[3] 等到丈夫回来，看见黑了脸的妻子，就给她涂了一些有漂白功用的化学药水。最后，妻子的脸确实变回白色，但她的眉毛也变白了。和《亚氧化氮》类似，《白眉佳人》也是以"科学"为依据的。"水素"是"氢"的和制汉语写法，1900年代引入中国。[4] 的确，硫化氢与金属发生反应，它与化妆品中的铅接触会产生一种黑色沉淀物。但显然，小说夸张了化学反应的程度，从而制造了一种卡通效果。另外，《白眉佳人》对科学词汇的借用，实际上成为强化"家庭生活"刻板印象的表达手段：丈夫属于实验室，而妻子拥有化妆品。两者的碰撞激发出戏剧性的火花，正如"化学反应"一般。

以上两则短篇故事生动地反映了通俗文学写作的一个重要特征：

---

① 何涓：《清末民初（1901—1932）无机物中文命名演变》，《科学术语研究》2006年第2卷第8期，第54—56页。

② 默儿：《白眉佳人》，《礼拜六》第42期（1915）。

③ 同上，第39页。

④ 张澔：《郑贞文与中文化学命名》，《科学术语研究》2006年第8卷第3期，第62页。

这些通俗作家擅长在创作中采用"异国情调",并善于在看起来无甚关联的事物之间进行组合。此外,不同领域的"翻译行为"借由短篇小说载体发生了互动关系:引进的科学术语丰富了文学词汇;与此同时,科学术语通过文学手法得到进一步的传播和"重新诠释",并被赋予文学意涵。在这个过程中,传入中国知识界的西方新知进一步在大众阅读消费领域得到扩散传播。而从读者的角度来看,"化学"在一个异域却充分日常化的故事情境中得到运用,给人一种既熟悉又新奇的体验。

三、世界景观与名人想象

民初大众媒介生产领域中,时不时见到"拿破仑"的身影,称得上一个特殊的文化现象。这种偏好的缘起,或可追溯到晚清时期中国知识界对法国大革命的鼓吹。与革命理念的传播同时发生的,是政治偶像的输入。正如陈建华在《拿破仑与晚清"小说界革命"》中谈到的那样,"拿破仑"作为一个现代英雄/暴君在中国语境的嵌入过程始于十九世纪中叶,并且经历了从历史叙述到文学再现的转变。在"翻译"过程中,根据特定的政治和文化需要,人物形象和美学基调得到了润饰和本土化。陈建华特别关注了一部在《绣像小说》上连载的小说:小说发表于 1903 年,题为《泰西历史演义》,作者是冼红盦主。小说前六回是关于拿破仑的。《泰西历史演义》内容上忠实贴合此前翻译的西方史著《泰西新史揽要》①(原名 *The Nineteenth Century: A History*)。不过,从"概览"到"演义",围绕"拿破仑"的人物叙述所经历的,不仅是文体形式上的转变,也体现在美学风格的戏

---

① 李提摩太、蔡尔康合译:《泰西新史揽要》(上海:广学会出版,1895 年)。

剧化和通俗化。① 通俗文学成为对输入的精英话语进行消化和重构的场域。

同样地，一些原创短篇小说也把"拿破仑"作为一个丰富的文学形象来使用，尤其在一〇年代。用陈建华的话说，"拿破仑传奇"在一〇年代的回潮，体现了此时大众文化明晰的"反英雄"倾向。② 也就是说，在这一过程中，恰恰是通俗杂志，而非知识界，掌握了话语操控的主导性位置。《礼拜六》中，1914 年至 1915 年间，除了被标注为"译作"的几篇之外③，还有若干以拿破仑为题的原创短篇小说。在这些作品中，拿破仑那野心勃勃的个性常常得到凸显，并被描写为一种致命的缺陷。另外，不同于《泰西历史演义》中对拿破仑失败结局的喜剧性渲染，这些文本在叙述口吻上是同情的。还有，不同于章回小说和连载小说，它们很少直接聚焦拿破仑的军事履历，而是试图把这位"枭雄"安置进一个想象中的家庭情境里。《烛影钟声》④ 的标题包含了小说的两个重要意象。小说开头先对故事发生的日期作了阐明："一千八百十一年耶稣圣诞之前夕"⑤——这一年，拿破仑决定进军莫斯科。第二年六月，俄法战争爆发；再往后，法兰西帝国走向衰落。《烛影钟声》是一篇精心结构的作品，它想象性地展现了"战争

---

① 陈建华：《拿破仑与晚清"小说界革命"》，选自《从革命到共和：清末到民国时期文学、电影与文化的转型》(桂林：广西师范大学出版社，2009 年)，第 86—110 页。

② 陈建华：《拿破仑"三戴绿头巾"：民国初期都市传播文化的女权与民主倾向》，《学术月刊》2013 年第 45 卷第 3 期，第 158 页。

③ 例如，周瘦鹃译：《拿破仑之友》，《礼拜六》第 1 期 (1914)；周瘦鹃译：《红茶花》，《礼拜六》第 72 期 (1915)；周瘦鹃译：《香梦》，《礼拜六》第 75 期 (1915) 等。

④ 空空：《烛影钟声》，《礼拜六》第 71 期 (1915)。

⑤ 同上，第 34 页。

的前夜"：在杜伊勒里宫的一个房间里，法兰西皇帝正坐在大桌子旁看地图。作者运用动态的视角，描写了这个静态场景。"烛影"传达了拿破仑的心理活动：

> 拿破仑冥心孤索于地图之上，以计划其行军之形便者，可二小时。深俯其首，随有一最可怖之黑影，微微移动。[①]

随着拿破仑查阅地图的节奏，叙述缓缓展开。通过对古印度象阵、埃及狮身人面像等景观抒情而富于想象力的解说，作者将自己的史地知识融入拿破仑的凝视之中。然而，整个过程伴随着"最可怖之黑影"的移动，颇为巧妙地隐喻了随着战争临近即将到来的毁灭性冲击。在另一个层面上，这也预示了拿破仑和他的远征军即将遭遇的猛烈反击。从一开始，"移动的阴影"这一模糊表达就制造了一种不安的效果。

另一个意象"钟声"也有双重含义：首先是指圣诞钟声；同时，从隐喻的角度来说，它也意味着死亡的丧钟。它反复地鸣响着，呼应着那神秘移动的影子。标题中两个意象的组合呈现为一种既冲突又构成因果的关系：庆祝基督诞生和普遍欢庆的圣诞钟声被不受控制的阴影所扰乱；阴影般的野心带来丧钟的敲响。"烛影"和"钟声"不是小说中唯一的配对组合。故事里的人物——拿破仑，拿破仑的男婴，一位年迈的宫殿守卫，甚至"耶稣基督"本尊，同样被两两组合起来，并体现出类比关系：拿破仑和年迈的守卫；小男孩和小基督；拿破仑和耶稣基督。拿破仑在位期间所享有的荣耀可以说

---

① 空空：《烛影钟声》，《礼拜六》第 71 期（1915），第 34 页。

是"基督般的";即使是教堂钟声的持续敲响,也是为了庆祝"罗马王"(拿破仑之子)的诞生。然而,错过了庆祝钟声的,正是拿破仑自己:

> 寒夜漏长,钟韵悠扬不绝。蒂兰厉宫外,一老卫卒方御觚靴,踯躅于哨舍之前,藉行步以取暖。心中似默诵其幼年所闻于慈母膝前之所祷歌,而联想及于耶稣幼年居贫儿院之状,苍颜颇舒。宫中之皇帝则心有所思,听不甚聪。①

老守卫的陶醉与拿破仑的心不在焉形成了鲜明对比。作者在"家庭"维度下描绘了他们的心理活动:守卫回想自己的童年,并联想到耶稣的童年,从中得到抚慰;与此同时,皇帝正沉迷于为他心爱的儿子谋划,如何攻占整个世界。②前者的"亲情"建立在日常情理之中,后者则包裹在个人的征服野心之中。这个故事结构精巧,批评含蓄。重视"家庭生活"的观念成为一种价值指标,用来批评伟人,同时标榜平民的"道德"。

对拿破仑爱情生活的想象,同样成为一〇年代大众媒体的热门话题;而他的两位皇后,约瑟芬和玛丽亚·路易斯,成为各种逸闻轶事的女主人公。虽然这两段婚姻同样漫长,但在大众文化视野中,还是"原配"约瑟芬更受关注。1914年,一篇题为《约瑟芬》③的短篇发表在《香艳杂志》上,详细描写了这对名人夫妇的婚姻生活。实际上,直到三十年代,他们的情书还得到翻译、发表在中国报刊上。④

①② 空空:《烛影钟声》,《礼拜六》第 71 期(1915),第 37 页。
③ 周瘦:《约瑟芬》,《香艳杂志》第 1 期(1914)。
④ 《拿破仑情书抄》,《京报图画周刊》第 280、281 期(1934)。

不同形式的视觉表演艺术也参与到对拿破仑情事的再现中。1911年，改良京剧《拿破仑》在新舞台上演。1915年，《游戏杂志》的一期登载了"约瑟芬"的照片，"约瑟芬"是由伶人赵君玉扮演的。[①] 照片中，赵君玉头戴王冠，身着拖地华丽长斗篷。赵的身姿酷似京剧中的女英雄，比如虞姬。这样的"角色扮演"成为一种特殊的"翻译"方式，它超越了语言范畴，渗透到性别和艺术形式之中。另一张照片展现了这对夫妇分别的时刻。[②] 很难确定，这张照片是什么情境下拍摄的，很可能也是一张舞台照片：拿破仑站在右边，把手伸向门把手，朝约瑟芬转过身来；约瑟芬在中间位置，坐在地上，柔弱无骨地倚靠在椅子上。这张图片中，女性人物、而非作为英雄的拿破仑，成为注意力（和情感）的焦点。有趣的是，下方还有另一张照片，题为《真娘墓》：图中，一群年轻男性聚拢在题有"真娘"字样的墓碑周围。真娘是一位唐代歌女，为了保全贞洁而自杀。她的墓冢日后成为文人瞻仰凭吊的地点之一。通过对"中国美人"和"西方美人"的并置，"约瑟芬"作为一种异域文化的能指，其文化意涵得到改变和扩充，成为中国通俗读者"怜香惜玉"的移情对象之一。

在像《礼拜六》这样的通俗杂志里，拿破仑和约瑟芬之间失败的爱情为中国读者／观众提供了一种"参考"，用来反思他们自身的情感关系。例如《铁栏月影》[③] 一篇中，一个青年男子回忆了他和他的女朋友上剧院看演出的往事。演出的主题是"拿破仑和约瑟芬的离婚故事"。[④] 演出结束后，年轻人对女友说："倘若我是拿破仑，我

---

① 《名伶赵君玉化装约瑟芬》，《游戏杂志》第18期（1915）。
② 《拿破仑与约瑟芬决绝之图》，《游戏杂志》第6期（1914）。
③ 天白：《铁栏月影》，《礼拜六》第67期（1915）。
④ 同上，第1页。

情愿弃了法兰西，断不肯和同心并命的人做出这样绝情的事。"① 另一方面，中国作者想象并重写了拿破仑和约瑟芬的故事。《拿破仑岛》②就是一个例子。故事中，一位住在纽约州的老水手向他的客人讲述了他与拿破仑的奇妙会面。虽然一般的说法是，拿破仑几年前已经死在圣赫勒拿岛上，不过，根据这个"续集"故事，拿破仑实际上是被他的副手救了出来，并在一个不为人知的岛屿上隐居多年。在某一次遭遇暴风雨的航行中，老水手发现了这个岛，其过程颇有借鉴《鲁滨逊漂流记》的意味。作者不仅将冒险小说的阅读经验融入自己的创作，还融入了中国神话元素：这个"不为人知的岛屿"被形容为"海市蜃楼"，令人联想"蓬莱仙岛"："海图中未见此岛，殆虚无缥缈之蜃楼耶。"③ 岛上居住的老人，自称"恩佛穷芮悌"，即"不幸"（unfortunate）的音译。他热情地招待了水手。泄露老人身份的是桌上一个精美的镜架，中间嵌着"世所传法兰西绝世美人"约瑟芬的小像。④ 这一细节暗示了拿破仑的"长情"，从而呼应了故事的第二条情节线：水手和一个姑娘相爱，遭到姑娘父亲的反对。但在炫耀了他的冒险经历和拿破仑的亲笔信之后，他得到了姑娘父亲的祝福。这则故事中，英雄的"光环"消退了，拿破仑成了一个孤独、普通的老人，怀恋着他逝去的爱情。此外，他还为一个年轻人提供了实现爱情梦想的条件。通过这种令人发噱的改写，革命英雄 / 野心暴君的固定印象被大众的欲望和诉求完全消解。

　　但并不是说，通俗作者无法从政治视角出发，理解政治人物。应

---

① 天白：《铁栏月影》，《礼拜六》第 67 期（1915），第 2 页。
② 天白：《拿破仑岛》，《礼拜六》第 23 期（1914）。
③ 同上，第 10 页。
④ 同上，第 12 页。

当说，借由通俗类型的转化，作者们投射了自己的政治认知和世界想象。另一方面，在想象中的西方情境里，中国主体并非完全缺席，而是以一种朦胧的身份感，自我设想为"世界观察家"，或者世界事务的参与者。例如，《狱中皇帝》一文发表于 1915 年 8 月，讲述了一名侦探在巴黎受政府之托出面斡旋、营救德皇的故事。[1] 故事采取第一人称叙事，但第一人称叙述者"予"缺乏背景信息，身份模糊，甚至连国籍都没有明确说明。小说开头，叙述者以神秘口吻，描述此事为行业秘辛，同时，多半出于增加可信度的目的，补充了有据可查的时间地点信息——六年前的巴黎万国博览会：

> 予述此事，阅者或疑予为诳语。然熟谙欧洲外交界之暗潮者，必当首肯，以为无一字虚饰也。去今六年前，巴黎万国博览会开会时，各国之游巴黎者，千百倍于平时。予亦驰逐其间，以尔时外交上变态百出，予业为侦探，各国浼予之事自多。[2]

故事情节颇为精彩：法国秘密侦察局要求"予"在世博会期间保护一些"外国贵族"。与此同时，某一天，德国大使前来拜会"予"，报告说德国皇帝微服来访巴黎，不慎失踪了。紧接着，一名宪兵奉典狱长之命前来，称有人因盗窃入狱，但坚称被诬，并要求见"予"。"予"随宪兵前往，一眼判定，被监禁的是德国皇帝。后来，通过调查和干预，"予"发现这是法国外交部的阴谋，想用皇帝来交换北非"麻六哥"地区的利益。面对质询，外交部长试图推诿。于是，"予"转而

---

① 秋梦：《狱中皇帝》，《礼拜六》第 60 期（1915）。
② 同上，第 1 页。

请求法国总统的援助。最终，德国皇帝得到释放，外交部长受到惩罚，德国政府作出了和平承诺。

在这个天马行空的故事里，最值得关注的，并不是德法两国的大人物，而是神通广大、在国际政坛如鱼得水的"予"："予"熟谙世界形势，能准确解读政治家的心机；无论面对德国皇帝还是法国总统，都能沉着斡旋，并掌握主导权。文本以间谍冒险故事的类型色彩包装了莫须有的政治轶闻。"侦探"形象传奇，他是匿名的，无法追踪，连国籍和名字都模糊不清。为何这样处理？或许是利用第一人称的不确定身份，帮助读者代入情境："予"仿佛一个通向国际舞台的中介，赋予读者一种超国家的身份。另一方面，若说《狱中皇帝》纯属天方夜谭，也并非如此，对于处在历史情境中的中国读者而言，这个故事投射了正在进行时的一战氛围。

1914 年到 1915 年期间的中国报刊，充斥着关于一战的报道，内容不仅包括战况介绍，也涉及战争缘起和国际关系的分析评论。1914年 8 月，战争爆发不久，即由中外编译社编辑发行《欧洲风云周刊》①，登载表明各国态度立场的通讯，还有诸如《欧战探原》系列、《欧洲分析之中国观》《我国中立问题》《欧战声中之中国财政》等深入评析文章，向中国民众介绍解释战争的前因后果。除专刊之外，《申报》等高发行量的大众报刊上，欧战内容同样占据重要版面。正是这样信息普及的氛围，才诞生了《狱中皇帝》。小说紧密围绕"法德矛盾"这一条欧战线索。鉴于现实中德国先向法国宣战，因此，故事里，中止战争的责任被交付到德皇手上。但法国并未因此被表现为无

---

① 1914 年 8 月（民国三年八月）创刊，在上海出版，周刊。由中外编译社编辑及发行。停刊时间未详。

辜,事实上,《狱中皇帝》对法德这两个参战国的总体描写,贴合了时评类媒体的口径:各大强国逐利,谈不上动机正义与否。而两国所争之利,也符合历史实情:

> 次晨,走谒谛尔克瑟于官邸。谛方披地图,予斜视案上,则北亚非利加也。……
>
> 谛尔克瑟曰:"德国在北非洲颇有碍于我国国力之发展,苟能结不妨碍之条约,则事当有济。"余曰:"亦于德国有妨碍否?"谛尔克瑟曰:"此则难言之矣。予单知德商在麻六哥数年来颇多进境。"予不禁瞠目而视,不能作一言,彼竟欲以阴贼得麻六哥,一何昧妄。①

"麻六哥"即摩洛哥,时属法国和西班牙的殖民地,包括德国在内的其他列强也想分一杯羹。而北非殖民地利益瓜分,本身构成一战前后法德主要矛盾之一,这一背景知识,同样可见于《申报》等媒体。一○年代,就各大报刊的使用情况看来,"摩洛哥"已经确定为稳定译名,未见"麻六哥"的译法,这篇小说中特意自创,动机难以判定。引文中,"予"对于法国外交部长意图通过绑架来兑换海外利益的阴险做法,发出批评和鄙夷,但并不妨碍他将法德最高首脑会面的场景描写为"两雄相见,握手言欢"②。应当说,《狱中皇帝》里"予"的立场,象征性地代表了一战初期中国的位置:试图中立的同时,积极扮演着观察者的角色,密切关注着自己和列强的关系。当然,在此

---

① 秋梦:《狱中皇帝》,《礼拜六》第60期(1915),第4页。
② 同上,第5页。

通俗:
大众视野与文类实践

基础之上，这个"想象中的自我"被赋予了想象中的能量，成为全球舞台上的"理想主体"。

此外，采用情节剧手法，在法国总统和法国外交部长之间强行区分出"善恶"，也是有趣的处理。况且，小说所做的，不仅是帮法国总统"免罪"，而是更进一步，让他的形象高大伟岸。小说中，与"德国皇帝"模棱两可的形象相比，"法国总统"显然更加鲜明和正面，尽管在故事里，前者才是"受害者"。小说最后以对法国总统的赞美告终：

> 大总统凤以豁达大度有名于世界，决不兴此诡计。……总统曰："予殊抱歉。德皇贲临，竟失迎，迓不图鼠辈竟敢弄此狡诡，非无以对德皇，且损法兰西国威。"……两雄相见，握手言欢，不在殿庭，而在监狱，实千古未有之奇闻也。越数日，总统特备转车送德皇归国。德皇滨行，嘱予转告法总统，谓朕在位之日，决不以一弹加法兰西。予告总统，总统亦曰："愿两国日益敦睦，勿以兵戎相见。"翌日，外交总长免官，德皇深佩总统之贤明，晤予时每称道不置云。[1]

很难确定，作者维护法国统治者的出发点为何。或许可以诉诸晚清以来、借由法国文学的输入、在中国读者心目中埋下的"同情"种子。如前文所提，十九世纪七十年代的普法战争，通过文学翻译，已经成为中国读者熟悉的文学和历史话题，也培养了他们对于战争中侵略者/被侵略者的认知——可谓一种先入为主的见识基础。另外，可以关联

---

① 秋梦：《狱中皇帝》，《礼拜六》第 60 期（1915），第 4—5 页。

德国长期盘踞青岛的事实，而小说发表的当下，驻青岛德军刚刚经历一场失败的对战，把殖民权移交给日本。这或许解释了小说中德国皇帝不太正面、又不太强势的形象。

　　本章关注了民初两类特殊的通俗短篇小说实践，均可以纳入广义的"翻译"范畴：一类是以原创形式与翻译作品互文，过程中体现对舶来形式技巧的征用和重新演绎；另一类在不避讳中国作者身份的前提下，借用西方人物和情境展开创作。这两类原创，包含了作者的跨文化阅读和再生产，而后者尤其凸显对新兴舶来知识和类型化叙事的创造性转化。借由一件异域的外衣，中国作者开启了观察、再现和建构世界的文本旅程，与此同时投射出本土的历史经验和"当下感"。

第四章 《短篇小说作法》：理论译介与结构化实践

第一节 短篇小说理论风潮与大众媒介

绪论中已经提到，一〇年代中期，通俗文学创作出版异常繁荣；光 1914 年一年，就有超过十种期刊面世①。在短篇小说方面，翻译与原创齐飞，报刊需求量很大。以周瘦鹃为例，根据他的自述，1914 年至 1916 年间，他光是发表在《礼拜六》周刊上的短篇小说创作和翻译就不下 90 篇，几乎是每期一篇。②其时，周刚刚二十出头，已经有机会在各大通俗文学刊物中崭露头角。1917 年，《欧美名家短篇小说丛刊》由上海中华书局集印出版，收录的是周瘦鹃进入文坛以来的短篇翻译作品。《欧美名家短篇小说丛刊》与周氏兄弟《域外小说集》（1909）、胡适的《短篇小说集》（1918）并列，堪称民初最重要的三部短篇小说译著。《丛刊》出版后不久，得到时任通俗教育委员会小说股股长的鲁迅的嘉许，赞其为"近来译事之光"③。

民初的通俗作家群体是促成"短篇小说"文类传播及繁荣的一

---

① 如《礼拜六》《中华小说界》《民权素》《眉语》《小说丛报》《香艳杂志》《女子世界》等。

② 瘦鹃：《〈礼拜六〉旧话》，选自《鸳鸯蝴蝶派文学资料》（上），第 231 页。

③ 《通俗教育研究会审核小说报告》，《教育公报》1917 年 11 月 30 日。

股重要力量。到了二十年代初，他们已经建立了稳定的读者市场，在各大报刊占据着重要的编辑位置；但与此同时，他们面临着前所未有的挑战和围剿。从 1921 年开始，沈雁冰、郑振铎、钱杏村等新文学批评家对通俗作家展开了猛烈的抨击，他们形容通俗作家是"小说匠"[①]，只知堆砌，把小说当作工坊产品，快制快销，既无技术，也无思想。另外，通俗小说以情节性见长，情感激烈，有刻意造成煽动之嫌，亦为新文学作家所不齿；"礼拜六派""鸳鸯蝴蝶派"等贬义性质的称号，由二三十年代兴起，延续至当代。在中国现代文学史的表述中，通俗文人群体被定位成不具备形式意识和理论观念的一群人，他们的写作活动，也惯常被批评为随意任性，既缺乏知识，也缺乏创作自觉。沈雁冰在《自然主义与中国现代小说》中，以"写实"为标准，对"旧派小说"的两种技术错误进行概括：

> （一）他们连小说重在描写都不知道，却以"记帐式"的叙述法来做小说以至连篇累牍所载无非是"动作"的"清帐"，给现代感觉锐敏的人看了，只觉味同嚼蜡。（二）他们不知道客观的观察，只知主观的向壁虚造，以至名为"此实事也"的作品，亦满纸是虚伪做作的气味，而"实事"不能再现于读者的"心眼"之前。[②]

而在《歧路》中，成仿吾批评通俗文学缺乏原创性：

---

① 例如玄：《评〈小说汇刊〉》，《文学旬刊》1922 年 7 月 11 日，第 4 页。
② 沈雁冰：《自然主义与中国现代小说》，《小说月报》第 13 卷第 7 号（1922）。

> 文学的真价在有特创（Originality），象他们这等思想上手腕
> （Technique）上都是千篇一律，没有特创的东西，当然也没有价
> 值的。新的文学作品，纵令如何不好，作者的个性总会看得出
> 来，只有这些先生们的东西，不论是谁作的，就好象一块印板印
> 出来的，不差一点。①

相比起许多单纯谩骂的文字，像《自然主义与中国现代小说》和《歧路》这样的文章，是相对有的放矢的。就"重估通俗文学价值"这一当代学术话题而言，撇除这类批评文章措辞中的偏见色彩，我们或许仍可以从中窥见民初通俗短篇小说的某种特征。如果说，这样的总结，具有一定程度的可靠性，那么，我们需要做的，是寻找新的理解角度——如何重新发掘和认识通俗小说创作的理念与价值。

从一〇年代后期开始，与大量短篇小说创译相配合，文学生产领域内出现了一股小说理论绍介的潮流：不少西方学者的短篇小说论著借由中国作者的引述，进入中国读者的知识视界。这意味着，在创作实践之余，中国作者对于新兴文体概念的系统化认知发生了浓厚兴趣。当然，并不是说，在引入西方理论之前，不存在关于"短篇小说"文类的形式认识，不过，此前，中国的批评家更多以"笔记""列传"等传统文类来比拟短篇小说。② 西方理论的介入，使得文

---

① 仿吾：《歧路》，《创造季刊》第 1 卷第 3 期（1924）。
② 参见管达如：《说小说》，《小说月报》第 3 卷第 5、7—11 期（1912）；成之：《小说丛话》，《中华小说界》第 3—8 期（1914）；厚生：《短篇小说与笔记》，《申报》1921 年 2 月 27 日、3 月 6 日，第 14 版，等等。

类的"新意"被明确标记出来。

　　胡适著名的《论短篇小说》一文就是在这样的整体文化风气下生产出来的，演讲中，他把短篇小说的蓬勃，看成"世界文学的趋势"，并作出明确定义："短篇小说是用最经济的文学手段，描写事实中最精彩的一段，或一方面，而能使人充分满意的文章。"[①] 根据高利克的看法，胡适的定义大致遵循的是克莱顿·汉密尔顿的观点，同时受到布兰德·马修的影响[②]，虽然在演讲中，他并没有作出任何的直接引用[③]。也有学者认为，胡适综合了汉密尔顿和培里（Bliss Perry）的论述[④]。汉密尔顿关于小说的重要观念，便是受到实用主义影响的"经济"意识，所著《小说法程》（*Materials and Methods of Fiction*，1911）于 1924 年由商务印书馆翻译出版[⑤]，胡适留学美国，很有可能率先参考了英文原版。哥伦比亚大学教授布兰德·马修则忠实延续了美国小说家爱伦·坡关于短篇小说创作的理想模型，认为短篇小说的作者应该具备极高的天分，有能力创造出"效果或印象的统一性"，从中实

<hr>

① 胡适：《论短篇小说》，选自《二十世纪中国小说理论资料》（第 2 卷），第 37 页。

② "The aim of a short story is to produce a single narrative effect with the greatest economy of means that is consistent with the utmost emphasis." C. Hamilton, *The Art of Fiction* (New York: Doran and Co., 1939), pp.243—244. "A short story deals with a single character, a single emotion, or the series of emotions called forth by a single situation ... Thus the short story has, what the novel cannot have, the unity of impression." Brander Matthews, "The Philosophy of the Short-Story," in *The New Short Story Theories* (Athens: Ohio University Press, 1994), p.73.

③ Marian Galik, *The Genesis of Modern Chinese Literary Criticism*（1917—1930）(London: Curzon Press, 1980), p.13.

④ 郑树森：《从现代到当代》（台北：三民书局，1994 年），第 4 页。

⑤ 哈米顿著，华林一译：《小说法程》（上海：商务印书馆，1924 年）。

现"诗情"（poetic sentiment）①。

汉密尔顿、马修、培里等人的著述在二十年代中国广受关注。二十年代中后期，他们著作的中译本先后在中国出版，不过，对他们理论观点的参考、引用和转述，常常早于正式翻译活动的发生。而且，参与转述和发挥的不仅有像胡适这样受过欧美教育的知识分子，还有本土背景、教育程度相对普通的通俗文人；传播载体方面也不止如《新青年》这样的新文化运动同人刊物，亦有面向广泛大众的日常报刊。其中，《申报·自由谈》开设于 1921 年初的"自由谈小说特刊"尤为引人注意。二十年代初，担任"自由谈"主编的，是通俗小说家周瘦鹃，在该版发表文章的作者之中，有创译经验的通俗作家占了很大比例。1921 年 1 月至同年 8 月间，"自由谈"开设每周一次的"小说特刊"，除了短篇作品之外，占据主要篇幅的，是围绕"小说"领域专门话题的文论、杂谈、批评类文章的翻译和写作，爱伦·坡、汉密尔顿、马修等的理论观点均被反复提及②。"小说特刊"持续了七个月，堪称一次长时段、有组织、信息量大、主题鲜明的文学知识普及活动。尤其是，它所借助的媒介平台，并非专业文学刊物，甚至不是像《礼拜六》这样的通俗文艺期刊，而是面向身份和趣味庞杂的广大人群的市民报纸。这意味着编者有意识地突破特定文化生产和阅读群体的边界，并促进"文学"成为一种大众知识。

通俗作家的理论兴趣，在以往的研究中，是一直被忽略的。应当

---

① Edgar Allan Poe，"Review of Twice-Told Tales，"in *The New Short Story Theories*，p.60. Brander Matthews，"The Philosophy of the Short-Story，"in *The New Short Story Theories*，pp.73—80.

② 参见例如张舍我：《短篇小说泛论》，《申报》1921 年 1 月 9 日，第 14 版；长志：《短篇小说之特性及作法》，《申报》1921 年 1 月 30 日，第 14 版；牖云：《近代短篇小说的特色》，《申报》1921 年 3 月 20 日，第 14 版。

说，他们的创作实践先于理论表述。不过，当我们从头考察他们在短篇小说话语方面的建设时，可以发现，他们的论述在很大程度上有意识地呼应和解释了当时的通俗短篇小说创作的风格和方法。这一史料上的补充发现，一方面可以触动当代研究正视通俗作家多方位的文学建树，而循着他们建诸创作经验基础上的理论思路，更有助于我们重新勾画民初文学图景中的"通俗"轮廓。拿"自由谈小说特刊"来说，相比起倾向于特定阅读群体的书籍出版，在《申报》这样的主流纸媒上登载，面向的是一个广大得多的普通市民阶层。身为报纸编辑者的通俗作家大胆使用"理论"形式配合小说作品向大众传播，从中可以侧面窥见，"短篇小说"这一短期内迅速蓬勃起来的新兴文学形式，在民初已经拥有一定的民众基础，使得读者有可能与报刊编辑者之间达成某种程度的理解和共鸣。二十年代初，通俗文人的批评文论之中，较为系统完整的要属张舍我的《短篇小说作法》。

第二节　"情绪机械学"：从威廉到张舍我

张舍我，上海川沙人，生于 1896 年，民初著名通俗小说家，曾于 1923 年下半年创办"上海小说专修学校"。从 1921 年 1 月起，《申报·自由谈》每周一次的"自由谈小说特刊"开始连载由张舍我署名的小说文论。"特刊"历时七个月，总共 30 期，其中 20 期有他的大名，且所有文章都刊登在"论文"栏，关键词非常明确，即"短篇小说"。20 篇文章之中，没有一篇注明为译文，但有部分文章标题后面标注了英文，比如《小说中之地方（setting）》(1921 年 3 月 6 日)，以及分七期发表的《小说中情节之次序 The Order of Events》(1921 年 4 月—1921 年 6 月)。除了作者有意显示外语能力的可能性之外，英文标注或许意味着文章出自张舍我的翻译或编译，而非完全的原创。连载完毕后不久，"特刊"中的部分文字被收入他新出版的一部单行本中——《短篇小说作法》①。

二十年代初，市面上出现了几种中国研究者署名的短篇小说创作法则手册，例如清华小说研究社的《短篇小说作法》(1921)、张舍我的《短篇小说作法》(1921)、孙俍工的《小说作法讲义》(1923) 等，之后，才有《小说法程》《小说的研究》② 等国外理论译本出版。不过，这几位中国研究者署的都是"编辑"或者"编纂"；而且，虽未标明资料观点来源，却也不难看出，其实正是综合了某几位西方理论家的心得。比如，清华小说研究社编的《短篇小说作法》就吸取了胡适的主要观点，自然也和汉密尔顿等人的论述息息相关。相较之下，张舍我《短篇小说作法》的引用来源在二十年代中国并不那么热门。张丽华在《现代中国"短篇小说"的兴起》中提到，张氏的《作法》全面参考了美国布兰琪·威廉（Blanche Colton Williams，1879—1944）所撰写的课本《短篇小说作法研究》(*A Handbook on Story Writing*，1917) ③。威廉是"欧·亨利奖"("O. Henry Award") ④ 奖励委员会的主要成员，曾在纽约市立大学亨特学院及哥伦比亚大学任教。将张舍我的《作法》与威廉原著比对后，可以发现，确实存在很大相似性。就章节排布来说，威廉全书共十六章，张舍我九章，相差的七章，是

---

① 新文学研究会 12 月初版，未见。再版于 1924 年 5 月（上海：梁溪图书馆）。
② 培里著，汤澄波译：《小说的研究》（上海：商务印书馆，1925 年）。
③ 张丽华：《现代中国"短篇小说"的兴起》，第 261 页。
④ 1918 年，美国艺术科学协会（The Society of Arts and Sciences）为纪念美国短篇小说大师欧·亨利而设立的年度奖，以奖励最优秀的短篇小说家。

因为张氏做了部分调整：原著第三至第六章 ① 合并为"结构法"一章，又将"人物描写"（"Characterisation"）和"人物描写（续）"（"Characterisation，continued"）合并，另外，省去了"地方色彩及空气"（"Local Colour and Atmosphere"）、"短篇小说类型：鬼怪小说"（"A Short-Story Type：The Ghost Story"）以及"流行性和长久性"（"Popularity and Longevity"）三章，其余章目基本保持对应。也就是说，可以认定，《短篇小说作法》是基于 *A Handbook on Story Writing* 所做的编译。这部文论的完整中译本到了 1928 年才由商务印书馆出版 ②，比张舍我的率先引述晚了足足七年。张舍我的"编辑"工作，不仅限于章节的删减合并；在内容的具体展开中，他也做了大量改动，其中一个要义，在于结合本国的知识语境和经验前提。比如，在第一章"短篇小说的定义和特性"中，除了照搬威廉引介的十九世纪以来有关"短篇小说"的各家之言以外，亦参考原著，区分了"短篇小说"与传统文类；"tale""sketch""anecdote"等西方文类被换成"列传""笔记"等中国文类，对于相应的区别也重新作了说明：

> ……短篇小说也不是传记，因为传记中可以没有什么"事"发生，充满的不过是一生的"行述"罢了。短篇小说也不是笔记，因为笔记只有单线的兴味，结构简单，运用材料缺乏相当的比例，也不能产生一种单纯的动情的效应。③

---

① 包括"情节：初步工作"（Plot：Preliminaries）、"情节：冲突和纠葛"（Plot：Struggle and Complication）、"情节：布局"（Plot：Composition）和"情节：取决于情节次序的小说类型"（Plot：Story Types Dependent on Plot Order）四章。
② 威廉著，张志澄编译：《短篇小说作法研究》（上海：商务印书馆，1928 年）。
③ 张舍我编纂：《短篇小说作法》（上海：梁溪图书馆，1924 年），第 2 页。

这样的区分，对于此前文学生产领域内就短篇小说与传统文类之间联想性关系的阐发，做了纠正性的回应，在与"传统"厘清差异的前提下，体现出全新的文类意识。

张舍我在论述中把"单纯的动情的效应"归纳为"短篇小说"这一新兴文类的基本风格特征。这一观点，应该是借鉴了爱伦·坡，但又有所出入，因为爱伦·坡所说的"单纯效果"（single effect）和"印象统一"（unity of impression）[①] 并不直接指向"动情"。威廉中译本中关于"漫谈"（tale）与短篇小说的差异，也使用了"引起单纯的情感"（a single emotional effect）[②]，所以，比较可能是威廉自己发挥了爱伦·坡的概念，直接联系到"情感"，继而被张舍我采纳。1921年出版的梁实秋等人编写的《短篇小说作法》，同样借鉴了爱伦·坡的观念，表述为"单纯的感效"[③]。"动情效应"与"感效"的区别，并非只是翻译措辞的问题，而是反映出引述者的侧重和理解。无论是《短篇小说作法》，还是在"自由谈小说特刊"上的连载，张舍我对于"单纯的感情""动情""情感的效应"等语汇的使用都非常频繁，远不是"误译"所能解释。应当说，把"短篇小说"看作一种专门"激动情绪"的文类，旨在使读者产生"感情的反动（反应）"，是他的基本定位。[④]

---

① Edgar Allan Poe, "Poe on Short Fiction," in *New Short Story Theories*, Charles E. May ed., (Athens: Ohio University Press, 1994), pp.60—61.

② 威廉：《短篇小说作法研究》，第2页。Blanche Colton Williams, *A Handbook on Story Writing* (London: George Routledge & Sons, 1917), p.3.

③ 清华小说研究社编：《短篇小说作法》，选自《二十世纪中国小说理论资料》（第2卷），第108页。

④ 张舍我：《短篇小说作法》，第6—9页。

前文已经提到，通俗文学的煽情特征，向来是遭到新文学阵营诟病的主因之一。相较之下，无论是胡适，还是清华小说研究社，对于短篇小说的情感问题，态度都谨慎得多。胡适几乎不提"情感"。他用"经济"二字统领全篇，作为取材与写作的标准和原则，当然也包括情感的使用。情感太过铺张浓烈，自然是不合标准的。清华小说研究社的《短篇小说作法》中言明"短篇小说是最美的情感之最经济的记录"①，显然是由胡适的观点引申而来。另外，研究社谨慎地区分了"真情与痴情"，认为"有情感的本性要比只明情感的心理妥当一些"。提倡"真情"，贬抑"痴情"，认为后者只是"表面"的堆积泛滥，未经规训、净化和升华。通俗文学的"多情主义"（sentimentalism）特点，恐怕就要归入"痴情"。②张舍我关于短篇小说风格的观念似乎印证了五四知识分子的批评。他把刺激感情视为创作核心，这一定程度上来自威廉的影响。但实际上，在对情感强度的着重方面，张舍我超过威廉。在《申报·自由谈》的连载中，他提出"热度"概念，认为"热度（即浓烈）为短篇小说之灵魂，所以区别短篇小说之异于长篇及他种散文叙述文者也"③，又谈到，要使短篇小说达到"真正的完成"，"作者必须于纷乱之情节中，选择最足以浓厚其小说情感之点而运用之"④。诸如此类，威廉著述中并无，皆为张氏自行发挥。

前文已经提到，相比同时代的马修、汉密尔顿、培里等人，威廉

---

① 清华小说研究社编：《短篇小说作法》，选自《二十世纪中国小说理论资料》（第 2 卷），第 150 页。
② 同上，第 150—151 页。
③ 张舍我：《小说作法大要（五）》，《申报》1921 年 7 月 31 日，第 14 版。
④ 张舍我：《小说作法大要（四）》，《申报》1921 年 7 月 17 日，第 14 版。

通俗：
大众视野与文类实践

的小说理论在二十年代初的中国很少被借鉴引用，几乎只见张舍我一家。这一点非常重要，其中蕴含着围绕同一文类的观念分野。威廉的一大特点在于对小说和戏剧之间关系的强调，确切来说，她大致认为，许多戏剧技巧和规程对于短篇小说创作具备适用性。这一特点，也被张舍我继承发扬，以为"短篇小说里面须有'竞争'(struggle)和'错综'(complication)，犹之戏曲中的结构"① (张氏将"drama"译作"戏曲")，威廉将"竞争"的种类概括为具体9种，张舍我舍去"人和超自然能力""人和命运"等几项，把"竞争"类型进一步归纳为三种：

> 1. 人和实质的世界。
>
> 2. 人和人。
>
> 3. 人身中的甲种势力和乙种势力。②

关于舍去的几项，张氏亦有说法："吾国作者最喜说鬼怪，人和鬼怪竞争，大都失败……吾国人迷信鬼神的恶习，此辈作者也有极大的罪孽！吾们既欲做有价值的短篇小说，当采取吉百龄(Rudyard Kipling)的主张，物质界和灵魂界有同等胜利的机会；那些'成事在天''天定胜人'等等种种命运的谬说——使人乏进取之说——必须'一扫而空'才好呢！"③ 因此，也可以理解，为何张舍我在重新编写时，会故意省略原著中"鬼怪小说"一章，这一选择体现的是文类概念建构中包含的新兴价值指标：鬼怪主题原为传统"笔记"文体所

---

① 张舍我：《短篇小说作法》，第 10 页。
② 同上，第 25 页。
③ 同上，第 27 页。

长，而新的文类重在塑写人类的行动力，因此需要"远鬼神"。

强调"短篇小说"与"戏剧"的相似，包含两个层面：一个是效果层面的，一个是技术上的。前者重在文本的"戏剧性"，反映在读者的情感反应之中，后者则标记出制造情感反应的具体过程。"竞争"和"错综"保障了戏剧性的生产，是短篇小说结构的必须一环——这种明确的规定，在胡适或清华小说研究社的论述中，都不存在。胡适仅概括地指出短篇小说应取"事实中最精彩的一段或一方面"，清华小说社虽然谈及短篇小说的"布局要素"，但也只是简略地解释了"焦点"（climax）和"兴趣"（interesting）的必要性，至于如何制造出"焦点"，就不甚了了。[1] 相比之下，张舍我充分借鉴了威廉针对戏剧感制造的"机械式分析"，分门别类，举例说明，并总结道：

> 一、第一步的冲动……一行或一句可以表明作全篇小说的主脑……二、竞争或错综中的步骤，以至极点——即戏曲的最高点，用向上动作，使兴味逐渐增厚，而下降时不致和起始时相差太远。三、动作的终点。近代的短篇小说一到戏曲的最高点，便宣告结束，因为有经验的作者绝不敢用长的向下动作使兴味淡薄，减少读者的注意。[2]

"动情的要素"一章中援引了南沈（G.J.Nathan）和葛汉（G.M.Cohen）合著之《情绪的机械学》（*Mechanics of Emotions*）中观点，"戏曲作家以他的观客为利用品，观客跑到戏院里，有一定

----

[1] 清华小说研究社编：《短篇小说作法》，选自《二十世纪中国小说理论资料》（第 2 卷），第 125 页。

[2] 张舍我：《短篇小说作法》，第 32—33 页。

通俗：
大众视野与文类实践

的目的，把他的情绪供人家的驱使，这个经验得着非常的愉快与满意，故能使普通人愿意出巨大的价钱给予戏院"，继而提出，要做到把情绪传达给读者，"驱使读者"，就要掌握"情绪的器具"（tools of emotions），"要有这种艺术的功夫——器具，必须要知道心理学，运用机械的方法，……戏曲作者无论古今中外都晓得这个秘诀，所以都能使我们笑，能使我们哭，能使我们惊惧。小说家虽没有舞台，却要用戏曲家的方法——用机械的方法，传达情绪于读者"。文中继而指出，在传达"恐惧"的情绪工具之中，"死亡"是首要的；而要是想让读者发笑，关键在于让他们看到人物的"缺少"，从而获得"优胜感"。[1] 这些说法，来自悲喜剧的经验，被威廉挪用作为短篇小说戏剧性生产的要义，而张舍我在跨文化的语境中，显然也感到共鸣，并举出中外作品加以佐证。

第一节中提到，沈雁冰曾以"写实"为标准，批判通俗文学存在的问题，认为通俗创作"连篇累牍所载无非是'动作'的'清帐'"，要么就是"主观的向壁虚造"，"满纸是虚伪做作的气味"。[2] 喜欢铺陈"情之热度"的通俗小说不符合"写实"原则，在正统文学史中，这一点似乎不言自明；倘若要和写实攀关系，也是"假其名而行"。而成仿吾的批评，认为通俗作家在"思想上手腕（Technique）上都是千篇一律，没有特创的东西"。[3] 缺乏"独特性"，不同作品之间似乎能够彼此取代。不过，通过前文对《短篇小说作法》中主要观念的考察，可以意识到，被新文学知识分子视为创作大忌的一系列特征，在民初通俗作家自己眼中，恐怕正是有意识的风格取向。

---

① 张舍我：《短篇小说作法》，第 97—103 页。
② 沈雁冰：《自然主义与中国现代小说》，《小说月报》第 13 卷第 7 号。
③ 仿吾：《歧路》，《创造季刊》第 1 卷第 3 期。

中国现代文学史上，通俗文学收获的恶名，近似于西方文学史中"情节剧风格"（melodramatic）的创作遭遇的批评，比如它们都被描述为具有如下特征：简单的道德对立，高度戏剧化，感情用事，模式化，等等。彼得·布鲁克斯（Peter Brooks）于七十年代出版的论著[1]算得上最早为情节剧"翻案"的专书。在此之前的很长时间内，这种风格的文学普遍为西方学界视作不入流。布鲁克斯在《情节剧想象》一书中，指出发迹于法国大革命背景中的"情节剧"（melodrama）是一种"现代特有的形式"，对于开展"现代想象"至关重要。[2]具体来说，情节剧风格的作品所表现出的感情激烈、强化正邪分立等特点，其中隐含的是"叫人害怕的新世界造成的焦虑感"[3]。情节剧属于现代——它着力于营造激动的情绪和过敏的神经，使用的却是现实生活中最平庸的材料。[4]九十年代，迈克尔·海斯（Michael Hays）等人编辑的《情节剧：一个文类的文化崛起》[5]进一步从历史发展的角度看待情节剧主题，大大扩张了一般人印象中这一类型所能涵盖的现实维度。

威廉的《短篇小说作法研究》中远远早于以上两本著作，书中也提及情节剧，中译采用的翻译是"滥感剧"，颇显贬低意味。这与其说是译者的用意，不如说是遵循了威廉原文对于情节剧的判断：

---

[1] Peter Brooks, *The Melodramatic Imagination: Balzac, Henry James, Melodrama, and the Mode of Excess* (New Haven and London: Yale University Press, 1976).

[2] Ibid., p.xi & p.14.

[3] Ibid., p.20.

[4] Ibid., p.2.

[5] Michael Hays, ed., *Melodrama: The Cultural Emergence of a Genre* (New York: St. Martin's Press, 1996).

He（Allan Poe）not only recognised that a definite trait exploited and intensified would produce its effect, but by a fortiori argument he saw that an abnormal trait or exaggerated characteristic would produce a more powerful effect. ...The overworking of the horrible, of the appeal to the "thrill-seeker" it may be noticed in passing has been relegated to melodrama. It may seem rank heresy, to the critics who swear by Poe, to affirm that he would not be read by the better class of readers were he now writing what he wrote four score years back.（他非但能把各种人物形容毕肖，并且还要进一步去描写反常的人物和奇特的习性。……过度的恐怖和强烈的刺激性，原是滥感剧的特征，迄今已成陈迹了。有人说坡氏此刻如还活着，继续去写他早年的作品，结果将不值得识者一盼。……）①

His subject is death, and he runs the range：from possible death,...through the accomplishment of death,...Have the successo rs of Poe shunned his methods？Is it still possible to use the devices he employed without bringing an hysterical over-charge of feeling？In general, they are still used but with a difference in the fictive type, according as the narrative may be psychologically fine or melodramatically gross.（在坡氏的作品中间，引起恐怖的对象

---

① Blanche Colton Williams, *A Handbook on Story Writing*（London：George Routledge & Sons, 1917）, pp.162—163. 威廉：《短篇小说作法研究》，第102—104 页。

都是死亡。不过他却具有不同的写法，一种是描写死亡之可能，……一种是描写死亡之实现，……后来的许多作者，能否超脱坡氏的陈套呢？或是他们用了他的方法以后，能否避去他那种极端的趋向呢？大概说来，坡氏所用的方法，此刻是依旧沿用的，不过小说的体裁是业已变更了，这种变化的多寡，全视作者对于心理描写或滥感剧的趋向，如何而定。）①

威廉把趋于心理描写和情节剧风格的短篇小说，看作"历史的陈套"，是"短篇小说鼻祖"爱伦·坡之恐怖奇诡文风的两种现代变体，前者专注于"琐碎的心理"（subtly psychological consideration），后者则投身"显著的动作"（lurid motion picture climax）。② 她把这些具备"迅疾的动作、戏剧式的表现、新奇的事迹、热烈的情操、生动而详细的描写"（rapidity of action, dramatic form, striking incident, strong and elemental passions, vivid detail）等特点的小说统称为"popular short story"（张志澄译为"时髦小说"），即通俗小说。通俗小说必然"反映现在"，具有"应时"的倾向（a preference for the reflection of the present）③。张舍我在引述威廉观点的过程中，省去了所有关于情节剧的说法——多半是因为不知何所指。不过，他显然未视爱伦·坡的风格为陈套——事实上，爱伦·坡是民初通俗作家最常引以为范的西方小说家之一。在介绍了爱伦·坡以"死亡"作为"情绪工具"、让读者感到刺激和震撼之后，张氏进而建议中国作者以此为鉴，发掘更多

---

① *A Handbook on Story Writing*，pp.218—219.《短篇小说作法研究》，第138—139 页。
② *A Handbook on Story Writing*，p.310.《短篇小说作法研究》，第195—196 页。
③ *A Handbook on Story Writing*，p.312.《短篇小说作法研究》，第 196 页。

通俗：
大众视野与文类实践

的情绪工具，用于小说创作："作者要作动人情绪的小说，须先问自己，什么东西最激动我自己的心思脑筋。"①

　　一方面，在短篇小说风格的取舍上，张舍我有意无意地表露出与情节剧类型的契合，另一方面，他同样积极地把"写实"作为一种时代要求的文学指标："吾以为中国的短篇小说尚未实在经过写实主义的时代，吾等作者今宜竭力于写实的作品，……无论写实派或自然派小说，其中人物事情都是我们日常生活中所见。"②尽管在"写实"问题上，通俗文学既没有获得同时代新文学作家的认可，也没有得到文学史的承认，不过，从今天的批评角度出发，依托当代理论对情节剧的"现代时态"的肯定，我们需要重新评估通俗文学"写实"效果的可能性。

　　在"动情的要素"一章中，张舍我这样表述"写实"与"动情"之间的关联："作者既定了采用何种情绪，就从所定的情绪上寻可以增进加强此情绪的材料，务使自己欲宣的情绪，读者见了，认以为真，认为世上实有的事，因而生出反应。"③在张舍我看来，浓烈的感情，和写实的效果，似乎可以兼备，而做到这一点，首先取决于作者的自我认定，继而取得与读者之间的认同。这种"写实"观念，与其说是表现事物的真实，不如说是关于具体事物的感受／印象的真实。关于"写实"，在《申报·自由谈》的连载中，张氏有更多的发挥。他引用达炎（Charity Dye）④的观点，"好小说中，不特每段每点，必

---

　　①　张舍我：《短篇小说作法》，第 101 页。
　　②　同上，第 68—69 页。
　　③　同上，第 102 页。
　　④　美国人，在印第安纳波利斯高中（Indianapolis High School）任教，曾出版《讲故事者的艺术》（*The Story-teller's Art*，1898），指定面向高中和专科学院教学。

须由情形中自然发生，而且须使之若只有此事，能发生于此环境中"，认为"此盖近代心理的写实主义之观念"。[1] 有趣的是，张舍我理解的"心理写实"，似乎不单只是对于小说中人物内心书写的可信度的要求，更是首先关于作者和读者的心理感知的"写实"："人若经历一事，虽细至毫末，亦必终身与之同在而不离。……事物者，以其自己之效应而流传者也"[2]，"吾人思念之一事一物，皆有其固定之感觉，印入吾人之脑筋。而相类之事物，则感生相类之感觉"[3]。因为必然引起对于相关经历的回忆，事物本身具有"情感效应"。在共同的时代背景下，经验具有可交流性，在此基础上，这种情感效应有集体化的潜力，最终进入小说，以一种毋需多作解释、具备写实效力的戏剧化模式的形态存在。

本·辛格（Ben Singer）在《情节剧与现代性》一书中，以大量富于刺激性的图像例示，揭示出城市化进程赋予情节剧风格和主题的生产动力。最典型的，就是对于城市日常空间下"意外死亡"的表现。譬如，十九世纪末的报刊和漫画等日常传播物以耸人听闻的方式呈现了丧命于车轮下的行人的恐怖形状。[4] 辛格比较了前现代与现代语境中"非自然死亡"的效果差异，指出，虽然非自然死亡古而有之，可是，大都市里发生的意外往往更为暴力、突然和随意，使得因此引发的恐惧感愈加集中和强烈。[5] 极具对照意味的是，民初通俗短篇小说中也充斥着对于城市中意外死亡的描写，短小精悍的文体形

① 张舍我：《小说作法大要（三）》，《申报》1921 年 7 月 10 日，第 14 版。
② 张舍我：《小说作法大要（五）》，《申报》1921 年 7 月 31 日，第 14 版。
③ 张舍我：《小说作法大要（六）》，《申报》1921 年 8 月 7 日，第 14 版。
④ Ben Singer, *Melodrama and Modernity*（New York: Columbia University Press, 2001），pp.59—101.
⑤ Ben Singer, *Melodrama and Modernity*, pp.70—71.

式配合着"意外"的突如其来和戛然而止，凸显出恐惧的强度和焦点化。前文提到，张舍我及民初不少通俗作家，推崇爱伦坡的恐怖氛围描写，以其中的核心事件"死亡"为激发"恐惧"的最佳情绪工具。而当他们将"死亡"与小说中的城市空间彼此绑定，便为其注入了一种"现代意识"——中国社会转型过程中种种锋利的社会和文化矛盾，借由"意外死亡"这一模式，血淋淋地跃入同样具备城市生活经验的读者眼中。

"车祸"是最常见的主题，罪魁祸首是诸如汽车和电车这样的新型交通工具。经过文学表现，杀人机器被人格化为长着势利眼、欺软怕硬的马路恶霸，车轮碾过，喷涌的鲜血打断了城市摩登的迷人节律，从中揭示的，是阶层分化、城乡差异等不可调和的现实矛盾。还有一类"车祸"故事，超越了单纯的意外事件，在个人经验叙事的层面上更为丰富：这些故事里，"爱情"经常成为交通工具之外推动"死亡"发生的另一重要道具。严芙孙《车之鉴》[①]的主人公"大阿哥"，是一个在上海从事下等职员工作的外乡人，"大阿哥"是他的本名"杜而嘏"的沪语谐音。欣然接受沪语诨名的"大阿哥"一心想融入上海社会，他苦练上海话，为的是别人听不出他的外地口音。城市的奢华生活对他构成强烈吸引；与此同时，他是一个《红楼梦》爱好者，时常自我想象成贾宝玉。虽然收入微薄，他还是每天精心打扮，希望获得爱情。城市空间寄托了他的浪漫理想，他成日流连街头巷尾，跟踪装束时髦的女学生，幻想能和她们恋爱，但结果是被女学生的男朋友抓住，吃了耳光。后来，他认识了一个名声不太好的女人，他为她花钱，把她当做爱人。有一天，他撞见那女人和一个男人坐着

----

① 严芙孙：《车之鉴》，《礼拜六》第 119 期（1921）。

汽车经过，他发疯地追，最后惨死在汹涌的车流之中。不仅如此，最终，他的尸体因为无人认领，被抛到城外。

周瘦鹃的《遥指红楼是妾家》[1]讲的是一个做小学教员的青年柯莲的故事。他家住得偏僻，每天要花一个半小时乘电车到学校。在电车上，他遇见一个姿容出众的美女。从此以后，他天天都渴望看到她，在狭小的车厢里，这个沉默内向的青年奇异般地勇气大增，尽情地欣赏面前的美人，还幻想对方精心梳妆是为了自己。很久以后，他终于获得了跟她讲话的机会，她指向远方，告诉他那是她的家，他望过去，只依稀看见红楼一角。可那天之后，他就碰不到她了。为此他大病一场，身体略康复之后，他无法克制思念，每天去他们下车说话的地方，望着红楼的方向，希望可以重遇美人。有一天，在痴望中，他被驰过的电车撞倒，失去了生命。

这两个故事里，"大阿哥"和柯莲都具备城市边缘人的性质：对他们而言，城市空间既是"生门"，也是"死门"，在向城市中心进发的过程中，他们最终成为牺牲品，甚至被彻底抛弃。街道和电车车厢成为新的抒情空间，两位主人公身处其中，忘乎所以，不约而同地感染上"浪漫病"。然而，现代抒情空间的本质是不稳定的，具有很强的欺骗性，它们制造幻想，再无情摧毁，促使主体走上毫无抵抗的个体毁灭之路。《车之鉴》和《遥指红楼是妾家》所表达的，不仅是"杀人机器"般的城市空间的残酷，还有抒情传统在现代语境中的无效乃至荒诞命运。"红楼情结"在这两篇短篇小说中都有所显形，其效果却是反讽性的。《车之鉴》在叙事上已经流露出反浪漫的讽刺意味，而《遥指红楼是妾家》的语言，看起来继承了传统的感伤主义铺张风

---

① 瘦鹃：《遥指红楼是妾家》，《礼拜六》第 13 期（1914）。

通俗：
大众视野与文类实践

格，可通过对虚幻的抒情空间的打破，以及与现代时态的接轨，小说的言情性最终获得了一种反动自身的能力。

一方面是张舍我及其同行大量投入的酝酿"情感效应"的创作实践，另一方面，他的《短篇小说作法》为培养和训练文学爱好者把握"情绪工具"提供了可能。该书的一大特色在于，每一章末尾附有练习题。这并非张氏原创，而是保留了威廉原著中的习题设置，并加以模仿和改造。前文已经提到，张氏于1923年下半年创办"上海小说专修学校"，并自任校长，《短篇小说作法》极有可能是其课程教材。章末习题有的安排学生分析已有作品的写作手法和戏剧类型，抑或利用教材中总结的叙事规律和公式进行创作练习，表现出对于"模式"的有效性的信念和强化。以"动情的要素"专题为例，习题要求学生阅读几篇中外短篇小说，自问情绪受到何种驱使，进而分析作者"浓厚情绪"的方法。[1] 这种将小说创作过程技术化、透明化、公式化的做法，是通俗作家特有的。他们并非不承认"天才"和思想的重要性，不过，他们乐于将小说写作塑造成一种具备足够的可操作性和可复制性的实践活动。这样的选择，一方面当然为了鼓励和满足职业化需要，但更重要的是，这体现出他们在文类观念构形方面的基本立场：以创作实践和西方理论引介为基础，中国的通俗文人进一步归纳和强化，让"短篇小说"成为一门可以传授和普及的关于"情绪"的形式知识。

第三节　"哥伦比亚大学"与上海小说专修学校

《短篇小说作法》的每章习题均与本章核心概念/技巧相关。习题类型大体分为两种：或是给出指定篇目，请读者根据要求做分析；

---

① 张舍我：《短篇小说作法》，第107页。

或是给出特定条件，请读者自行创作实践。这样的形式，在同时期出版的小说文论中，是非常少见的。它来自对原著的模仿，但同样地，不是通过字面意义上的"翻译"——张舍我对威廉原书中的习题做了一定程度的改头换面，同时又保持了和原文之间的互文关系。此外，也并不能就此下结论，认为只有张舍我参考的是具有教材性质的西方文论，因此译本呈现了独具特色的"习题"部分。事实上，是否保留，取决于译者本人的选择。对比1928年版张志澄翻译的《短篇小说作法研究》，就可以发现差别。相比起张舍我，张志澄的译本可谓直译，不仅不存在章节和内容上的增减合并，还非常注重"忠实"和"准确"的问题。译者在"译例"中特别声明："原文中所举之外国小说，译者大半未曾寓目，不敢贸然迻译，故悉将原名照录，读者谅之。"① 然而，张志澄删去了原书中所有的练习题，对此也作了说明："本书原文系课本体裁，每章之后附有若干练习，惟此等练习均以外国小说为根据，对于我国读者不甚适用，故译时亦一并删去。"② 张志澄因不适用而删除，张舍我因不适用而改写，这一区别投射出二人传播目的的不同：《短篇小说作法研究》更多作为大众市场上文学知识传播物的一种，而张舍我在"编纂"《短篇小说作法》时，已经包含了对具体教学过程的假设和预期。

根据所能搜集到的材料判断，"上海小说专修学校"多半是在短暂经营之后不了了之。具体何时结业，难以确定，但就报刊上的广告及相关信息来看，专修学校的活跃时期大致介于1923年10月至1924年6月之间。目前所见最早的学校招生广告见刊于1923年10月6日的《申报》，稍晚在《红》（1923年11月）、《侦探世界》（1923

---

①② 威廉：《短篇小说作法研究》，第 I 页。

年 11 月）等通俗杂志上均有发布。根据广告内容，小说专修学校的开学日定于 1923 年 11 月 1 日，另外对学费、学制、课程、教员等信息都作了清楚说明。特殊之处在于，这是一间函授学校，通过定期邮寄讲义的方式授课，所面向的，是具备中等教育基础、有志于小说的一切社会人士。那么，如何检验学生的学习成果呢？就广告所规定的作业要求看来，要求也并不宽松：

> 本校以实事求是为本，若金钱光阴徒掷虚牝，皆非所许。每次寄发之讲义，皆附有练习题数，则学生均须于收到该件后一星期内一律作答，不得疏忽。如有紧要事故，不能如期交卷，须先行来函告假，经本校核准方可。若未曾告假，擅不交卷者，本校认为旷课，立即停止寄发讲义，一面去函诘问。如距预算应可接到答卷之日有一个月仍未得答卷者，以退学论，即将名额取消，学费概不发还（邮局延误不在此例）。①

也就是说，讲义里的课后习题成为校方监督考核的唯一途径；而同时期出版的《短篇小说作法》，很有可能就是学校采用的主要讲义之一。

有更直接的线索表明两者之间的关系。登载在各种报刊上的"上海小说专修学校"招生广告，有长有短，内容不尽相同，但有一条是一样的，且都放在开篇位置："本校先行依照美国哥伦比亚大学小说科校外部办法编发讲义通信教授。"② 在 *A Handbook on Story Writing*

---

① 芮和师、范伯群、郑学弢主编：《中国文学史资料全编现代卷·鸳鸯蝴蝶派文学资料》（上）（北京：知识产权出版社，2010 年），第 32 页。
② 参见《申报》1923 年 10 月 6 日，第 1 版；《红》第 2 卷第 11 期（1923）；《侦探世界》第 13 期（1923），第 1 页。

(1917) 的封面页，署明了作者威廉的两条职位信息：首先是她的主要职位——"纽约市立大学亨特学院英语系助理教授"（Assistant Professor of English, Hunter College of the City of New York），其次是兼职——哥伦比亚大学"短篇小说创作"课程讲师（Instructor of Short Story Writing, Columbia University），并注明，该课程属于"推广教学"（extension teaching），在暑期进行。也就是说，确有可能，张舍我在阅读威廉原著、并了解作者所在学校面向社会的"推广教学部"（Extension Teaching Department）相关情况的前提下，模仿了哥伦比亚大学的函授模式。查阅美国政府出版的《1919年大学推广运动公报》（*The University Extension Movement, Bulletin, 1919, No.84*），可以发现，当时哥伦比亚大学的推广教学学制两年，和张舍我在招生广告中标明的"四学期"确实一致。不过，哥大的推广教学不设函授（同期不少其他美国大学倒有开设函授类推广课程的情况），均在实体教室中进行。[1] 而另一方面，二十年代初的上海，已经存在一些函授教育。比如，丁伟的专题研究指出，1915年起，商务印书馆依托自身印刷出版优势，设立函授学校，面向社会开展英语教育。[2] 因此，张舍我受本地经验启发，现学现用，也并非难事。

问题在于，为何在声明函授模式时，特性性地"假托"哥伦比亚大学名号，除信息有误之外，是否存在其他解释的可能？事实上，张舍我在《短篇小说作法》中，以及在"自由谈小说特刊"的文章里，都对"美国小说学教授"威廉有所介绍，并反复强调她任职哥伦比亚

---

① W.S. Bittner, *The University Extension Movement, Bulletin, 1919, No.84* (Washington: Government Printing Office, 1920), pp.88—89.

② 丁伟：《近代民营出版机构的英语函授教育（1915—1946）》，博士论文，浙江大学，2015年。

大学这一身份（同时省略了她在纽约市立大学亨特学院的教职信息）。比如《短篇小说泛论》一文中，谈到"笔记"和"短篇小说"的区别，张氏用来类比"tale"和"short story"的关系：

> ……哥伦比亚大学教授毕金氏（W.B.Pitkin）评欧文所作见闻杂记中之温克尔（Rip Van Winkle）一篇为非短篇小说，以其不能令读者生一种和合之感想也。欧·亨利（O.Henry）称美国之莫泊三，吉百龄（Kipling）为英国第一短篇小说大家，然批判家亦有指摘二人说集中有不能称短篇小说者（见哥伦比亚大学小说学教授威廉氏所著《短篇小说作法》第三、四两页）。（《申报·自由谈》1921 年 1 月 9 日）

引文中另一位 W.B.Pitkin（现译作沃尔特·皮特金，1878—1953），也确为哥大教授，但并非文学专业，而是新闻学院，曾在三四十年代出版《学习的艺术》（*The Art of Learning*）、《人生四十才开始》（*Life Begins at Forty*）等书籍，颇为畅销。此人知识面广阔，在教育学、心理学领域均有一定建树。张舍我知晓此人，多半也是通过威廉书中的引用；不过，威廉援引时仅仅一句带过，也并没有提到 Pitkin 的具体教职和单位[1]，是张舍我在"编译"时，自行加上的。[2]换句话说，张舍我格外重视标榜"哥伦比亚大学"这一身份标签，似乎它成为言论合法性的一种保障。这种"重视"，一定程度投射出"哥伦比亚大学"在当时的中国社会、尤其在知识界眼中的特定位置。

---

[1] *A Handbook on Story Writing*，p.6.
[2] 除《短篇小说泛论》外，见《短篇小说作法》，第 3 页。

《教育交流与社会变迁——哥伦比亚大学与中国现代教育》一书为语境化理解提供了有效参考。根据这一专著的梳理，至少可以从以下三个角度，窥见哥伦比亚大学在二十世纪初中国社会的影响力：首先，从容闳倡议和组织的晚清"幼童留美计划"（1872）开始，持续不断有中国学子赴哥伦比亚大学留学。根据袁同礼的统计，截至1960年，哥大授予华人博士学位人数居全美各校之冠。"在该校获得博士学位的名单中，著名人士有：陈焕章、严鹤龄、顾维钧、郭秉文、马寅初、胡适、蒋梦麟、金岳霖、侯德榜、蒋廷黻、冯友兰、潘序伦、陈裕光、吴文藻、唐敖庆等。而在此有过就读或研修经历的中国留学生，则可列出一份更长的名单。"[1] 而且，列出的这些人名，基本都是在二十年代初或之前取得的学位。其次，当他们学成归国，不少人在文教界担任重要职位，相当于间接延长、扩散和巩固了哥伦比亚大学的影响。比如蒋梦麟、胡适、郭秉文、马寅初、潘序伦、陈裕光等，他们之中，有教育行政部门高官，也有大学校长。[2]

最后，值得注意的是，同张舍我编译《短篇小说作法》的时期相重合，1919年至1921年，在胡适、陶行知、郭秉文、蒋梦麟等弟子的推动下，时任哥伦比亚大学哲学系教授的杜威（John Dewey）来华讲学，驻留两年多。当时新闻界反应热烈，"京沪各地报纸杂志几乎无日不有他的消息报道或讲演记录"。[3] 除了杜威，一二十年代，中国社会熟悉的来自哥伦比亚大学的教育家，还有保罗·孟禄（Paul

---

[1] 陈竞蓉：《教育交流与社会变迁——哥伦比亚大学与中国现代教育》（武汉：华中科技大学出版社，2011年），第46页。

[2] 同上，第67页。

[3] 同上，第80页。

通俗：
大众视野与文类实践

Monroe，当时也译作"门罗"，在报刊中使用称谓"门罗博士"）。1921年，他在中国待了四个月，其间开展教育主题的演讲、调查、讨论等活动，同样是报纸杂志争相报道的话题性人物。总之，二十年代初的大众报刊中，时不时浮现与"哥伦比亚大学"相关的新闻。1921年6月，《申报》上还登有来路不明的"国外专电"消息，称"哥伦比亚大学今日以博士学位赠与北京国立大学校长蔡元培"（1921年6月11日第4版）。不管是有据可循还是捕风捉影，出现这样的"小道消息"，前提是哥大本身在日常媒体中充分话题化，足以引起一般阅读大众的兴趣和认同。

总的来说，由于历史因缘和一系列人事关系，在二十年代初，"哥伦比亚大学"业已成为扬名中国的一块"洋招牌"，不仅为知识界所熟知，声名也遍及普通市民界。因此，不难理解张舍我的"迷信"。更准确地说，哥伦比亚大学的声名，集中体现在教育领域；而张舍我要借此标榜的，也不单单是文学观念和知识的传播，更在于如何将文学知识转化为一套可以被教授、习得并付诸实践的"技能"。"教育"是民初社会的关键词。二十年代，作为掌握一定出版和发表资源的著名通俗作家，张舍我的办学和教材编写实践，无疑是跟随时势、投身时代热潮的表现；但与此同时，他的实践有其特色。譬如对新兴"函授"形式的借鉴和模仿——这种时空条件要求相对灵活的教学方式，为向更广泛的、缺乏专业背景的市民阶层提供新式文学教育提供了可能。就目前的资料看，无法做到对曾经报名小说专修学校的学员情况作出统计。不过，可以观察到证明其曾经活动的相关迹象：从1923年年底开始，《申报》《红》《半月》《社会之花》等市民报刊上，零星刊登了由小说专修学校学生（以按语形式提示）创作的短篇习作，而作者署名，有时是学员单人，有时是学员和张舍我联署，可能取决于后者参与作品修改的程度。① 遴选部分作品，提供发表机会，对学员来说，是实在的激励；反过来，在广告中标榜学员发表作品这一成果，又进一步起到了宣传学校的效果。② 应当说，尽管小说专修学校活跃时间不长，但无论筹备、宣传、运营还是后续产出，均投射出通俗出版群体的市场经验和社会基础。

当《短篇小说作法》被用作函授教育的教材时，其中的习题设置，更加显示出必要性和实用性。前文已经提到，张舍我在进行编译时，体现出强烈的主体性和诠释冲动。落实到习题部分，主要改动表现在，如何匹配和联系中国读者的时代经验，形成有发挥空间的写作话题。比如，威廉书中第二章（对应张舍我第二章"短篇小说的发端"）的课后习题，以简要的表达方式，假设了一系列基本情境，要求读者以此为起点，完成相应创作。③ 张舍我引入了威廉的练习模式，但对具体情境要求作出删选和增补。原文中"新手驾驭危险的马""孩子同想象中的伙伴玩耍""老妇人想成为教堂司事""一个人用面纱遮住他的面容"等题目被删除，很可能是考虑到，它们与本土学员的经验较为疏远。原文中"一个美国女孩取消了和贵族的婚约"被改写为"一个女子留学生与英国某贵爵宣言离婚"，似乎引导学员代入中国人视角。增补的题目中，有一题为"高丽人杀死日本人"④（原文中关于印度人的题目被删除）。这一题之所以成立，多半基于中国大众对 1919 年发生在朝鲜半岛的"三一"运动的认知；加上此后一

---

① 例如：周善宝、张舍我：《浴堂中的社会学》，《社会之花》第 1 卷第 3 期（1924），第 1—8 页。

② 《申报》1924 年 2 月 12 日，第 19 版消息。

③ *A Handbook on Story Writing*，pp.40—41.

④ 张舍我：《短篇小说作法》，第 21—22 页。

些朝鲜流亡人士来到上海，使得相关事件背景进一步映入中国人的经验视野。类似地，第七章"对话"（对应威廉第十一章）的课后习题中，张舍我同样利用了历史语境下具有事件指向性的具体人物，作为启发性的叙事话题。译者沿用了原著中以两位名人为题面、要求读者创作出合理对话的模式，但对具体名人做了调整，重新举出两组人物：一是"袁世凯遇着威廉第二"，二是"假如孔子遇着杜威"。① 显然，译本中两组"对话"关系的建构，是以"跨文化"为出发点的，同时假设了类比的可能：前者将一战的主要发起人和中国的独裁者并列，很大程度预设了批判的叙事动机；而把杜威比喻为西方的孔子，这个说法来自 1920 年蔡元培在北京大学授予杜威名誉博士学位典礼上的致辞。

　　总而言之，在对张舍我译本和布兰琪·威廉的原本作出比对之后，可以充分确认，张舍我对原著的"操控"（manipulation），并非偶然和任意的，而是出于明晰的问题意识的引导。译者引入域外著述提供的思路、结构、视角和操作模式，同时不断与本土的历史情境和文学传统生发互动，促使文本在新语境中延续了生命。另外，他对文论的编译情况，同他在函授教育领域的尝试紧密相连：张氏的目标不仅限于借助域外资源、介绍新兴文类知识，更在于通过对舶来文本教材体例的参考、模仿和重置，把围绕文学写作的知识转化为一套可以被普通市民掌握和操作的"技能"。这一点，体现出身处职业化写作行业的通俗群体的特别志趣和关照。在民初短篇小说创作与理论的热潮中，通俗作家做出了丰富的贡献。他们的创作量极其可观，除此之外，在小说理论的介绍和发挥方面，他们也有所作为，这一点，在现

---

① 张舍我：《短篇小说作法》，第 96 页。

代文学史中，一直受到忽略。借由对外来理论著述的借鉴和引申，围绕"短篇小说"这一蓬勃发展的文学形式，通俗作家确立了新的文类意识。另外，以同时代五四作家的短篇小说理论作为参照，通俗作家的选择体现了文学理念层面的分化，验证了文学观念的多样性。而他们在理论上的特定取向，最终可以反过来在他们的写作实践中得到呼应。

因为"煽情""模式化"等特点，民初通俗文学始终被排斥在中国现代文学的写实传统之外。不过，在张舍我的论述中，"写实"一词常常浮现，而且，有趣的是，他试图对"浓烈的情感"与"写实的效果"二者进行整合。张舍我强调具体事物可以在作者/读者的心理上发生特定的"情感效应"；这种效应的合法性，以作者与读者的共时性经验为前提，经过提炼和加强，进入特定时代的小说创作，成为具备写实效力的戏剧模式。所谓"写实"，其实是在可视可感的集体性经验基础之上，关于事物的感受和印象的"真实"。民初通俗文学与西方"情节剧"的风格特征和历史境遇极具相似性；借鉴当代理论中对于作为"现代形式"的情节剧所能涵盖的现实维度的考察，我们也得以重新挖掘通俗小说"写实"的可能性。

第五章　建构情节剧空间：以短篇小说的三种结构模式为例

　　上一章已经提到，彼得·布鲁克斯的《情节剧想象》是情节剧研究方面的开创性著作。书中，布鲁克斯极力将"情节剧"从作为"坏品味""廉价刺激"的同义词的境遇中解放出来。西方情节剧在传统评价中受到贬低，这一点，与通俗文学在中国现代文学史上的命运类似：在现代文学史的主流评价中，"礼拜六派"既不"新"也不"旧"，它只代表"现代的恶趣味"，提供"玩世"的乐趣。历史处境的相仿，启发我们，或可进一步试验"情节剧"概念对于中国语境的有效性，试着把"情节剧"作为一种分析和理解中国现代通俗文学的方法。

　　布鲁克斯将"情节剧"定位为"一种独特的现代形式"，"对现代想象尤为关键"。[1] 在他的描述中，情节剧兴起于法国大革命时期，"源自叫人害怕的新世界造成的焦虑感，也表达焦虑感"[2]。情节剧模式往往假定了"可能性上超出能指的所指，反过来制造出一个过度的能指，对意义做出宏大但无法证实的声明"。[3] 情节剧把焦虑转化为情节模式：善与恶的斗争，牺牲的仪式，受苦的英雄，被冤枉的无辜

---

① Peter Brooks, *The Melodramatic Imagination：Balzac, Henry James, Melodrama, and the Mode of Excess*, pp.xi & 14.

② Ibid., p.20.

③ Ibid., p.199.

者，战胜邪恶，美德的最终胜利，等等。总体而言，情节剧是关于基本道德真理的戏剧，是关于美德的戏剧；"即便它的社会含义可能是革命的，也可能是保守的，它始终是极端民主的，力图使每个人清晰明白"。[1] 布鲁克斯认为，"情节剧"和悲剧有关，但不同于悲剧：虽然情节剧的主角们常常是不幸的英雄，把它看作悲剧的现代派生物是不恰当的，因为在情节剧中，"美德和罪恶是完全个人化的；极少存在更高秩序层面的启迪及和解的迹象"。[2] 然而，情节剧代表着"对悲剧视野的丧失的回应"。[3] 它一再确认某些"道德真理"，通过再现堕落了的现实，成就了一种绝望的、力图"复兴"的努力。布鲁克斯的研究体现了文类生产的历史具体性。但同时，在他眼中，"情节剧核心"，或者说"善恶"对立，纹丝不动地贯穿了整个十九世纪。这一潜在的"非历史"倾向为后辈研究者提供了改进和纠正关于情节剧的"经典"定义的空间，他们从历史化的视角出发，重新思考"情节剧"文类，考察它在核心结构方面的自我更新。迈克尔·海斯等编写的论文集《情节剧：一个文类的文化崛起》(Melodrama：The Cultural Emergence of a Genre) 就体现了这一视角。文集聚焦十九世纪，梳理了情节剧吸纳的各种话语，比如帝国主义、民族主义、阶级、性别问题等，并关注情节剧写作如何展现出文化和意识形态的交织和相互作用。文集总体上认为，凭借着清晰易懂和"过剩的能指"，"情节剧"成功触及、象征性解决并最终指向"交织的视野背后的历史复杂性"。[4]

---

① ③ Peter Brooks，*The Melodramatic Imagination：Balzac，Henry James，Melodrama，and the Mode of Excess*，p.15.

② Ibid.，p.203.

④ Michael Hays，ed.，*Melodrama：The Cultural Emergence of a Genre*，p.x.

在过去二十多年的中国通俗文学研究领域，彼得·布鲁克斯关于"情节剧"的观点颇有影响力。具有讽刺意味的是，不少以引用为主的研究证明了，"情节剧核心"不但维持着原本潜在的"非历史性"，还被额外赋予了跨国适用性。毕克伟（Paul G. Pickowicz）的著名文章《情节剧叙述和中国电影的"五四"传统》（"Melodramatic Representation and the 'May Fourth' Tradition of Chinese Cinema"）讨论了三十年代到 1979 年之后（跳过了从 1949 年到 1979 年间的三十年）的中国电影，着重分析了三四十年代的左翼电影。① 文章把左翼电影总结为"情节剧"特征的作品，因为左翼电影通过明确的善恶划分呈现了一种现代的、通俗的道德，进而囊括进一种"简化社会主义"（simplified socialism）的话语之中。② 一系列政治语汇被分别归入道德对立的两极，比如"民族主义对抗帝国主义，坚持中国人生活的政治民主，反对传统儒家道德和价值"③ 等。

事实上，在评价左翼电影"公式化、套话连篇"的同时，毕克伟自己似乎也犯了刻板的毛病。他强硬的预设导致了对文本多义性的（故意?）忽视。毕克伟把"情节剧"概念引入中国语境，用来指涉中国共产党采用的常规政治宣传手法。这一做法并不少见。类似地，汪跃进在《情节剧作为历史认识：共产主义历史的制造与改变》（"Melodrama as Historical Understanding：The Making and the

---

① Paul G. Pickowicz，"Melodramatic Representation and the 'May Fourth' Tradition of Chinese Cinema，" in *From May Fourth to June Fourth：Fiction and Film in Twentieth-Century China*，ed. Ellen Widmer and David Der-wei Wang（Cambridge，MA：Harvard University Press，1993），pp.295—326.

② Ibid.，p.321.

③ Ibid.，p.297.

Unmaking of Communist History")① 一文中，注意到共产主义历史的原型式情节是以情节剧风格呈现的："从压迫到解放，从湮没到认可……人物缺乏心理活动，正如情节剧那样；角色仅仅作为阶级身份的符号出现。"② 这类阐述或许一定程度上是有效的——为了吸引更多城市观众，三十年代的左翼的确在文艺创作方面大量动用激发强烈道德感受的通俗手法。但是，依样画葫芦、把善恶分立预设为中国式"情节剧"的最大维度，过于草率和简化，忽略了文本生产的历史具体性，也忽略了文本在制造"冲突对立"时可能包含的多元化、暧昧性和复杂性，绝非本质化的"善"与"恶"可以涵盖。文本所涵盖的意象、叙事道具、意识形态及文化维度，也并非作为引导"善恶"出场的由头，而是戏剧化地浓缩和展示了特定时空下物质与观念两方面的激烈变化，需要配合充分语境化的阅读方法加以考察。

中国小说方面，使用"情节剧"概念进行分析的研究范例很少，周蕾是其中之一。她用"情节剧风格"来形容徐枕亚的《玉梨魂》——"鸳鸯蝴蝶派"文学的代表性作品之一。③ 通过细节化的解读，周蕾对情节剧风格做出重新评价，认为它是一种展现不同意识形态和观念之间激烈冲突的有效、有意义的方式。夸张的矫饰与随心所欲的"并置"相结合，暗中消解了作者表面上想要宣扬的道德主题。除

---

① Wang Yuejin, "Melodrama as Historical Understanding: The Making and Unmaking of Communist History," in *Melodrama and Asian Cinema*, ed. Wimal Dissanayake (Cambridge: Cambridge University Press, 1993), pp.73—100.

② Ibid., p.83.

③ Rey Chow, "Mandarin Ducks and Butterflies: An Exercise in Popular Readings" and "Modernity and Narration—In Feminine Detail," in *Woman and Chinese Modernity: the Politics of Reading between West and East* (Minneapolis: University of Minnesota Press, 1991), pp.34—102.

通俗：
大众视野与文类实践

了把"情节剧"作为一个名词、用来指涉她分析的文本对象之外，论述中，周蕾经常把这一术语当作一个重要的形容词。在对这个专有术语的使用中，她保留了彼得·布鲁克斯及其后研究者总结的一些情节剧特征，不过，她发现了制造特殊文本效果的独特模式：经她解读，《玉梨魂》一类通俗小说中得到强化的道德宣言，不再表达复兴儒家美德的愿望，相反，它是一种微妙的"解构"。

周蕾颇具灵感的解读一定程度上开拓了对中国情节剧丰富语义空间的探索。《玉梨魂》是民国通俗文学中为数不多的受到评论家青睐的"经典鸳蝴小说"之一；这同样是一个选择的过程——以一种效法正统文学史建构的做法，某些通俗作品被"打捞"上岸，推向"前景"，被反复咀嚼，被"经典化"。与此同时，绝大多数通俗文学作品继续保持静默。另外，到目前为止，聚焦中国的通俗文学研究中，"情节剧"概念覆盖的文类主要限于电影和长篇小说。然而，从一二十年代开始，通俗报刊生产中最具主导地位的文体是短篇小说。那么，如果把"情节剧"概念作为一种可能的解读通俗短篇小说的有效方法，应当如何着手？和情节曲折的长篇小说相比，鉴于篇幅所限，短篇小说很难发展出完整的"戏剧"，用"独幕剧"来类比更为恰当。这意味着，在短篇小说里，"戏剧高潮"往往集中在一个一次性的意义生成的时刻。通过大量阅读，可以发现，某些源自日常生活的物质形象和文化符号频繁出现，带动起一系列得到重复使用的情节模式，在有限的篇幅内形成冲突、渲染情绪、制造戏剧效果。经过反复运用，这些物质形象和文化符号成为富于象征意味的"能指"，指向更为深层的意识形态和文化价值表达。它们常常与道德相关，但全然超越了简单的善恶之分。上一章已经提到通俗短篇中经常出现的"车祸"情节，通过激烈的突然死亡，揭示出城市边缘人的牺牲品命运。本章中将关注另外三种常见情节"能指"。

第一节　以他人之名"自白"：日记故事

在二十世纪初的中国，日记体小说的盛行完全改变了这一文体的传统价值。在晚清以前，写日记同样未必是一件私事，而往往成为士大夫阶层彰显品格和家学的载体。"日记"成为一种小说模式，是近现代发生的事，在这一演变过程中，该文体被重新赋予了一种全新的、可操控的"私人性"。另外，由于"日记体"和新文学的起源叙事关系紧密，使得它在中国现代文学史上的位置尤其特殊。日记体短篇小说是五四文学的重要成就之一，如陈衡哲的《一日》(1917)、鲁迅的《狂人日记》(1918)、庐隐的《丽石日记》(1923)、丁玲的《莎菲女士日记》(1928)等，都是杰出的代表性作品。当然，作为小说的日记绝非五四作家的专利。实际上，自晚清伊始，"日记"就渐渐发展成为一种文学体裁和主题；而到了民初，除了新文学，通俗文学方面，以"日记"为题的短篇小说也不少见。考察这些作品，我们或可发现同类叙事体裁之下的另一走向。

哈贝马斯和伊恩·瓦特都注意到，作为"私密形式"，书信和日记书写为十八世纪西欧的典型文类和文学成就奠定了基础。瓦特解释道，塞缪尔·理查德森（Samuel Richardson）的叙述的形式基础——书信——为他的小说提供了"主观向内的趋势"。而且，"理查德森的叙事模式可以被看作更宏大的观念变革的反映——从客观化、社会化、公共化的古典世界转向近二百年来主观化、个体化、私人化的生活和文学"。① 哈贝马斯认为，日记是书信的一个变体："日记是寄给

---

① Ian Watt, *The Rise of the Novel: Studies in Defoe, Richardson and Fielding*, p.176.

寄件人的书信，而第一人称叙事成为一个人和自己的对话，写下来给另一个人看。"交换"的本质特征应该进一步被理解成主体性中不可缺少的一部分，因为"作为私人性的内在核心的主体性，始终准备面向观众"。① 相应地，"正如个人的私人性面对的是他者属性的公众，且私人化个体的主体性从一开始就与公众性相关，两者在文学中的结合成就了'小说'"。② 紧密结合却又明确分化的"私人性"和"公众性"是哈贝马斯的公共领域理论的前提；当施用于文学领域时，这种关系进一步成为"适合印刷的个人主体性"。

类似地，在二十世纪初的中国，日记体小说的兴起同样见证了以印刷工业为中介的"个人主体性"的蓬勃发展。以开端意义的《狂人日记》为例，作者有意识地将文本空间与社会现实拉开距离，赋予历史观念和文化价值高度抽象的譬喻性表达，由此制造出强烈的象征效果。在这个例子中，日记体同时承载了个体化的心理叙事和关于民族的集体预言。它所塑造的，是一种假设性的、具有将来时态的"现代主体"，这一主体并不指向任何具体的个人，它是一个大写的主体(Subject)。退一步讲，即使是那些围绕充分具体化的个人生活的日记体小说，也永远不是以单纯私人性的表达为终点的。相较五四日记小说而言，像《礼拜六》这样的通俗报刊中的日记体写作基本贴合着社会经验语境，遵循着个体身份的常规，但作者们同样自觉于"私人"的建构性和表演性。家庭情境下的普通女性视角是《礼拜六》日记体小说中最常见的模式——一个以室内生活为主的性别形象，同时寄居于最为"私人"的文体形式，同样意味着对"私人性"边界的僭

---

① Jürgen Habermas, *The Structural Transformation of the Public Sphere: An Inquiry into a Category of Bourgeois Society*, p.49.

② Ibid., p.50.

越。事实上，这种僭越有时并非需要等到日记体最终服务的面向大众的印刷工业来完成，它在文本内部就被提前完成了。如何做到？在有些文本中，叙事人和写日记的人被区分开来。最简单的做法，就是使用双重第一人称视角，具体来说，是在文中插入一段引言或附言。这段插入的叙述声音，来自一位日记读者，他常常直陈自己的身份——报刊编辑，或者作家。这样的设置，既可以被看作独立于日记体短篇小说之外的编者按，也可视作虚构文本的一部分。无论哪种理解，都从前提层面默认并揭示了"日记"的公众性和流通性。

举个例子，《珠珠日记》[①]里，一个12岁的小女学生珠珠把日记寄给她最喜欢的作家，日记记录了她从文学阅读中得到的启发，还有她对家庭之爱、对自我期望的日常思考。小说一开始，是作家的叙事声音：

> 瘦鹃氏积病乍愈，袭重衣斜倚沙发上，手英国大诗人摆伦氏悲剧脚本"佛纳""WERNER"一册披阅自遣。……屈指，一病颠连，几及两月，笔墨荒落，砚田不治，能不令人心痗？……当是时阿母适入，掬其笑容于瘦屠之上。……斜阳漏一线入，灿若黄金，适烛母面，眉宇间如幕慈云，温蔼无伦。帘动斜阳，金光摇漾，寻及其首，如作圆形，则吾几疑圣母顶上之圆光矣。[②]

久病的作家为"笔墨荒落"心情晦暗，母亲的慈爱令他感念不已。在悲喜交加之中，作家收到了珠珠的书信和日记。信中，小女孩解释

---

① 瘦鹃：《珠珠日记》，《礼拜六》第 73 期（1915）。
② 同上，第 1 页。

道，之所以寄给他，是因为被他关于母爱的文字感动，引起了共鸣："兹特奉上日记数则，每则或可作小说一篇，若以先生之才，即作三篇四篇，亦殊易易。若刊于礼拜六中，每篇又可得十元二十元之润资，以奉先生之慈母，籍博慈颜一灿，不亦乐乎？……以先生之母亦如吾阿母之慈爱，吾爱母甚，故亦爱先生之母。"[①] 这里假设了"日记"和报刊文学创作之间的直接转换关系，意味着"日记"不仅希望被收到它的人阅读和评论，也期待被更广大的城市读者所阅读。这样一来，这一体裁的私人属性从书写的那一刻起就被彻底动摇了。置入文本的来自"作家"的叙事声音，一定程度上让我们联想到拟话本小说中的"说书人"形象。不过，和传统"说书人"相比，《珠珠日记》中的"作家"在结构和主题表达方面的功能显然要重要得多。两种第一人称声音的并置，在短篇小说里建立起"同情"结构："同情"不仅具体地表现在珠珠对作家日常生活的想象和体谅，同样从他们之间的精神共鸣中反映出来。再进一步说，文本所建构的，是一种理想且双重性的作者—读者关系：他们互为作者和读者。借由勾连串通"公"与"私"的城市出版业，双方共享着对文学的热情，以及对家庭之爱的信仰。

另一些日记体短篇小说里，个人视角实际上是"集体性的"。这些"日记"的主人没有名字，用以标签他们的，是他们各自的社会身份，譬如"孀妇""懦夫""卖花娘""黄包车夫"等。这些文本代为发声的，是一个特定的社会群体，而非一位假设的具体个人。而且，日记的主人们通常属于经济和文化层面的"弱势群体"。这一点，和新文学作家在一〇年代晚期到二十年代早期的日记体实践有所差异。

---

① 瘦鹃：《珠珠日记》，《礼拜六》第 73 期（1915），第 3—4 页。

三十年代以后，左翼作家在"底层叙事"中使用日记体，一个代表性的例子就是丁玲的《杨妈日记》①，其风格笔触与1928年发表的《莎菲女士的日记》完全不同。这点说来，通俗作家似乎率先尝试"以他人之名自白"；所谓的"他人"，具体指那些不属于作家本人的社会阶层的人，他们多数并不具备记日记的能力，有些可能根本目不识丁。

日记中，这些"假定"的日记主人关心的不完全是自己的生活，他们时不时被赋予"观察者"的角色：他们的视角被通俗作家借用，来展现不显眼的社会角落，以及很少那些进入社会视野的人群的日常体验。例如，在《黄包车夫的日记》②中，作者试着再现他所想象的黄包车夫的口吻，他采取了口语化的语言策略，行文中夹杂俚语。有一幕讲述的是黄包车夫和一个洋人顾客讨价还价：

> 今天不晓得是触了什么霉头，拉了一个外国人，还是不知跑了多少，还不住的催快。结果只给我五个铜板。我很嫌少，向他讨添，他虽不懂我的话，可是我的神气他总看得出，就连忙老实不客气赏了我五枝外国雪茄烟，并且几乎请我吃外国火腿。③

"五枝外国雪茄烟"指一耳光，"外国火腿"是踹一脚。黄包车夫被克扣了车费，还遭到殴打，这不幸的情景通过一种自嘲的姿态近乎喜剧化地描写出来。整篇作品贯穿着一种黑色幽默，而黄包车夫并没有被刻画成一个老实单纯的可怜人物，或者说，一个彻底的"受害

---

① 丁玲：《杨妈日记》，《良友画报》第79期（1933）。
② 许瘦鹃：《黄包车夫的日记》，《礼拜六》第200期（1923）。
③ 同上，第48页。

者"——有时候，某些过于简单化的普罗文学是这样做的。在黄包车夫的自我述说中，他确实经常受客人欺负，但同时，他也有自己的生存策略和还击的办法。他身上不乏狡猾的特点，比如他会故意兜圈子，从不熟悉本地的客人那里多捞点钱。

另一方面，日记里的黄包车夫，特别容易在目睹"怪事"的时候感到"困惑"。这些"怪事"包括：穿得像女学生的妓女，生活放纵的女学生，拆白党，盯梢别人老婆的侦探，等等。事情的真相都是通过暗示传达的，而作为"观察者"的日记主人始终保持"困惑"，仿佛搞不清楚他遇到的对象是干什么的，做了什么。当然，这样的"困惑"是表演性的，以一种含蓄世故的方式表达对生活百态的批评。小说末尾，他依然"困惑"，这一次制造的是讽刺效果：

> 今天有一桩事，不可不记。晚上六点钟时候，我正将车子歇在一个学校门口，里面走出两个西装少年来。……似乎还听见他们嘴里说的是什么劳工神圣哪世界大同哪人们平等哪……的话，我连忙拉着车子迎上去……我想起码必有一角小洋，哪晓得把他自宝山路拉到大舞台，只给我六个铜板。[1]

黄包车夫的眼睛，哈哈镜般照出了"西装少年"的言行不符，同时质疑他们口中的"劳工神圣"一类口号空有虚名。之所以发出这样的质疑和讽刺，同当时通俗作家与新文化阵营发生冲突的大背景有关，通俗作家假托"劳工"身份的日记主人，戏谑地表达出他们的不信任。

---

[1]　许瘦鹃：《黄包车夫的日记》，《礼拜六》第 200 期（1923），第 47—48 页。

《卖花娘日记》[1] 是另一个例子。故事里的"卖花娘"人过中年，几乎从不"困惑"。她富于经验，为人圆滑，常常能够一眼看穿周围人事的真相。每天早晨，她去各家送花，在她的日记里，每一户所在地区、所在路名都可以在上海地图上找到。这样的细节，对于本地读者而言，渲染了一种时空共存体验，让日记主人经历的生活在他们眼中充满了真实和切身的意味。随着卖花娘工作路线的展开，读者被引导着揭开中上层城市家庭的堕落和腐败。无论揭露出来的事实多么令人震惊，叙事人"卖花娘"的口气始终是平淡冷静的。整篇日记文风简洁，对每一桩丑闻的记录都是寥寥数笔，场景描写也往往是片断化的，颇有点"冰山一角"的意思，折射出叙事人久经世故的特征。而卖花娘捕捉生活内幕的注意力，更多投注在其他女性身上，有意识地在文本内部建立了一种女性之间的观看关系。落入她眼中的那些女性，经历着形形色色的命运，她们有的失去至亲，有的被不可靠的男人掳去财产，有的终日闲荡，挥霍钱财，坐吃山空，有的最终沉湎赌博，甚至要靠卖淫来获取金钱。《卖花娘日记》的"曝露"主题，与晚清繁荣的"黑幕小说"沾亲带故，但不同于后者夸张猎奇的趣味，口吻相当收敛。而且，黑幕小说从未从一个下层女性的视角出发、围绕她的劳动空间展开叙事。在卖花娘的冷眼里蕴含着并不煽情的同情心，透过日记，似乎可以看见一位世故却不乏正义感的普通女性。

　　《侬之日记》[2] 和《孀妇日记》[3] 关注的都是女性不幸的婚姻生活。《侬之日记》是一个童养媳十天的生活记录，日记终止的那一天，是

---

[1]　徐哲身：《卖花娘日记》，《礼拜六》第 189 期（1923）。
[2]　王建业：《侬之日记》，《礼拜六》第 139 期（1922）。
[3]　缪贼菌：《孀妇日记》，《礼拜六》第 108 期（1921）。

她自杀的日子。标题里的"侬"字突出了日记作者的女性身份，正文的语调充满了伤感。日记描述了"侬"是如何被丈夫一家虐待和使唤的，即使受伤生病，也得不到一刻休息。最终，"侬"失去了生活的愿望：

> 侬今死矣。侬之翁姑及郎今后将不复能扑侬矣。而大千世界上亦将少一伤心。①

日记的第一人称叙事以及细节描写均强化了文本的"惨情"效果，这是"鸳鸯蝴蝶派"最擅长的类型之一。文末，作者有附言一段，用以向读者传达"日记"的精神：

> 今日诸君子皆主张女子解放，所解放者，有智识之上等妇女耳。养媳亦妇女也，何来幸福？何来自由？主张女子解放者，胡不及此耶？……能于日记中畅言其所受之惨苦，一字一泪，吾读未竟，乃不禁为之怆然欲绝。……此篇日记虽文言与白话互用，不足为疵，好在能曲折传神耳。②

上面这段附言表达了几层信息：首先肯定了"日记体"作为表达形式的有效性；其次，附言犀利指出，由于对象的内部分化，强调面向"全体"的解放事业，在其实际展开过程中，往往包含了不平均甚至不平等的现象。而这篇"日记"恰恰旨在通过童养媳的遭遇，提示

---

① 王建业：《侬之日记》，《礼拜六》第 139 期（1922），第 47 页。
② 同上，第 47—48 页。

出解放话语本身隐含的"阶级性"。最后,作者对自己"文言与白话互用"的语言形式作了自我辩护,这一点颇为有趣。二十年代初,选用哪种语言进行写作,成为通俗作家与新文学阵营之间的主要分歧之一。对于文言使用,"礼拜六派"们普遍没有表示排斥;但实际上,一方面是风气变化的影响,一方面受到教材改革的牵制,当时,许多通俗报刊已经普遍使用白话,尽管同"白话文运动"提倡的"现代白话"有所差异。复刊之后的《礼拜六》就是典型例证,杂志里多数小说都采用白话语言,或者文白交杂。《侬之日记》即文白交杂,这未必是出于有意识配合人物身份而采取的做法,很可能只是受到作者本人语言习惯和能力的制约:习惯于文言写作,又尽可能向"白话腔"贴近。不管怎么说,作者明确意识到语言形式的意识形态内涵。他的自我辩护,使得"语言"的"问题性"被凸显,和文本对女性解放话语的关注相叠加,共同折射出追求变革的时代下文化文学领域的争议之声。

《孀妇日记》的行文要文雅一些,也确实呼应了日记作者隶属的知识阶层:"孀妇"的亡夫曾在国外留学,她自己多半也受过良好教育,小两口的婚姻生活琴瑟和鸣,非常幸福。无论从阶层还是生活经验来说,"孀妇"与《侬之日记》里的童养媳截然不同,她似乎没有受到礼教秩序的折磨,也并非孤苦无依,遇人不淑,在日常生活中没吃过什么苦头。《孀妇日记》包含七天记录,通篇叙述细密的生活细节,以及"孀妇"在独居生活的点点滴滴中感受到的对亡夫的怀念之情,既是甜蜜的回忆,也是痛苦的束缚。"日记"的最末一篇,停在"孀妇"读报的一幕:

　　　　七日晴。晓妆后,读某报之非贞毁节篇,及解放后之妇女不应为古人文字之奴隶说。觉言之亦似有理。更读"清节恤嫠是妇女的惰性养成，所使妇女失独立性"大文。……始知新道德与旧道德界判鸿沟，心胸为之一扩。①

这里的情绪转折有些突然，与前六天的古典伤感气息之间出现明显裂痕。单看这一节，似乎小说作者的目的在于用自我解放、自强独立的新思想鼓励留守婆家、接受供养的嫠妇。可一旦联系全文，就不难察觉出那种情感上的断裂，以及微妙的犹疑感。报纸上理性冷静的评论与日记作者敏感伤怀的日常心境构成巨大反差。她的悲伤是如此真实自然，是否真的是报章评论的冷静口吻可以平复和导正的？《嫠妇日记》绝非反对女性独立和解放，但呈现了"新道德""旧道德"的笼统说法与具体生活体验之间的距离感。作为假想自白形式的"日记体"扮演了一个阐释性媒介，用来挑明作为特定社会群体成员的个人同以之为询唤对象的宏大社会议程之间的张力。

晚清以降，"日记"作为一种新兴的文学体裁和主题，在不同风格、不同意识形态的作者手中得到实践。除了经过现代文学史"经典化"的作品之外，可以注意到，通俗报刊里同样出现了不少以"日记"为标题的短篇小说。和所有进入印刷出版市场的"日记体"文学一样，形式上假设的"私人性"永远与外部流通的"公众性"紧密结合。不仅如此，可以发现，在通俗实践中，"私人性"在文本内部已经被打破，比如通过设置双重叙事人、提前宣布"日记"的"公之于众"，而把报刊发表作为理所应当的分享载体，塑造理想的作者—读者关系。另外，这些日记体短篇小说的"非个人化"，体现在不强调

---

① 缪贼菌：《嫠妇日记》，《礼拜六》第108期（1921），第28—29页。

日记作者的具体个人身份，而是用社会群体的维度把他们标签出来。尤其值得注意的是，通俗作者们很早就开始尝试模拟社会下层或弱势群体的视角，展开"自白"。不过，与其说这些作品实现了艺术上的写实效果，不如说它们是在借用相对"边缘化"、却又无所不在的特定"他人"视角，反差化地呈现社会的方方面面，过程中，社会变革话语、阶层性别差异、文化议题等有意无意地卷入其中，与人物的日常经验并置，构成冲突或合谋，戏剧化、譬喻化地展现出个体与时代之间的张力。

第二节　城乡：流动中的个体

城市与乡村之间的接触与碰撞成为民初上海通俗文学创作中的另一重要情节主题。如何具体地演绎现代工商业初步发展背景下的城乡关系？在短篇小说叙事中，往往依靠人物的城乡流动，将两个空间串联起来。多数情况下，主人公是从乡下前往上海的游客，或根基不稳的移民。故事主题涉及犯罪、游历、爱情等，从不同角度折射出二十世纪早期的社会及文化变迁。

雷公顿的《少年鉴》[①] 读起来很像一篇典型的、以揭露城市丑行为宗旨的"黑幕小说"。"少年鉴"这个标题让人联想到不少晚清小说开篇的程式性说教，譬如，《海上花列传》第一回："只因海上自通商以来，南部烟花日新月盛，凡冶游子弟倾覆流离于狎邪者，不知凡几。虽有父兄，禁之不可；虽有师友，谏之不从。"《海上繁花梦》："即以上海一隅而论，自道光二十六年泰西开埠通商以来，洋场十里中，朝朝弦管，暮暮笙歌。……而客里游人以及青年子弟，处此花花

---

① 　雷公顿：《少年鉴》，《礼拜六》第140期（1922）。

世界，难免不意乱心迷，小之则荡产倾家，大之则伤身害命。"诸如此类的开场白，无不以"少年／青年"为主要劝诫对象，描绘城市之黑暗恐怖，加以恫吓。《少年鉴》的故事展开，乍一看也是如此。小说讲述了一个叫秋浦的年轻人的经历。他来自城郊的一个富裕家庭，父亲过世后，终日沉湎于玩乐。某日，他前往上海寻欢，遭遇巨额敲诈，惊惧之下，一病不起，最后悲惨地死去。情节乍一看甚为老套，似乎确系晚清黑幕真传。但值得注意的是，小说并没有把城市简单判定为罪恶之源，而是揭示了它的"双重形象"：一方面，城市象征诱惑，迷惑乡下人，让他们腐化；另一方面，城市扮演着终极仲裁者的角色，最终要依靠它来平息混乱，恢复秩序。还有，《少年鉴》中的欺诈罪行，是在分别来自城市与乡村的"罪恶势力"的勾结之下完成的：秋浦的同乡跟上海租界的外国流氓联手，设下陷阱，令他身陷囹圄。最终，经过城市警察的调查，犯罪团伙才落入法网，一个个被关进大牢。

在上海的数天里，秋浦表现出对城市运作机制的一无所知，尤其是对金融系统一无所知：他不知道向银行借贷需要付多少利息，也没想到冒名取支票会当场被抓现行。他的无知，以及他对同乡的依赖，被诈骗犯充分利用，轻而易举地夺走了他的钱财。不仅如此，还有秋浦的寡母，比儿子更无知，同样沦为骗局的牺牲品。整篇故事看来，首先是乡村世界的"失序"间接诱发了整起事件：缺席的父亲，无能的母亲，游手好闲的儿子，当然还有那从乡村向城市流窜的恶势力。在《少年鉴》中，城市生活并非真正的迫害制造者，尽管它确实吓坏了外来者。事实上，就故事结尾而言，恰恰是现代管理之下的"城市"被寄托了督促秩序恢复的角色，这一点或投射了二十年代初中国市民对城市秩序日益增强的信赖感。

第四章中提到的严芙孙的《车之鉴》①同样折射出难以抹平的地域差异，以及外乡人在上海不可预知的命运。除了揭发丑行和黑幕之外，这个故事以一种更为残忍的方式揭示了空间上的"鸿沟"。主人公的外号叫"大阿哥"，是他本名"杜而龈"的沪语谐音。"大阿哥"其实不是上海人，"实燕产"，只不过"居沪久，能操苏沪方言，居是邦者，亦莫知其为何方人也"②。作者肯定"大阿哥"是"成功的模仿者"，口吻中流露出一种不自觉的文化优越感。不过，尽管很成功，急迫的"模仿"冲动，最终还是要了"大阿哥"的命。他被上海的灯红酒绿深深吸引。除了追求时髦的生活方式之外，他还痴迷于学习经典言情文本中的浪漫人物。小说用戏谑的语气描写他的日常生活："居恒辄以怡红自况，展卷红楼，日未尝辍。顾雅好修洁，大号雪花，竟体润泽，瓶之馨矣，犹未能餍。"③其实，大阿哥只是商界小职员，收入不高，如此挥霍，自然是入不敷出，经济状况必然陷于窘迫。

　　"大阿哥"渴望找到爱侣。一天，他路过一条烟花巷，目睹鼎沸的情景，深深入迷。然后，他独自回家，一路怅然。百无聊赖之际，他浏览小报上的"花事栏"，始知"春宵代价之昂"，绝不是他可以负担得起的。又一天，他突发奇想，"集同志癫虾蟆辈十数人，组织新猎艳党，各购摄影具以资实习。其唯一之大宗旨则遍赴公共场所，猎取少年女郎之娇艳者，劈拍一声，请君入匣"④，一边还盼望着，"邂逅如说部中所纪情甘倒贴之文明女学士"⑤，那样的话，可以省点钱。"大阿哥"沉湎于"猎艳"，乐此不疲，不过某天他因为受挫而放弃，

────────────

① 严芙孙：《车之鉴》，《礼拜六》第119期（1921）。
②③ 同上，第33页。
④ 同上，第34页。
⑤ 同上，第35页。

通俗：
大众视野与文类实践

因为挨了一女郎男友的耳光。

"大阿哥"的求爱行动是病态的，已经超过了"思春"的程度，几乎成为一种色欲病。家乡受灾，老父亲来上海投奔他，让他不堪重负。他觉得，赡养父亲会妨碍他实现"创造小家庭"（此处作者讽刺性地挪用了民初家庭革命风潮中的固定表达）的理想，这让他越来越嫌恶父亲。老人察觉到他的想法，悲愤欲绝，一病就死了。接着，"大阿哥"谎称父亲是自己的老仆，向慈善会领了一具棺木，草草下葬。"大阿哥"不孝且无耻，喜欢占便宜，甚至连父亲亡故的机会都不放过。但另一方面，他是笨拙的，在爱情上完全失败。父亲死后，他对女人的欲望复燃。很快，他迷上了一个名声不好的女人，叫柳云，过去做过小妾。他打算娶她，为她花了很多钱。但他的快乐没能持续多久，柳云很快搭上了一个有钱人。某天，他走在龙华路上，一辆绿皮轿车开过，车内是柳云和那个男人。"大阿哥"见状大怒，"健步飞奔，终莫能及，不得已，日伺其旁，冀有守株待兔之望"①。终于有一天，绿皮轿车再次出现，"大阿哥"奋然奔入车流，被飞驰的摩托车撞死。一个月后，有人在城外荒郊发现了他腐臭不堪的尸骨。

"车之鉴"这个标题颇值得琢磨："车"究竟带给我们什么样的教训？或者说，究竟是什么样的力量，把"大阿哥"推向死亡？他的死是他恶行的报应吗？那他的恋爱遭遇呢？在和柳云的关系里，他似乎是个受害者。他的爱情梦从未成真，最后还要了他的命。那么，他的死是对"浪漫病"的警告吗？更微妙的是，死后，他的身体离开了都市上海，这一点象征性地提醒我们，从一开始，"大阿哥"就是

---

① 严芙孙:《车之鉴》,《礼拜六》第 119 期（1921），第37—38页。

个"外人",他的一切"成功模仿",最终落了空。贯穿文本的是一种强烈的错位感:顶着沪方言外号的外乡人;结合了"新观念"的旧恶行。城市空间成就了性压抑苦闷下的有形化色欲空间,而畸形的欲望却以浪漫美学经典为模仿对象。这种"错位",是对"大阿哥"那尴尬失控、格格不入的边缘状态的精确概括。结果,以一种极端残酷的姿态,主人公被"驱逐"出城市。这座城市,既诱发罪恶,也负责惩罚。

景吉森的《谁之过》[1]是一篇不超过 800 字的小小说,巧妙地选取了城市日常生活三个戏剧化场景,将它们联结并置,互相照应。它们彼此之间的联结点,在于"铜板"的流通:第一个场景中,乡下人身上唯一一个铜板被电车卖票员拒收,并被赶下电车。第二个场景中,一个外乡人在小烟纸店兑换铜板,因为铜板数目跟店员争执,感到自己受了欺侮,一气之下动起手来,最后两人都被"红头阿三"带走了。第三个场景是一个乡村法堂,一群农民因为私铸铜元被捕,他们单纯是被乡绅利用,不明就里地付出劳力。公堂上,他们无助地哭泣着。

北洋政府时期(1912—1928),货币流通一度十分混乱。币种混杂,地域差异大,劣币制造难以控制,这一切都为经济系统的形成和完善造成障碍,也让日常生活变得麻烦重重。流通中的钱币类型很多,每种的用途都有限制。《谁之过》里,乡下人唯一的铜板不能在电车上使用,另一边,外地人被自己不熟悉的兑换规矩搞得糊里糊涂,怒气冲冲。最后,可怜的农民们对自己犯下罪行毫不知情。最终,回到小说标题里的问题:"谁之过?"普通人的挫败感,伴随着

---

[1]　景吉森:《谁之过》,《礼拜六》第 168 期(1922)。

铜板的流通而滋生传播着。两者同步持续发生，突破了乡村和城市的界线，如同传染病一般，在人群中迅速蔓延。这种挫折的体验，对于不熟悉城市语境的乡下人而言，尤其明显。挫败感无处不在，却又摸不清源头；除了动荡的时代本身以外，无人可怪。"铜板"成为现代生活焦虑和挫折体验的一个象征物：永远被复制和再生产，永远在流通，没有开始，也没有结束。

张枕绿的《功罪》①同样有关日常挫败感。故事的主角是一个在城里小学校教书的乡村青年，收入微薄，家有老母需要供养。他十分热爱自己从事的教育工作，为此谢绝了同学推荐他去政府担任秘书职位的建议。一天，他在参加游行的途中被捕，并拒绝停止行动。结果，他被判监禁，撇下了无人照看的老母亲。这篇小说中，通过对"热"的描写，挫败体验从一开始就弥漫开来：

太阳高挂在无云的空中，很不愿意似的向西。强光继续发出酷热，照不到电器风扇下的富翁，只得欺负那些东奔西走的劳动者。劳动者之中要算有一个叫做张和新的最是受累。他穿着粗夏布长衫，胁下挟着几十本作文簿，一手提着一口小布袋，很匆忙地走那无遮盖的六里路程的野道。二十二岁的面色被阳光渐渐改化，很迅速的增加一倍年纪。此刻更被灰尘遮掩了。额汗滴滴下流，像有意要救济他燥渴的口。背上的汗早把他的长衫湿透了，但他沿着渐远渐狭的路线，注意到一个小似黑点的目的地，不得不如此急走，因他家有老母双目已盲，晚饭无人料理，正待他回

_____

① 张枕绿：《功罪》，《礼拜六》第 112 期（1921）。

去淘米。①

叙事中强调教师是"劳动者",一个穿着长衫的劳动者。不仅因为他收入低下,还因为他为了生存需要付出的巨大体力和脑力成本。作者花费大量笔墨描写张和新"走路"的过程。他家和他工作的学校之间这"六里路程的野道"不仅是一段辛苦的行程,实际上,这六里路程见证了他思想活动的轨迹。一方面感到挫败,另一方面,每当张和新想到他热爱的学生们,他的脚步就充溢了理想主义的热情:

> 但他一面也不肯不想到刚才的情景——就是日常的情景——城中一处铃声活泼泼地跳动,一群面带苹果色的小孩子活泼泼地跳动走进一扇直开着的课堂门。行礼后,很有秩序地各就座位,静候先生吩咐。他自己的心也活泼泼地跳动,同时和悦的颜色中暗藏着无限引人入胜的手段。②

三个"活泼泼地跳动"充分表现了他在工作中、在"日常的情景中"感受到的快乐和鼓励。成就感,以及挫败感——他生活中对立又相互缠绕的两极,都通过这六里路程得到展现。张和新在两个地点之间不停顿的奔波意喻着他在城市环境和乡村的家中承受的双重压力;他的母亲抱怨他选择了没有前途的工作,放弃仕途,没有完成去世的父亲对他的期望。有一天,张和新的奔波突然到了终点。小说以一种含蓄的方式表明了他被捕入狱这个事实:

---

①② 张枕绿:《功罪》,《礼拜六》第112期(1921),第9—10页。

> 过了一个月光景，张和新住到城中去了。他的住所是一个肮脏不堪的所在，有许多敝衣垢面的瘦人做他的同伴。在那黑暗如能见鬼的光线中，发自人体的热气成团、汹涌臭味，很是夹杂，侵犯他那不曾习惯的鼻孔，使他几乎透不过气来。①

"住到城中"是讽刺性的，指的并非生活得到改善，而是住进了城里的监狱。对逼仄空间的细节描写表现出张和新的处境。这里，"热"再次出现，在一个小小的、封闭的空间里，而不是开放的野道上。小说里，"热"是压迫的主要来源。但另一方面，主人公"内心的热力"，他那实现理想的热情，构成了同弥散在城市和乡村空间之间的吃人热力相对抗的力量。

跨域婚姻是另一种建立空间连结的方式。"包办婚姻"是这类叙事中的一个核心事件。通俗作家对于包办婚姻的批评态度，丝毫不比新文学温和。他们试着把这一问题带入不同叙事语境中，进而丰富批评的视角。以下两篇城乡婚姻主题的短篇小说中，叙事焦点放在乡村一边。《你是谁》② 揭示了一对父母给他们的孩子们带来的"说不出的"痛苦，再后来，他们自己也深受其害，这一切，都要归咎于建立在利益和虚荣之上的婚姻协议。故事发生在"京南大道"旁一个叫林口的小村落里，"当年铁路未兴的时候，这地方也是由南方来京所必经之路，自从火车开行，便冷落得多了"。③ 李铭勋一家是乡间富户，想和城里人结亲，让子女将来"有些出息"。于是，他们把女儿嫁给一户商人，而让儿子娶了城里绅董的女儿。两桩婚事都以悲剧告终。女

---

① 张枕绿：《功罪》，《礼拜六》第 112 期（1921），第 14 页。
② 菁菁女士：《你是谁》，《礼拜六》第 173 期（1922）。
③ 同上，第 49 页。

儿黛芳被婆家看不起，受尽欺凌；儿媳样貌丑陋，脾气暴躁，处处看不惯乡村生活。后来，一儿一女精神上都出了问题，说不出话来，除了问同一个问题："你是谁？"再后来，连父亲都受了传染，一个人坐着，"惘惘的自己问着自己说：'你是谁？'"①

除了批判包办婚姻的罪恶之外，这篇小说还包含了建立在城乡权力关系之上的第二层叙事：现代交通发展下小村庄的衰落、急于寻求城市援助的农村父母以及他们（过度）脆弱的子女，均譬喻化地体现了变革时代的乡村危机。作者并没有急着谴责李铭勋夫妇；相反，作者用同情的语气刻画了夫妇俩在婚姻协商中全然弱势、被动的处境。儿女们不幸的跨域婚姻，意味着城市给乡村带来的压抑和痛苦。而"丧失说话能力"堪称一种应激性症状，象征了乡村在时代巨变之下的"失语"状态。

短篇小说《空气的罪恶》②的开头，在北京读书的徐光辉乘坐火车返乡探亲。他极少回家，因为"乡里的空气太腐败"③。此次回乡，他心情低落，因为父亲安排了一个村里的姑娘和他成亲。当天，刚回家的徐光辉和父母大吵一架。老父亲完全被徐光辉满口"恋爱自由"等新名词闹糊涂了。婚礼那天，徐光辉撇下新娘，逃跑了。可怜的姑娘决心等他回来。再后来，她剃度出家。小说结尾，作者喟叹道："这不是北京的空气把光辉误了，乡里的空气把这姑娘的终身大事误了吗？这岂不是空气的罪恶么？"④和《你是谁》类似，《空气的罪恶》的作者同样没有急于得出任何简单的道德评判。这篇文本的意义在于

---

① 菁菁女士：《你是谁》，《礼拜六》第 173 期（1922），第 56 页。
② 惠人：《空气的罪恶》，《礼拜六》第 174 期（1922）。
③ 同上，第 33 页。
④ 同上，第 37 页。

揭示乡村和城市在生活逻辑和伦理观念（"空气"）层面的歧异。这种歧异，映射出二者的不均衡关系。虽然，一个人可以乘火车任意穿梭于城乡之间，但实际上，这种容易的连接方式，反而强化了人与环境、人与人之间的"脱节"体验。正是在一次次冲突性的碰撞中，悲剧发生了。

1921 年，鲁迅发表《故乡》[①]。与此同时，可以注意到，二十年代初，不少文学创作以"故乡"为题，比如，孙俍工也有同名小说发表[②]，成仿吾则有题为《故乡》的组诗[③]。这些同名作品中，有的在情节结构上明显与鲁迅的《故乡》相通，比如李劼刚的《故乡》。小说于 1923 年发表在《小说月报》上，开头表达了怀乡之情，接下去，在重访故乡的过程中，主人公感受到强烈的"幻灭"。[④] 故乡风土人情的"陌生化"，以及无法克服的人际隔膜，得到鲜明的呈现。与鲁迅的《故乡》非常可类比的是，在这些青年新文学家以"故乡"为题的短篇小说中，"乡愁"和"幻灭"往往作为一组连续性的关键词出现："乡愁"是"再认识"的前提；而"幻灭"是必要的，唯有通过"幻灭"，叙事人对"茫远的新世界"的展望才得以展开。

同样在 1921 年，通俗期刊《礼拜六》上也有一篇题为《故乡》[⑤]的短篇小说，作者是俞天愤。小说同样以"回乡"为核心事件。然而，阅读这篇小说，很少感受到"乡愁"，非但感受不到，小说充斥了愤世嫉俗的意味，甚至可以说，时不时流露出"报复"的快感。一

---

① 鲁迅：《故乡》，《新青年》第 9 卷第 1 期（1921）。
② 俍工：《故乡》，《妇女评论》第 13 期（1921）。
③ 成仿吾：《故乡》，《创造月刊》第 1 卷第 1 期（1922）。
④ 李劼刚：《故乡》，《小说月报》第 14 卷第 1 期（1923）。
⑤ 俞天愤：《故乡》，《礼拜六》第 113 期（1921）。

开头，叙事人"我"就坦白了自己对故乡的"怨恨"：

> 我几年前受尽了故乡无千无万的昏闷气，不要说是故乡的人了，便是故乡人家门前的一条狗，看见了别人，站上去一丝气儿也不响，并且还要摇着狗尾把头颈向人家身上去擦几擦，好似有东西给他吃一般。单单看见了我走过的时候，偏要走过来咬我几声，算是替他主人发发威风的。我从此发了一个狠，故乡的人，既然和我不对劲，我还是到别地方走走罢。①

如此决绝的"告别"，似乎叙事人和故乡之间，确实恩断义绝。然而，怨恨之气很快被接下来对小火轮声音的描述打断：

> 我耳朵里最爱听的便是那内河小火轮呜呜呜的放气声音。论理说，兄弟在东京时候，什么火车的放气和那大轮船上的放气、大工厂里的放气，那声音不知要响多少哩。不知怎么，总敌不上这小火轮的声音好听。为什么呢？是在耳朵里听到这声音，便显出我已经到了故乡了。②

"我"对故乡抱持的复杂感情进一步体现在无法解释的"回乡"行动中。小说里，"我"回忆道，当年，有个朋友给东洋商人当佣人，于是跟着他们去了日本，"再想不到我今天有回来的日子"③。小说里没提"我"在日本是如何谋生的，又是为了什么回到故乡。看不出"我"有任何还乡的理由：疏远了所有亲朋，也没有田房屋产需要照

---

① ② ③　俞天愤：《故乡》，《礼拜六》第 113 期（1921），第 36 页。

管，因为统统送了人。那么，"我"回乡是为了在乡民面前炫耀吗？似乎也不是这样，因为回乡后，尽管老熟人、仆从、乡绅、甚至警佐都争相拜访"我"，向"我"示好，而"我"没有主动和任何人见面。作为一个本地人，因为穿着"一身崭新绅士洋装"①，"我"被称为"洋老爷"。但"我"却全然不领情，只在客栈落脚，白天光顾着一个人游荡。若即若离之间，"我"的"乡愁"仍然微妙地流露出来，比如对"小火轮的放气声音"的迷恋，比如那看似漫无目的的独自游荡。另一方面，乡民们表面的热情，越发显出骨子里的无情；而"我"在招待宴席上貌似得意的大吹大擂，只反衬出内心的凄凉和痛苦。"我"的回乡之旅，最终证明了"我"被故乡再一次抛弃。几天后，"我"决定再次离开。小说结尾处，"我"扫了一眼在码头上排着队为自己送行的同乡们，在心里喊道：

> 列位！我如今要到西洋去参观，南洋去调查，北洋去考察了。再隔三年五载，回到故乡来，只怕你们都要跪在码头上来接我哩！再会！再会！②

这最后的宣言，既是嘲笑，也是自嘲。主编王钝根在为这篇小说作的按语中点明了主人公的凄苦心境：

> 钝根按：天愤作此篇时，其胸中当有万千块垒。普天下失意人潦倒故乡者读之，同声一哭！③

---

① 俞天愤：《故乡》，《礼拜六》第113期（1921），第36页。
②③ 同上，第40页。

"我"的外洋／城市经验看似为自己赢得了乡民的尊重，然而，"我"所获得的"尊严"，仅仅意味着"我"再一次被故乡疏远：从一个不受欢迎的本地人，变成了受欢迎但纯粹陌生的"洋老爷"。名叫"毕三"的"我"，在东京经历如何，不得而知，鉴于通过做佣人的朋友介绍出洋，多半也是依靠辛苦的体力劳作为生。另外，给主人公取名"毕三"，本身就自嘲般暗示了"我"的阶层身份，因为"毕三"的发音近乎吴方言中的"瘪三"（作者俞天愤是常熟人），即没有正当职业的游民。

拿这篇与"怀乡—幻灭"结构的"故乡"叙事相比，不难发现叙述声音层面的差异。前者知识分子式节制、距离化的视角，与俞天愤略显粗鲁的夸张风格形成鲜明对照。作为叙事人的"瘪三"随时随地激动起来：他无法保持距离，始终不断介入乡民们的各种荒唐事，并为之情绪起伏。他做不了一个纯粹的观察者或回忆者；他的"怀乡梦"从未建立，因为距离感从未建立。从另一个角度来说，他那无法平息的对家乡的纠葛情感，同他割断过去的冲动相互抵消，使他陷入更深的挫败感。俞天愤的《故乡》简短但生动地刻画了一个巨变时代之下无乡可归的小人物。他看似赶上了时代的"潮流"，却陷入越来越深的孤独，无处安身。此外，这篇短篇小说借由主人公的跨国／跨城乡流动，投射出更为宏观的世界结构："中国"与"东洋""西洋"之间的权力关系，渗透进乡民的认知，并让乡村生活伦理发生变异和扭曲。

"礼拜六派""鸳鸯蝴蝶派"通俗报刊文学一般被默认为"城市文学"，具体表现在，创作内容方面，以市民生活、大众消费为主要书写对象。实际上，在民初通俗短篇小说中，"乡村"是重要的叙事维度之一，不过，往往是以"乡村"与"城市"并置的方式呈现出来。也就是说，"乡村"主题的运作，并非是在脱离"城市"语境的前提下进行，而是构成"城市文学"内部的特定面向。对"城乡关系"的多元化、戏剧化表现，丰富了"城市文学"的面貌，为其注入反思性能量。本节所涉及的"城乡"主题短篇小说中，人在空间之间的流动承担了铺陈情节主线的职能。随着人的步履，"城市"与"乡村"象征性地碰撞对接了，不同角度出发的日常生活故事得以驱动和发展。以上所列举的通俗创作，体现出多层次、复杂化的城乡关系。不过，总体而言，在这些小说里，乡村社会大多以"失序、受损、被摧毁"的形象出现，"城市"则扮演着迫害者和新秩序代言的双重角色。空间碰撞之下，人的遭际成了一个修辞，譬喻地营造出一种激烈的紧张感：悒郁的乡村气氛以及乡村人口的离散和脆弱所投射出的，是城乡之间不平衡的生产关系（无论是文化还是经济层面），而这一切，最终指向现代化过程中无可避免的乡村危机。

第三节 跨国视野："家庭"与"爱情"

一、家庭革命风潮下的通俗文学与批评

在二十世纪初的中国，家庭结构以及爱情观念的变革是最受关注的话题之一。值得注意的是，围绕这一话题的批评活动和文艺创作，并不仅仅发生在知识精英群体的活动范围内，实际上，不同阵营、不同阶层的文化力量皆参与到家庭恋爱问题的探索中来，其中包括受过高等教育以及留学归来的知识分子，也不乏中等教育程度的报人和通俗作家。他们借助印刷出版市场的平台，建构着有关社会改良的诸多观念，向广泛的城市大众展开传播和渗透。家庭生活与个人

爱情是民初通俗文学最重要的主题，在各类以普通民众为阅读对象的期刊报纸上，围绕"新家庭／旧家庭""自由恋爱""纳妾恶习""婆媳关系""儿童教育""夫妻相处"等话题的短篇小说创作，可谓俯拾皆是。

这些原创小说的作者之中，不少人是"多面手"，除了当小说家，还兼具翻译家、编辑和社会评论者的身份。例如本书的重要个案周瘦鹃，除了小说创译之外，一手包揽了《礼拜六》《紫罗兰》《半月》等刊物的编创工作，另外，他也是社评类副刊《申报·自由谈》的主编。通过全身心、多角度地涉入印刷出版市场，通俗文人对于社会问题的关注，借由"文学"和"批评"这两种载体，全面地投射出来。比如，另一位通俗作家江红蕉，以小说创作出道，尤其擅长家庭伦理小说，到了1922年，他独力主编《家庭杂志》，把"问题"扩大为"专题"，佐以丰富的探讨形式。这样的例子不胜枚举。通俗文人在出版传播领域扮演多种角色，是民初文坛上值得重视的现象。这一点提醒我们注意他们实践经验的复合性："文学"与"批评"，是他们职业生涯的两面，彼此勾连，相辅相成。一方面，"短篇小说"成为一种可能的批评形式；另一方面，他们的批评观念，亦为他们的小说写作奠定了某种结构基础。

在"家庭与爱情"话题方面，《申报·自由谈》于1920年代初开设的"家庭特刊"专栏是一个重要平台。除了主编周瘦鹃之外，"特刊"里批评文章的执笔者们，往往也同时是时下活跃的小说作者和译者，比如张舍我、张枕绿、程瞻庐、范烟桥、张碧梧、严芙孙、沈雏鹤、徐冷波等。"特刊"以评论为主，辅以短篇小说，主题上时常互为关联。譬如，从第三十七期到三十九期，评论涉及"家庭改良""大小家庭比较""新旧结婚观比较"等，小说题为《家庭革命之一幕》，分三期登载，内容是婚姻观念差异引发父子冲突的故事。①
这种以"文学"辅佐"社评"的编辑思路，既投合了短篇小说形式在
民初广受大众欢迎的实际状况，同样映射出通俗文人以情说理的实践
观念。

"家庭特刊"里的不少评论文章，把家庭改革及个人生活规划与
民族国家的命运作直接关联。比如沈雏鹤在《改革家庭旧制度商榷》
一文指出：

> 家庭者，组织社会之主体。人类归束之地点也。假家庭制度
> 不良，社会与国家，均蒙其间接或直接之影响。是以吾人欲建设
> 良好之社会，非从家庭之旧制度，入手改革不为功。②

另外，有人撰文提醒广大青年，要用理性控制青春期的旺盛性欲，
因为纵欲会令人丧失志趣："须知滴精足抵八十滴血，人生全恃血
液……青年诸君，国难方殷，诸端待举，切勿以有用之身，罹不医之
症。所愿有则速治，无则加勉。则家国己身，受益多矣。"③"家国己
身"是成败存亡与共的。这一观点，同时广泛地体现在通俗作家的社
会批评与小说创作中；在这些书写里，"己"与"国"、"家"与"国"
的联系通常是不证自明的。而在另一类视角出现变化的论述中，"家
国"关系依然清晰可辨；不过，与此同时，来自西方的声音参与进
来，构成一种补充性佐证。用以下三则评论为例：

---

① 鲍眕：《家庭革命之一幕》（上、中、下），《申报》1922 年 5 月 14 日、5
月 21 日、5 月 28 日，第 18 版。
② 沈雏鹤：《改革家庭旧制度商榷》，《申报》1921 年 8 月 21 日，第 18 版。
③ 镜波：《青年与性欲》，《申报》1921 年 7 月 30 日，第 5 版。

家庭问题，为中国社会中最重大问题之一。亦为社会中复杂问题之一。欧美人士，讨论家庭问题，迄今不下五十年。至于我国，则惟近数年来，始有人注意及之耳。然欲解决此问题，则不审将俟之何日。①

法哲学家孔德曾言："构成社会之单位，乃家庭而非个人。"盖自人类相互之关系日密，情势愈复。为维护安宁，抵御外敌，而"组织"之要求以起。最简单之组织，即家庭是也。……分工、互助、相爱，均能于家庭关系中探索之。而此数者，实社会组成之原素也。故称家庭为"社会之具体而微"，谁曰不宜。②

此次美国门罗博士莅华，其首次演讲，在上海江苏省教育会。余亦往聆之。彼临别作诚恳之辞曰："年来中国新文化呼声大盛。然新文化非欲推翻一切之旧文化也，乃欲使旧文化有新功用耳。譬如中国家族制度，实为一种至良好之制度。个人对于家庭肯牺牲能互助，此皆至高之道德。能扩充此种美德，以及于社会，则中国前途，必能有伟大之发展。"③

以上三段引文来自著名小说家张舍我和另一位评论者严沁簃。它们体现出一个共同点，即家庭形态与国家前途之间的紧密关联，被统摄在以来自西方的评判眼光为主导的全球性语境之中。张舍我在强调

---

① 张舍我：《吾之改革家庭法》，《申报》1921 年 8 月 14 日，第 18 版。
②③ 严沁簃：《家庭小论》，《申报》1921 年 11 月 13 日，第 18 版。

"家庭问题"之重要性的同时，透露出唯恐落后于世界文明的焦虑感。这种危机感当然迎合了五四时期文化改革领域西风猎猎的动向。严沁簃在论述中申明，爱情的成就，或者家庭的组成，其基础并非主流西方现代语境中的个人主义道德观念和经济意识。实际上，家庭是作为国家和社会的缩影存在的，而且，双方之间的对接是自然而然的，似乎不需要任何中介。不过，有意思的是，这样的立场，恰恰是在引用诸如孔德（Auguste Comte）、门罗博士等西方学者的过程中确立的。

门罗博士确实曾经访华，是否赞赏过中国的家族制度，却鲜有记录。不过，这并不重要，因为，严沁簃对西方权威的引述，完全可以理解为一种"假借"——假借"他山之石"，其目的，不见得是为了冲击本国传统，反倒像是为了帮助传统融入现代语境，顺便利用西风，从外部借力，重新树立"传统"的价值。因此，跨国视野在这里体现出复杂性——一方面标记出构建"现代性想象"过程中必然性的对西方文化观念的采纳，但与此同时，也表现出某种类似翻译领域内的"归化"（domestication）现象，即输入异域文化的过程中，作为接收者的一方"反客为主"，自觉不自觉地削弱文本的异域色彩，以期适应本土的需要。从批评到文学，"跨国"维度同样进入了通俗作家们有关"家庭与爱情"的小说创作实践中；在这些作品中，西方人、西方环境或者潜在的西方眼光，在中国作者的笔下得以塑形，成为中国故事里的必要在场者。

二、从"译"到"写"：通俗作家的历史实践

中国作者如何表现"西方"，如何描摹伴以西方元素的家庭和爱情生活？大量的欧美通俗小说译介无疑为本土作家的尝试提供了借鉴的范本。自晚清以降，"西学东渐"之风日盛，体现在文艺与社会思

潮的方方面面。在文学创作方面，西方近现代文体观念和美学风格得到介绍和传播，大量翻译小说被生产出来，进入市场流通，成为特别受欢迎的阅读产品。不过，需要注意的是，从晚清到民初，进入中国的欧美小说中的相当一部分，是借由日本译本间接传入，中国译者所做的工作，属于"二次翻译"，要说忠实原著，着实不大可能；更何况，当时许多译者，考虑到本土接受的问题，倾向于"意译"，在发表时，也时常明确标注"译写""译述"。也就是说，翻译过程本身已经包含了明显的"创作"痕迹。倘若进一步追究其中具体的取舍，"忠实"与"反叛"，势必有助于厘清翻译行为中隐含的价值指标和观念取向。

台湾学者潘少瑜和黄雪蕾分别就创作于十九世纪末、颇为流行的英国情感小说《朵拉·索恩》（*Dora Thorne*）和《林恩东镇》（*East Lynne*）从原产地向晚清中国的流转过程做了详尽的考察。潘少瑜指出，《朵拉·索恩》的中国版本《红影泪》尽管在情节结构和人物比重方面受到日本版本《乳姊妹》的巨大影响，不过，与日本译者将故事背景在地化为明治时期的日本不同，陈梅卿译写的《红影泪》把背景搬回了维多利亚时代的英国，人物类型上也有所创新，尤其是出现了既非"淫妇"又非"痴情女子"、间乎善恶之间的多情女性形象，跳出了传统类型的窠臼。但与此同时，《红影泪》的女主人公延续了"三从四德"的古典美德形象，此外，小说在人物对话以及家族文化的描写上时时效仿当时正处于"经典化"过程中的《红楼梦》，体现出"归化"的意图。① 黄雪蕾在讨论"从《林恩东镇》到《空谷兰》"

---

① 潘少瑜：《维多利亚〈红楼梦〉：晚清翻译小说〈红影泪〉的文学系谱与文化译写》，《台大中文学报》2012 年第 39 期，第 247—294 页。

的历程时，则关注到包天笑翻译的《空谷兰》于 1910 年在《时报》上连载时呈现出的"杂交"（hybrid）面貌。具体来说，从人名、情节设置、道具到插图，连载小说《空谷兰》体现出文本在时空流转中形成的文化背景上的混杂性：英、日、中元素皆被揉入其中。比方说，叙事情境是英国，人名却采用了诸如"兰荪""纫珠""柔云"等本土化且具备文化意蕴的词，并有意识地与日译对应。另外，小说连载时配用的插图也是中西合璧，人物明显是西方长相，作西式装扮，动作谈吐显出异域特质，但图中树木花草的画法，以及居家房屋的布置，却带有中国色彩。①

　　如以上所示，对外来文本进行译介的过程，包含了译者的主观侧重和重新书写，中西之间，正如上一部分中提到的对西方权威观念的转述与传播那样，并非简单的单向输送关系。作为"接收者"的中方，完全有可能借由"译者"的能动位置，挑战和干扰既定的文本权力关系。不过，话虽这么说，根本上来讲，文学翻译或者观念引述，仍然属于"输入"行为；而当中国通俗作者们有意识地将"输入""习得"的西方形象纳入自己的小说创作，成为围绕变革时代下中国的家庭和情感问题的重要表述维度，则是一种消化融合基础上的"输出"。中国作者从中建立了更为能动、活跃的主体角色，标记出更复杂的权力斡旋关系。透过这一实践，通俗作家们对他们的翻译和阅读经验展开了吸收、甄选和重组，继而从自身创作需要和价值理念出发，绘制出新的文学图景。

　　通俗文学素来以激烈的情感表达和情节性强著称。在正统现代文

---

① Huang Xuelei, "From East Lynne to Konggu Lan: Transcultural Tour, Trans-Medial Translation," *Transcultural Studies*, No.2（2012）: 61—63.

学史中，通俗作家被模糊地统称为"鸳鸯蝴蝶派"，这一贬抑性称谓，拜新文化阵营的批评家所赐，主要针对的是通俗文学喜言情、重煽情的创作倾向。当代研究者常用"情节剧风格"（melodramatic）来形容民初的通俗文学，以勾勒其戏剧化的作风。"情节剧"研究涉及的文本类型通常是长篇小说、电影和肥皂剧；当我们用"情节剧风格"来描述短篇小说时，重点关注的是文本如何在有限的篇幅内组织起话语冲突，建构一次性的戏剧高潮。民国初年，"短篇小说"作为一个新兴文类经历了迅速繁荣，在比重上压倒连载小说，成为杂志出版最主要的文体形式。民国通俗文学领域的短篇小说创作，数量庞大，经典化程度低；当我们走近这浩若烟海的短篇小说作品库，可以发现比较明显的模式化、结构化倾向。也就是说，类似的情节主题，在不同作者笔下反复出现，成为特定时空下经得起重复的惯用架构，而在某一特定主题之下，又浮现出若干种常见的戏剧冲突布局。这些被反复运用的结构，累积叠加，逐渐形成关于某一话语的特定修辞性呈现，以类型化的情节机制激发和引导读者的情感反应。"跨国视野下的'家庭'与'爱情'"就是重要主题之一。

在此类题材的叙事里，个人生活往往具有很高的象征性，对国家命运乃至世界趋势构成映射。其中，尤以"跨国"故事最为复杂有趣：一方面，"家"/个人与"国"的接合看似直截了当、不假思索。但另一方面，因为超越国界的情节元素的加入，"接合"的表面下汹涌起暗流。在此过程中，"传统与现代""本土与西方""情感与理性"等宏大话题与家庭生活、爱情纠葛彼此勾连、包容、竞争、斡旋，迸发出强大的戏剧张力。当"西方"以重要叙事线索或者意象的形态进入中国现代文学创作，其意义是双重的：透过小说这一载体，一系列极具当下性的物质形象和文化表征得以聚合，形成一定的结构，在本土与"他者"之间的连结与碰撞中展开时代想象，从而达成对社会现状的反映、反思和回应。而在文本内部，"西方"的在场，助产了新的修辞、人物类型以及抒情模式，丰富了小说创作的形式和手法。

三、"世界"与"民族"的双重关照

"跨国视野下的'家庭'与'爱情'"大致包括两种，一种是异国恋情，另一种是中国人的感情或家庭生活受到假定的西方视角的审查。《反目病》[1]是一个带有荒诞色彩的家庭故事，说的是自由恋爱结合的小两口如何通过"科学治疗"克服对婚姻的倦怠。赵少恒和贾文华都是接受新式教育的大学毕业生，是"新式家庭"的理想主人公。结婚数年后，少恒发现妻子在自己眼中已经失去吸引力，他苦恼不堪，去郊外散步。没想到，散心之旅反而引起更大的心理压力：

> 一日，少恒游于野。繁花夹道，士女如云。西人伉俪皆携手徐行，并肩笑语。虽有妇类无盐，而其男子温存将护，若不胜恋爱之意者。赵乃喟然叹曰："西俗尊重妇女，文明国之夫妇不当如是耶？顾我则坐拥艳妻而不觉其乐，何也？"[2]

少恒感到焦虑和自责，不仅因为看到丑陋的"西妇"受到爱护，内疚于自己面对娇妻却如此冷感，而是这种反差引起的自我批判，激发了他对于本国文明水平神经质般的怀疑：是否因为"不够文明"，所以不能够爱自己的妻子？此时，背景中西方夫妇的愉快构成了无形的监

---

① 钝根：《反目病》，《礼拜六》第 97 期（1916），第 23—25 页。
② 同上，第 23 页。

督和批评，逼促苦恼的中国丈夫开展"自我规训"。赵少恒忍不住向朋友倾诉，朋友判断他"视神经殆已失其效用"，少恒受到启发，一日看到报纸上的眼镜广告，决心前往一试：

> 本公司在中国开设最早，所制眼镜最佳，固已有目共赏，毋庸赘述。年来承蒙巴拿马博览会、京都市地方展览会、农商部商品展览会赠与头等奖，凭迥非他家所能几及。本公司又礼聘美国毕业、光学专家、眼科医士多人，专验赐顾者之眼光。无论何种新奇目疾，但须配以相当之镜片，即能明察秋毫，远瞩万里，当世号称名公巨子具有远大眼光者皆因购用本公司眼镜所致。本公司尤愿五万万同胞之眼光皆如本公司门前之招牌，我中华民国其庶几乎？——上海英租界大马路精益眼镜公司谨启 [①]

经过改善的视力被比拟为"具有远大眼光"，而帮助中国人获得"远大眼光"的眼镜公司首先获得的是世界的认可。另外，公司经理"科学地"解释了少恒的"反目病"，认为病因是贪恋太太美貌，盯着看太久，"瞳人过劳，转身向内，遂致此疾"，[②] 这样一来，需要治疗的，不只是热度的消散，还有热度本身：节制理性地使用爱情，成为小说叙事的另一层语义表达。舶来的科学技术被修辞化，成为上通国运、下指民生的万灵丹。出了问题的视力，是在假定为普适的家庭价值观念聚焦下暴露出来的，但前提是民族复兴的紧迫。在宏大观念的交错间，作者采用的却是略带调侃的叙述口吻，由此塑造出一个时代变革

---

① 钝根：《反目病》，《礼拜六》第 97 期（1916），第 23—24 页。
② 同上，第 25 页。

语境下神经紧张的"尴尬人"形象。

创作于 1920 年代初的《唐人街满民流血记》①情感基调则完全不同。这篇作品被标注为"译",其实是为了强调"再创作"的事实。在小说结尾处,作者特别对写作动机作一说明:

> 李允臣曰:此篇原文甚长,曾载于上月美国礼拜六晚报中,插画满幅描摹华人之腐败,甚至其中情节,摸索迷离,殊颇不合于东方人性情,故译者力为矫改,而成斯作,然大半造意则仍不失庐山真面目云。②

这段说明涉及两个问题:一是文本的跨文体现象。"礼拜六晚报"指的是美国的《星期六晚邮报》(*The Saturday Evening Post*)。《晚邮报》虽也登载小说,但性质上属于新闻类刊物,最主要的体裁是时事评议、社论等。很有可能,《唐人街》是一篇由时事报道改写的小说,而且,就通俗作家的写作经验而言,以新闻为短篇小说素材的尝试并不罕见。一方面,这是他们应对巨大的写稿压力的一种方法,一方面也映射出他们"借题发挥"的能量。小说结尾处的说明涉及的另一个问题,是文本在跨文化迁移过程中所能体现的反霸权意味。译者李允臣提醒我们,他翻译的目的是"改写"和"纠错",以一个华人的身份,对从观念传播上占据优势的西方世界生产出来的华人故事展开重新讲述。讲述的对象是国内读者,这样做,既是向他们介绍海外华人的生活,也是为了和同为华人的读者达成关于中国人形象的"共识",

---

① 允臣译:《唐人街满民流血记》,《礼拜六》第 161 期（1922）, 第 8—13 页。

② 同上, 第 13 页。

同时构成一种对"西方眼光"的警惕和抵抗。

不过，读完小说就会发现，这个文本在民族主体表述方面更有其曲折之处。《唐人街满民流血记》讲的是旧金山华人社区内发生的一桩罪案：富商沈珂雇佣年青女子瞿秀珍为其打理店铺，后欲以金钱诱惑对方嫁给自己做妾；遭拒绝后，施以恐吓，甚至威胁杀死秀珍的男友林桂。秀珍只好假意答应，暗中企图卖掉沈珂赠与的宝石戒指，和林桂私奔。后事情败露，林桂手指被砍，沈珂还试图加害秀珍，争执中，秀珍用煤气桶击破窗户逃走，沈珂意外死于煤气泄漏。最后，一对亡命鸳鸯即将踏上逃亡之路，前途未卜。

这篇短篇小说展示了两种类型的华人，一种是"晚清遗民"沈珂，卷了大笔财富前往美国，虽然身在异乡，过的仍旧是腐朽的"旧家庭"生活，有个不理外事的太太，抽鸦片，讨小老婆。"纳妾"是五四时期家庭改革讨论中经常批判的典型"旧式"做派，此时植入异域背景，以同样的反面形象呈现在读者面前。另一种是李允臣试图重新树立和肯定的华人形象——秀珍和林桂。林桂虽然"贩鱼虾为业"，却"善凡哑林"（violin 的音译），还可以登台独奏，吸引万人观摩聆听。[①] 秀珍更是完美人格，她才貌双全，忠贞勇敢，兼具精明能干，行动力极强；在她身上，既有士大夫心目中的传统女性美德，亦附上了"侠女"甚至晚清虚无党小说中俄国女刺客的影子。不过，与此同时，小说中强调秀珍"生长于美国"[②]，是个不折不扣的"ABC"。这样一来，似乎暗示着西方文化的熏陶是秀珍理想人格养成的重要条件，这一点，同讲故事的初衷——挽回陷于西方成见中的华人形

① 允臣译：《唐人街满民流血记》，《礼拜六》第 161 期（1922），第 11 页。
② 同上，第 9 页。

象——构成潜在的冲突。不过，这种冲突感，恰恰印证了通俗作家对于西方文化输入和民族本体保存问题秉持的复杂态度。

和一般的通俗言情作品类似，"异国恋"题材的短篇小说重视的是情感纠葛的铺陈和"峰回路转"式的戏剧氛围营造；但除此之外，男女主人公的形象塑造以及男女关系类型的书写非常值得讨论。另外，"恋爱"作为一种流通行为，在中西之间发生，形成一种有趣的输入／输出体验。《似曾相识燕归来》① 里相爱的是美国姑娘爱丽丝和中国留学生朱良材，故事地点是纽约。小说讲述了朱良材与爱丽丝相恋，逢毕业回国，约定日后相见。三年后，成为实业家的良材回到纽约，发现爱丽丝已经搬家，不知去向。有一天，两人意外重逢，得知女方家境落魄，流落酒肆，遇到客人相助，出于感激下嫁对方。过了几天，良材又意外遇见爱丽丝嗜酒的丈夫，他悲愤交加，打算离开伤心地。又过了一段时间，爱丽丝的丈夫病势日笃，她又意外在报纸上看到"中国实业家朱良材君归国结婚"的消息，心情失落，来到与良材约会的河边，一时悲恸，意欲自溺，被划船经过的渔夫救起。没想到，渔夫是良材假扮，他并没有回国，而是留下来默默守候，而报纸上的结婚消息纯属谣传。两人百感交集，回到家中，爱丽丝丈夫已经过世，有情人终成眷属。

坦白地说，这篇小说的情节展开基本依靠各式各样的巧合，串联上显得很粗糙。不过，大量制造巧合、降低人为因素似乎自有其用意所在，那就是：避免了男女主角做出任何可能违背道德的行为选择，同时保障了最终的团圆结局。作者周瘦鹃没有去过纽约，环境铺陈上全凭个人想象，究其效果而言，显然力不能及。小说中的异域环境描

---

① 瘦鹃：《似曾相识燕归来》，《礼拜六》第 21 期（1914），第 1—14 页。

写，毫无"洋味"。文中出现如"梨花门掩，玉阶蒙尘"一类的诗词意象，纯属模糊带过。另外，朱良材在河畔假扮舟子一说，显得很牵强，放在叙事背景中，不伦不类。加上"似曾相识燕归来""人面不知何处去"等文内标题，更是赋予了小说中国化的古典意境。

　　人物方面的情况则有所不同。小说里出现了多种国籍：除了分别来自中国和美国的男女主角外，还有德国人和英国人。如何一一塑造，并加以区分？作者显然采取了"刻板印象化"的手法。"德意志人"的身份是酒肆老板，"暴烈如虓虎"，毫不怜香惜玉，动不动呵斥女性；① 英国人则年近半百，有绅士之风，对女主角施以同情，却是个酒徒。② 这样的"区别对待"，或许基于欧美文学的阅读经验；而"德意志人"的负面形象，尤其可能源自作者对刚刚爆发的第一次世界大战的认知——对于时事的理解和吸收，变相地透过文学创作反馈出来。可以感觉到，《似曾相识燕归来》里的西方人，受到了作者有意识的"西方化"处理。不过，相比之下，女主人公、美国姑娘爱丽丝倒是缺乏"异国性"，她柔弱被动，梨花带雨，比较符合中国传统闺阁美人的形象，西方人的身份好像并没有为她带来任何"特殊性格"。这种安排的直接效果是，感情关系的主动权全部落在中国留学生朱良材手中。

　　二人重逢时，爱丽丝询问朱良材的事业，良材答曰："吾国宦途龌龊，直同粪壤，乌可一日居？故吾从事于实业。"③ 投合晚清以降呼声日高的"实业救国论"。朱良材的"主动精神"，贯穿事业和感情，实乃现代世界的理想人格。小说中，二人的"吻"被重点突出。第一

---

① 瘦鹃：《似曾相识燕归来》，《礼拜六》第 21 期（1914），第 8 页。
② 同上，第 7—9 页。
③ 同上，第 5 页。

通俗：
大众视野与文类实践

次发生他们即将分别时：

> 朱良材泫然曰："予亦乌能别卿第？愿两心不变，会有见
> 期。"言次，按其双手于爱丽丝香肩之上，俯首吻其绛唇。读者
> 诸君须知，此实朱良材破题儿第一回与爱丽丝亲吻也。[1]

第二次是良材护送爱丽丝喝醉的丈夫回家，怜爱交加，情不自禁：

> 灯火既灭，而其胸中之情火乃立炽，挽爱丽丝杨柳之腰，亲
> 其香云，亲其粉颊，复亲其樱唇。[2]

而在二人重逢之际，良材急迫地询问爱丽丝："自吾一吻之后，曾与
他人吻乎？"[3]"吻"之所以如此重要，一方面，就情节而言，它是爱
情之忠贞与纯洁的标志。另一方面，从写作的角度出发，作为言情小
说，直白描写"接吻"，一〇年代相对少见，多半还是受到西洋小说
或电影的鼓励，如今反向输出，进入异国题材的中国小说中，且由
中国男性发动，对象为白人女性，着实有些挑战常规的意味。而且，
第二次"吻"属于"强吻"，更显大胆。对于当时的读者来说，"强
吻"恐怕不是他们习惯的男主角行为风格，不过，结合情境，算情有
可原，何况，若以"现代的激情"视之，还有褒奖的余地。借由塑造
爱情中强势的男主人公，《似曾相识燕归来》建立了理想的海外中国
主体。而当中国女人与外国男人相恋时，情况发生了变化。《行再相

---

① 瘦鹃：《似曾相识燕归来》，《礼拜六》第 21 期（1914），第 2 页。
② 同上，第 11 页。
③ 同上，第 6 页。

见》①也是周瘦鹃的作品，讲的是中国少女华桂芳受到英国人莆利门的追求，坠入爱河。有一天，她的伯父告诉她，情人实际上是她的杀父仇人。万般痛苦之下，桂芳还是为父亲报了仇，毒死了莆利门。末尾，她搂着情人的尸体，惨呼道："行再相见！"

两篇小说比对，可以发现，朱良材的双亲均不在场，华桂芳的父系家庭对她个人生活的影响却是主导性的，甚至最终成为她"建立小家庭"的阻碍。父亲的被害与民族危机相伴——他是在义和团抗击八国联军的战斗中被误杀的，而"华桂芳"这个名字本身就包含了女性个体与民族身份之间的绑定。孝道、民族大义和爱情启蒙围绕着女性身体，展开激烈争夺。"莆利门"显然是"freeman"的音译，意喻着英国人为中国少女带来"自由之启蒙"；而在莆利门被毒死前，他和桂华之间的对话，似乎也透露出这一讯息：

> 他又道："吾的桂芳……你可也爱吾么？"桂芳道："吾们中国女子，原不知道什么爱情不爱情。吾也不知道什么爱你不爱你，只觉得白日里想着你，梦什么总梦见你，有时你把吾抱在臂间，一声声的唤着：吾的桂芳，吾的爱人。吾心里就觉得分外的快乐。郎君，这个大约就是爱你了。"②

桂芳跟莆利门"学习"了"爱情"，但这并不能避免莆利门最终的死亡。在递上有毒的咖啡前，桂芳向莆利门反复询问她刚学会的"你爱吾么"，渲染悲剧气氛的同时，也弥散出一丝恐怖感。"华桂芳"这个

---

① 瘦鹃：《行再相见》，《礼拜六》第 3 期（1914），第 I—II 页。
② 同上，第 9 页。

通俗：
大众视野与文类实践

名字亦包含"月光"的意思，而先前也正是明亮的月光让桂芳的伯父看清了莩利门的脸，暴露了他的身份。这仿佛预示了"被启蒙"的桂芳终将引领"启蒙者"莩利门走上死亡之路。

小说中被价值观念争夺的女性身体其实始终没有被驯服，但同时，她的存在又承载了多种价值观念，是一个矛盾综合体：她的难以透视性使得莩利门最终丧了命。她看似遵从了孝道和民族大义的要求，但果真如此吗？桂芳的伯父在催促她报仇时，嘱咐她"你不能伴他死了"，因为这样也是不孝的。① 可莩利门死后，桂芳喊出"行再相见"，似乎是下了随情人而去的决心。《似曾相识燕归来》和《行再相见》一喜一悲，对照出极具分化性的"性别寓言生产"；它们共同折射的，则是跨国语境中个体和家庭面临的文化冲击和历史性选择。

本节谈及的四篇短篇小说代表性地体现了"跨国视野下的家庭与爱情"这一主题在民初通俗文学创作中的具体面貌。这些短篇小说，有的为中国人的新式家庭生活树立了想象式的来自西方的监督眼光，有的则借由对西方媒体的辱华报道展开纠正式重写，在为海外华人"正名"的过程中，达到抗衡西方霸权的目的。"异国恋情"是更加常见的情节模式，在这一类故事中，中国人身份的男/女主人公被卷入煽情化的国家与个人命运的纠结之中，在曲折经历中彰显个人处于"民族"与"世界/现代"的碰撞之下的冲突性形象。总的说来，这些以"跨国"为基本语境的通俗书写，象征性地映射了宏大变革话语在日常生活层面的全面渗透，以及二者之间充满活力的互动关系。

除了在日常生活故事里构建起意味深长的中西冲突、由此投射出时代语境之外，民初通俗作家借助"跨国视野"所做的另一重要文本

---

① 瘦鹃：《行再相见》，《礼拜六》第 3 期（1914），第 8 页。

工作，是对"中国人"形象的现代化塑造。本节所涉文本中的中国主人公，有的时时流露出对本国文明的焦虑，是个被西方价值观的强势主导激发出神经质特点的尴尬人，有的则身处世界舞台，在与"西方"的角力中重新树立起强硬、活力充沛、敢作敢为的理想化中国主体。不过，所谓"理想化的中国主体"，并非简单的拨乱反正、以褒代贬，其中恰恰蕴含了对于特定西方品质的吸取，继而表露出在此基础上的"超越"意识。譬如在《唐人街满民流血记》里，通过对腐朽的"晚清遗老"和西方长大、不畏强暴又忠诚贞洁的女主人公这两种华人形象的强烈对比，作者将后者推向历史的前台。在《似曾相识燕归来》中，作者不但让具备现代强势人格的中国男主角占据爱情关系的主导，在中西交往中"逆袭"，也同时让他处于与西方男子的比较中，并以行动力十足的姿态脱颖而出。在《行再相见》里，作者在女主人公身上投注了极大的同情和赞美，可她恰恰代表了多种价值观念共存且相互较量的矛盾体，而且，正如小说的开放性结尾那样，她是"未完成的"。"跨国视野"下中国主人公们颇富张力的人物性格，充分说明，通俗作家们在人物造型方面经过了复杂的考量，绝非随意为之，从中映照出他们在"世界精神"与"民族本体保存"之间的错综立场。

詹明信（Fredric Jameson）在他的著名文章中描述"第三世界文学"具有"寓言性和特殊性"，认为它们"总是以民族寓言的形式来投射一种政治"，即"关于个人命运的故事包含着第三世界的大众文化和社会受到冲击的寓言"。① 当我们重新审视民初通俗短篇小说时，

---

① Fredric Jameson, "Third-World Literature in the Era of Multinational Capitalism," *Social Text*, No.15（1986）: 69—70.

通俗：
大众视野与文类实践

同样可以考察到类似"民族寓言"的特征；不过，相比起《阿Q正传》，情节剧风格的短篇小说创作降低了"心理动力"的成分，而更倾向于使人物保持在"行动化"的状态中。以世俗化、模式化的故事情节为依托，这些文本在有限的篇幅中组织起具有象征意味的戏剧冲突和价值竞争，一次又一次，在喧哗和吵嚷中为变革的时代存影。本节讨论了民初通俗文人在家庭改良和情感观念改造议题下展开的文化批评和文学实践活动，可以得到如下观察：通俗作者在职业身份上的多元性（集编、创、译于一身）使得他们充分发挥了"文学"与"批评"两种形式。具体到"家庭与爱情"这一话题，值得注意的是，一种有意识树立起来的"跨国"视野被同时纳入他们的批评言论和文学文本。通俗文学写作，通常紧贴日常生活，但并非为"个人情感"或"家庭生活"所限，而是关联起"国家"与"世界"，在"短篇小说"文体的承载下，愈发集中化、譬喻化地映照出时代关切与追求。其间，一种"翻译"精神时时涌现，这一点，首先体现在文本内部的修辞和人物类型的创新上——晚清以降西洋小说和西方事物的进入为本土文学创作提供了借鉴和示范；但另一方面，更为有趣的是，"翻译"表现为一种文化斡旋，因而超出单纯的语言文本转换范畴，而是包含了观念引用与重述、文体迁移以及文化挪用等复杂过程在内。既有类似于文学翻译里的"归化"现象，更有借他山之石，重新表述自身，在"世界"与"民族"的双重关怀中，建立起富于张力的"中国人"形象。

第四节　结语

　　本章借鉴了西方文学中的"情节剧"概念，对民初通俗文学做出细节化的定位和描述。这一"跨语际"借用，主要依据在于两者的风格共性——而所谓的"共同性",尤其体现在它们在各自的文学史脉络中所扮演的"低俗"角色。"煽情""夸张""恶趣味"等贬义语汇,既被西方文学评论家用来指摘"情节剧"文类,也是五四知识分子们对"礼拜六派""鸳鸯蝴蝶派"文学表示不以为然时的常用词。另外,西方研究者提示到,近代文学史在建构"正典"的过程中,对"情节剧"发起的压抑和贬损,一定程度上是为了铺垫对"现实主义"的肯定,[①]这一点,同样与二十世纪初中国文学领域的情况构成某种呼应。

在本研究的语境中,"情节剧"这一概念的使用是在它已然经历了历史"正名"的基础上展开的。彼得·布鲁克斯的开创性著作《情节剧想象》为文类的重新解读奠定了理论和实践基础。不过,随着相关研究的发展,布鲁克斯在围绕"情节剧是什么"的定义构建里潜在的"非历史"倾向也受到批评和纠正。尽管如此,当代海外中国研究在以"中国'情节剧'"为对象时,往往过于"忠诚"地征用了布鲁克斯的观点,即把二分化的"善恶对立"看作稳定、不言自明的"情节剧核心"(melodramatic core),其中可能产生的片面与盲视,不言而喻。从具体作品出发,丰富和补充既有的"情节剧"观念,甚有必要。这也是本章文本考察的出发点。

搁置了"善恶对立"这一刻板化规定,"情节剧"的主要特征可以表述为:风格方面,情感强烈,戏剧性强;结构层面上,可以注意到不同话语之间的有意识"并置"(juxtaposition),戏剧冲突因为"并置"而生。就话语的多元性而言,远远超越了"善恶对立""黑白分明"的窠臼,从社会经济变革到政治文化转型,个人与社会、城市与

---

① Michael Hays, ed., *Melodrama: The Cultural Emergence of a Genre*, p.ix.

乡村、家国与世界，无不纳入其中。在具体的戏剧冲突演绎中，通俗作者们常常避免在道德层面上做出简单判断，也避免让一系列话语成为"善良"与"邪恶"临时披上的外衣（像毕克伟针对左翼电影所作的过于仓促的判断那样），"换汤不换药"。他们试着呈现出"并置"关系中的复杂性和矛盾性，并赋予所牵涉的话语具体化的语境，在其自身逻辑内部发声，从中体现出历史的特殊性。正如上一章所谈及，虽然"情节剧"风格不为写实主义所容，并不意味着"情节剧"无法产生写实的效果。实际上，本章所列举的通俗短篇小说，往往通过对对象的浓缩化、譬喻化再现，达到一种"印象与感受的真实"。

另外，不可回避的是通俗文学所包含的意识形态价值。本章中谈及的作品，所实现的，绝非单纯的对时代的"反映"，而是"回应"。另外，无论文学风格还是文化观念，二十年代初的通俗文学显然表现出和新文学之间的不合拍。尽管如此，并不能把这种关系理解成简单对立。事实上，不难发现通俗文学与新文学在创作主题方面的交叠。但另一方面，借由一系列充斥张力的日常生活故事，通俗作家们试图提示出"个人"同以之为假定"主体"的宏大改革话语之间可能存在的罅隙。在文本的阅读过程中，可以清晰地听到来自通俗创作的"争议"之声。

第六章 短篇小说里的"读者""小说家"与品牌意识

对于一切日常出版物而言，报章广告都不可或缺。翻开民初的《申报》，从通俗期刊到新文学读物，各式广告五花八门，分门别类，各自为营。除了一般性的商业广告之外，二十年代初，通俗报刊中还存在一种特殊的宣传手段，即借助"短篇小说"这一主要期刊文体进行"品牌"塑造。这一实践的前提，当然是"短篇小说"在阅读大众中的广泛接受。而在短篇小说中培植广告潜力，用讲故事的形式笼络读者，或许是相对讨巧的做法。不过，同样可以注意到，通俗文学中的"功能性"短篇小说，其表意价值往往超出"广告性"要求本身，而是进一步涉及对文学价值和文化生产观念的表述。另外，"小说家"和"读者"形象时不时进入通俗创作，形成另一种"功能性"短篇小说——"写作"与"阅读"之间的假设性关系在短篇小说叙事中得到具体化和有形化，一定程度上反映出通俗文学生产者的职业定位和传播理想。本章以杂志《礼拜六》的实践为主要对象，对这一类特殊的"短篇小说"作一考察。

1915 年，《礼拜六》主编王钝根在杂志上发表了题为《列位光顾》的游戏短篇[1]，文中表现了他对于想象中的杂志读者的虚构式"观察"。根据假设，读者的主体是新派学生，此外，也有旧派士绅，

---

[1] 钝根：《列位光顾》，《礼拜六》第 67 期（1915）。

还有刚来到城市、从事体力劳动的外乡人。作为"观察者"的叙事人，不断通过介入他所观察的画面，打破对象和自身之间的界线。叙事人"我"保留了作者的编辑身份，告诉我们，这是一个礼拜六早晨，他正坐在出版社的大门口，看着那些来往购买杂志的人，和他们发生互动。其中一位"顾客"实际上是个乞丐，上门来讨一个铜板。不过，叙事人一开始并没有意识到这一点，直到对方拒绝了自己递上前的杂志。这个令人尴尬的小插曲干扰了叙事人作为"观看者"的主导性位置，甚至让他显得有些可笑——小小的突发状况显然出乎他的意料，因为在一般情况下，这个叙事人都占据主动，打量着过往人流，自信地揣度他们的身份。另外，"作者—读者"关系并非始终"和谐"，而是时常包含了戏谑甚至嘲弄的成分。比如，一个模样老派的读者被描绘成一个笨拙的书呆子，另一个冒充自己是作者，并被揭穿。总的来说，叙事人无论对于自己，还是想象中的读者/主顾，均采取了轻喜剧式的描写手法。他不抬高自己，也不像一般卖主那样，讨好顾客。不过，温和戏谑的语调，并不会得罪读者，反而营造出一种摆脱了礼节约束、唾手可及的"亲密"氛围。

另一些为读者造型的文本里，所勾画的"读者"来自各行各业，他们最常见的身份是新派学生和中小学教师。此外，杂志中有大量短篇小说对主人公的职业设定是学生或教师，也并非出于情节展开的必要，只能解释为一种身份偏好。之所以表现出这样的偏好，或许因为不少作者自己就隶属师生群体；另一方面，从编辑部角度出发，可以理解为，这两类人群是杂志意图为之代言的重要主体，也是言说的对象。换句话说，这样的现象说明，《礼拜六》对于满足中等教育市场以及成长中的知识分子群体的阅读需求颇有自信，自认绝非"庸俗"一流。

像《礼拜六》这样的通俗刊物，在其流通和创作过程中，"读者"占据怎样的位置？开展"接受研究"（reception study）是很困难的，尤其当我们面对的并非一个当代对象的时候。相比起有据可查的作者作品来说，"读者反应"是一股"潜流"，往往无迹可寻。不过，这方面的研究，依然值得一试。至少我们可以注意到，作者们是如何尝试着度量、影响和配合读者反应，这一过程中又达到了怎样的效果。"期刊"作为一种生产形式，就其功能而言，除了定期刊登一群"个人"的创作之外，更牵涉到整体风格以及"共同体"的塑形。《礼拜六》始终把基于集体经验的阅读共同体的建构纳入印刷出版的考量。建构性的想法体现在方方面面：亲密感的培养，意象的重复，主动稳定和延续共同体成员关系，等等。一系列实践推动了共同体的有形化。在这一共同体内，作者和读者各自可以找到自己的位置；与此同时，他们同样见证和参与了这一建构过程。

比如说，1921 年复刊之后，《礼拜六》刊登了数篇文章，怀念两位已经去世的作者：罗伟士和休宁华魂。[1] 两人均死于北洋政府的暴政：罗伟士是吴淞海军学校的学生，"二次革命"后被处决。休宁华魂因为在五四运动后支持成立国会被暗杀。这些纪念文章，超出了单纯的生平回顾的意图，像传统文学中的祭悼文那样，它们称颂逝者的道德品格和才华，强调他们对生者的启迪。此外，文章还有意识地唤起读者对两位作者在早期《礼拜六》上发表的文学作品的回忆。借助《礼拜六》的重新发行，编辑部提供了一个悼念的平台。另一方面，这些纪念文章同样巩固了借由刊物出版和复活所带动的文学阅读活动

---

① 例如，苏海若：《回忆》，《礼拜六》第 109 期（1921）；泛生：《哀音》，《礼拜六》第 121 期（1921）。

那跨越时空的"连续性"。比如，《回忆》一文末尾，作者提到曾经和他一起读《礼拜六》的"紫封姊姊"，和罗伟士一样，紫封姊姊已经过世。因此，作者感受到的悲伤是双重的："我现在买了一册《礼拜六》，想要看伟士做的稿子，已经没有了，再要想同紫封姊姊坐在一块儿读也不能了。"[①] 就这样，作者的私人经历融入了公共性的期刊阅读流通，成为共同体经验的一个分子。

同样值得注意的是，在《礼拜六》出版的后期，杂志作者群不断扩大，吸收了不少普通市民。这一期间，一些资深作者变得比较不活跃，尤其1922年以后。一部分原因可能是这些作者开始了独立编辑事业，没有多少精力为《礼拜六》供稿了。比如，身为《礼拜六》主要编辑的周瘦鹃，在1921年至1922年间开始独力编辑另外三种期刊[②]，已然无暇分身。《〈礼拜六〉旧话》中，周瘦鹃提到，"直到一百卅余期，因自己精神不够，才归钝根独编，而我仍将自己的作品供给他"。[③] 其他《礼拜六》的老作者，譬如江红蕉，1921年，他的名字经常出现在杂志里，然而，1922年一整年，除了一篇连载小说之外，他没有发表任何作品。因为那一年，他开始把精力放在《家庭杂志》上。另外，张枕绿忙于《良晨》和《最小》，严独鹤创办了《红杂志》。1922年以后，这些作家就很少在《礼拜六》上刊登作品了。

让普通市民参与到创作队伍中来，可能是填补作者断档的一种措施。当然，这也是为创作队伍输送新血的方法。一种比较可能的情

---

①　苏海若：《回忆》，《礼拜六》第 109 期（1921），第 56 页。
②　分别为《游戏世界》（1921 年 1 月开始发行）、《半月》（1921 年 9 月问世）和《紫兰花片》（1922 年 6 月），《游戏世界》是由周瘦鹃和赵苕狂联合编辑的，另两本靠周一个人负责。
③　瘦鹃：《〈礼拜六〉旧话》，选自《鸳鸯蝴蝶派文学资料》（上），第 232 页。

况是，这些新作者来自《礼拜六》原有的读者群。从第 145 期开始，《礼拜六》上发表的作品会标出作者的籍贯和职业信息，有意识地表明他们的"业余"身份。通过降低门槛、把读者看作潜在的合作者，杂志试着向公众推介新的作者。参与到文学创作中来的主要市民类型是学生、教师和职员。其中一些人后来成长为专业作家。比如施青萍（为我们所熟知的名字是"施蛰存"）从 1922 年开始在《礼拜六》上发表短篇小说①，当时，他是上海郊县的一个高中学生。

　　杂志在一〇年代和二十年代的经营和流通，推动了《礼拜六》及其所彰显的文学意涵发展成为一个文化品牌。"礼拜六"逐渐成为当时的通俗"关键词"，从一〇年代中期开始，频繁出现在各种报刊的文学创作和评论中。另一方面，二十年代初，《礼拜六》同样成为通俗文学批判中的主要目标和总括性概念。作为一个专有名词，它的影响力甚为广远——直至三四十年代，仍有报纸副刊以"礼拜六"为命名。应当说，《礼拜六》在同时代人、尤其他的读者中间成功酝酿出一股"聚合能量"。接下来的讨论会针对这本杂志的品牌自我经营，以及它如何通过在短篇小说中形塑创作主体（作者）和阅读主体（读者），让文学活动变得生动有形。

第一节　《礼拜六》中的"广告小说"

　　广告推动了《礼拜六》的流通。《申报》是期刊最重要的广告平台，其中的重要便利因素是：王钝根（1911—1915）和周瘦鹃（1920—1932）先后担任"自由谈"专栏的主编工作。一则广告需要

---

①　比如，青萍：《恢复名誉之梦》，《礼拜六》第 155 期（1922）；青萍：《老画师》，《礼拜六》第 161 期（1922）。

包括价格、售卖点和目录等基本信息，但往往不止于此。随着报刊业的逐渐成熟，广告噱头也多起来。相较而言，《礼拜六》复刊期间做广告的频率要比一〇年代高得多，而且，广告语言也变得丰富多彩。"宁可不娶小老嬷，不可不看《礼拜六》"这句受到严厉批判的标语即来自1921年的《申报》广告。①

《礼拜六》的宣传口号多种多样，定位各异。"花落春残，雨丝风片，闷人天气，还是买本礼拜六，消遣消遣"②突出了杂志的"降温"效果；"三个老爷孙，不及一个礼拜六"③强调了杂志的知识性和丰富的观念信息；"印送善书者，何不印送礼拜六"④假设了杂志作为道德教育载体的价值；"有益于少年之小说周刊"⑤把学生视作潜在读者。二十年代初，杂志频繁在报纸上做广告，投射出编辑部对于市场营销日益增进的经验；而另一方面，如此频繁的广告营销，同样折射出杂志面对的高强度竞争环境。

除了在日报这类主流媒体上登载广告之外，《礼拜六》还把短篇小说当作一种生产和巩固自我形象、树立文化品牌的特殊方式。在这些文本中，《礼拜六》被修辞化为各种形象，由此形成对杂志多层面的表现。其中，"拟人化"手法常用于杂志的形象建设。《礼拜六》第100期（1916年停刊前的最后一期）里刊登了不少纪念文章，内容围绕杂志以往的收获和贡献。文中，《礼拜六》被比作一位"供养"读

---

① 叶圣陶在《侮辱人们的人》一文中指责道："这实在是侮辱，普遍的侮辱；侮辱文学，侮辱他们自己，侮辱所有的读者。"发表于《文学旬刊》第 5 期（1921 年 6 月 20 日）。
② 《申报》1921 年 4 月 25 日，第 12 版。
③ 《申报》1922 年 3 月 20 日，第 12 版。
④ 《申报》1922 年 7 月 1 日，第 12 版。
⑤ 《申报》1922 年 9 月 9 日，第 12 版。

者、并培养了若干"家族""继承人"的"大家长"。所谓的"继承人"，指的是在《礼拜六》影响下诞生或是由同一群文人参与编辑出版的其他杂志。

例如，剑秋的《话别》①一文以第一人称视角追溯了杂志的历史。叙事人"我"详细地叙述了王钝根先生为自己"接生"、并取名"礼拜六"的过程。接着，"我"一连娶了几十位绝色女子（《礼拜六》的封面女郎），使得小家庭变成大家庭，子孙满堂。文章末尾，"我"向读者作告别：

> 诸君今日若知道在下要告老而去，一定奔走相告，设法挽留。但是在下生平抱着老子功成身退主义，兼之国家多故，时事日非，在下虽不是厌世派一辈人，却不愿居这恶浊世界之中，只得硬着心肠和诸君暂时分袂了。他日世界太平，或者重与诸君相见。再会再会。②

引文的意思是，一个"恶浊世界"与《礼拜六》的发行不可相容，而杂志的停刊则被描述成出于正直的主动放弃。这一义正辞严的自白建构了杂志的"名士"形象。

同期中另一篇题为《李伯鲁庆寿》③。"李伯鲁"在文中是一位百岁老人的名字，也是"礼拜六"的谐音。在他一百岁寿辰之际，各行各业的人们如潮水般前来为他庆祝，其中一些是杂志作品中的主人公，以及杂志曾经采用过的封面人物，但更多的是杂志（预设的）

---

① 剑秋：《话别》，《礼拜六》第 100 期〔1916〕。
② 同上，第 30 页。
③ 瘦蝶：《李伯鲁庆寿》，《礼拜六》第 100 期〔1916〕。

通俗：
大众视野与文类实践

读者：

> 只见两旁男男女女黑压压的挤了一屋子。男子中间也有西装
> 的，也有古装的，也有军服的，也有普通衣服的。老的少的，挨
> 挨挤挤。女子却都是妙龄女郎，有的风流倜傥，有的沉默端庄，
> 有的叉手哦诗，有的支颐独坐，有的彼此搂抱，学那爱情画上的
> 情态，有的对着宝镜顾影自怜。还有那邮壁题诗的宋女、为父报
> 仇的赵女、代父从军的木兰、搤虎救父的杨香……最可笑的是两
> 个男子，一长一矮，长的如一株长松，凌霄直上，摇摇晃晃，又
> 似一座宝塔。矮的却猥琐卑鄙，宛然三寸钉一般，在长子两膀中
> 间钻进钻出，甚是得意，瘦蝶看了不禁抚掌大笑。①

从这段描写可见，杂志对于自己的读者群体作了颇具雄心的设想——
其范围囊括了各种年龄、各个社会阶层。同时这段引文巧妙地回顾
了《礼拜六》的往期亮点。比如，"一长一矮"两个男人来自第 47 期
和第 48 期（1915）的封面图案，作者是丁悚。当时，绘制这两个可
笑的形象，是为了影射 1915 年"二十一条"签订后的中日关系，联
系时事的同时，以"长子"为中国，"矮子"为日本，作为一种国家
尊严的维护。重提"一长一矮"，唤醒了读者的记忆，以一种看似轻
松的方式带入了民族主义观念。此外，值得注意的是，文章描述场景
中，女性形象比男性形象更为具体生动，而且，她们都是"妙龄女
郎"。更重要的是，她们都是完美的，既具备"才能"，又具备"美
德"。颇为有趣的是，《李伯鲁庆寿》中，扮演"文学创作者"角色的

---

① 瘦蝶：《李伯鲁庆寿》，《礼拜六》第 100 期（1916），第 14 页。

是女性，而非男性，这一点得到了突出表现。与之相配合，接下来，李伯鲁关于"小说教育"的生日演讲，尤其强调女性教育；而"李伯鲁"作为一位思想开明的"父亲"，充当了女性作者的促进者和保护人。

需要注意到的是，相比起"父亲"形象，杂志中更常见的"自我"拟人化，是把"礼拜六"比作一位理想的女性爱人。而在视觉呈现中，这位理想美人手中常常捧着一束花，多数情况下，是一束紫罗兰。"紫罗兰"成为"妙龄女郎"不可缺少的道具，这一点，使得"女郎"的身份与当时广为人知的周瘦鹃的爱情女主角关联起来。在《一生低首紫罗兰》一文中，周瘦鹃回忆道，刻骨铭心的初恋，开启了他对"紫罗兰"的情有独钟：

> 我之与紫罗兰，不用讳言，自有一段影事，刻骨倾心，达四十余年之久，还是忘不了；因为伊人的西名是紫罗兰，我就把紫罗兰作为伊人的象征，于是我往年所编的杂志，就定名为《紫罗兰》《紫兰花片》，我的小品集定名为《紫兰芽》《紫兰小谱》，我的苏州园居定名为"紫兰小筑"，我的书室定名为"紫罗兰盦"，更在园子的一角迭石为台，定名为"紫兰台"，每当春秋佳日紫罗兰开放时，我往往痴坐花前，细细领略它的色香；而四十年来牢嵌在心头眼底的那个亭亭倩影，仿佛就会从花丛中冉冉地涌现出来，给予我以无穷的安慰……我往年所有的作品中，不论是散文，小说或诗词，几乎有一半儿都嵌着紫罗兰的影子。[1]

---

[1] 周瘦鹃：《一生低首紫罗兰》，选自《花前续记》（南京：江苏人民出版社，1956年），第13—14页。

1912 年，周瘦鹃结识了他的"紫罗兰女神"周吟萍小姐。不过，实际的情况是，早在这对青年男女相遇之前，"紫罗兰"意象已经在他的文学创作中出现了。1911 年，两人相识的前一年，周瘦鹃在《妇女时报》上发表了一篇题为《落花怨》①的短篇小说。小说中，"紫罗兰"是中国女主人公送给她的英国恋人的礼物，为的是讨好对方的母亲。在这段跨国恋情的语境中，"紫罗兰"作为一个带有异国情调的意象，意味着诱惑、新奇、青春和对爱的期待以及幻灭。因此，正如陈建华所说，周瘦鹃对"紫罗兰"的早期书写不见得出于对私人爱情经历的怀念，更多是出于对异国情调的爱好：

> 周瘦鹃第一次接触到紫罗兰，是在中学科学课上。以此为启发，他沉浸在对西方浪漫文学的阅读之中。拜他的热心介绍，"紫罗兰"达到了比它在西方的地位更高的位置。作为"欧洲花卉之王"，紫罗兰拥有贵族血统：与它有关的有希腊爱神阿芙洛狄忒，还有拿破仑（紫罗兰是拿破仑最爱的花）。周瘦鹃用文学依据证明，紫罗兰比玫瑰和茶花更出众。他发现，莎士比亚曾经称之为"真爱之花"，并在戏剧创作中 18 次使用了这一意象。②

另外，在《关于花的恋爱故事》中，周瘦鹃提到，瓦尔特·司各特爵士（Sir Walter Scott）曾为他心爱的女士创作过一篇《紫罗兰》（"The Violet"），这位女士在父亲的压力下嫁给了别人。这个故事是他在中

---

① 瘦鹃：《落花怨》，《妇女时报》第 1 期（1911）。
② Chen Jianhua，"A Myth of Violet：Zhou Shoujuan and the Literary Culture of Shanghai，1911—1927"（Ph.D diss.，Harvard University，2002），p.215.

学时期了解到的①，它微妙地呼应着日后自己的情殇。因此，或许可以这样假设：很大程度上，是新派学校的文学教育助力了"紫罗兰"意象的"输入"，并逐渐发展成为二十世纪初中国文化/文学生产领域中一个新奇的符码。就这一点而言，对"紫罗兰"的痴迷完全不限于一种"个人迷恋"，而是植根于同一时期社会共享的文学和知识资源。而且，在一〇年代中国，周瘦鹃并非唯一使用"紫罗兰"作为文学意象的作者。例如，有一篇题为《紫罗兰》②的短篇小说，作者署名天生寄庐（没有证据显示周瘦鹃曾使用过这一笔名）。和《落花怨》类似，《紫罗兰》的故事也发生在一个西方场景中：寒冷的圣诞节之夜，一位绅士和一个卖花女郎在街头相遇。随后，"紫罗兰"仿佛上帝派来的使者般，促成了两人的重遇；同时，紫罗兰象征了女主人公的美德，美好的品质让她成为"真爱"的理想人格化身。

对于周瘦鹃来说，"紫罗兰"可能是宿命般的巧合（爱花与爱人同名），也可能是他文学建构的一部分。无论如何，从二十年代开始，他的名字就和"紫罗兰"紧紧联系在一起。甚至他的书房"紫罗兰盦"的照片也登在期刊上，以满足读者的好奇心。③总而言之，围绕"紫罗兰"这一意象，我们看到的是个人故事、知识话语和公共空间的交互生产。作为一个被输入的"爱的关键词"，二十年代的通俗期刊创作中，"紫罗兰"意象之所以被传播和采纳，得益于周瘦鹃在当时的通俗读者中享有盛名。"紫罗兰"的爱情神话在周瘦鹃的文学同仁、读者以及出版市场中流通，而另一方面，由于周在二十年代初担任《礼拜六》的主编工作，"紫罗兰神话"便进一步和这本杂志的自

---

① 周瘦鹃：《关于花的恋爱故事》，选自《花前续记》，第60—61页。

② 天生寄庐：《紫罗兰》，《礼拜六》第9期（1914）。

③ 《周瘦鹃之紫罗兰盦》（照片），《礼拜六》第103期（1921）。

我表述关联在一起。

第 101 期（复刊后第一期）的封面上是一位捧着一大束鲜花的青年女性。同样，从这一期开始，《礼拜六》发表了一系列以《紫兰花片》①为题的短文，作者是周瘦鹃本人。这很可能是为了给他即将在下一年（1922）问世的同名刊物"热身"。不过，实际上，在这些文章里，周瘦鹃并没有明确预告《紫兰花片》的出版。这一系列文章关注的是西方文学经典以及中外风俗中"花"的譬喻用法——对鲜花的欣赏，与对文学文化的鉴赏并重。另一篇题为《看花语》②的短评表达了想要读到更多《礼拜六》作品的迫切之情，文章标题中的"花"显然指的是杂志本身及其带给读者的文学创作——花一般的《礼拜六》，为大家奉上"礼拜六之花"。"礼拜六之花"的用法并非偶然。同年早些时候，与周瘦鹃私交甚笃的袁寒云在《晶报》上发布了一个玩笑性质的声明，宣布紫罗兰为"上海星期六之花"，因为周瘦鹃既是"紫罗兰盦主"，也是《礼拜六》主编。③杂志、花和女性形象的三位一体，不仅旨在追求一种"名人效应"，更是出于文化品牌制造的目的。

吹捧"星期六之花"的袁寒云发表了一篇日记体短篇小说《紫罗兰娘日记》④，以"紫罗兰娘"为叙事人，指涉的无疑是最近复刊的《礼拜六》。这篇小说发表在"爱情号"上，开头是一张结婚启事，新娘的身份，是新近回到上海的沪上名媛：

---

① 周瘦鹃：《紫兰花片》，《礼拜六》第 101 期、103 期、107 期和 111 期（1921）。
② 陆佩珍女士：《看花语》，《礼拜六》第 114 期（1921）。
③ 周瘦鹃：《紫兰花片》，《礼拜六》，第 111 期（1921）。
④ 袁寒云：《紫罗兰娘日记》，《礼拜六》第 115 期（1921）。

紫罗兰娘，氏萨，小字特儿，海上名艳也，每于星期前一日，盛装游市上。人争窥之，号为星期六之花。独爱紫罗兰，故又呼曰紫罗兰娘。前岁，漫游天下，市中不见娇影者累年。其友朋姊妹望眼欲穿。今春归来，与江左郎订为伉俪，于本星期六日为爱情之结合。一时祝贺盛况可卜。婚前一日以归后日记一册见授，嘱为传之。①

日记记录了紫罗兰娘和她未婚夫的"日常活动"，叙述中植入了杂志封面内容、小说主题甚至报纸上的广告等和《礼拜六》有关的信息。叙事人紫罗兰娘在每一项活动中都是主角：人们献上情诗和她的画像；她衣着华丽，裙袂飘飘；她和她的未婚夫形影不离；她品位高雅；她看好莱坞电影；她才华横溢，还从事文学创作；她向有困难的陌生人施以援手；她常旅行，热衷于社会观察，等等等等。"紫罗兰娘"的形象是一系列中产阶级"卓越女性"特质的集合：她像交际花那样时髦、神秘、充满魅力；她是新派家庭里的贤妻；她德才兼备。这完美、高深莫测的女性，成为对《礼拜六》文化品牌的隐喻，制造了一起关于爱情、魅力、知识和流行的"现代传奇"。

另一篇短篇小说的标题是《礼拜六之花》②，讲述了一个因为不识字而求婚失败的年轻人。小说男主人公陈美在工厂里当领班。每个礼拜六，他都带着一束紫罗兰回家，送给他心爱的表妹贞兰小姐。贞兰总在"礼拜六穿上最好的衣服"，因此，她和表哥带回的紫罗兰都被家人昵称为"礼拜六之花"。③陈美的体贴和忠诚并没有为他赢得表

① 袁寒云：《紫罗兰娘日记》，《礼拜六》第115期（1921），第1页。
② 达纾庵：《礼拜六之花》，《礼拜六》第111期（1921）。
③ 同上，第38页。

妹的心，母亲去世后，贞兰小姐最终决定嫁给另一个人，"他是世界大学毕业，是风流才子，是爱国志士"。①陈美感到愤怒，即便如此，他还是为她准备了丰厚的嫁妆。他不想责怪别人，只能抱怨自己："恨我不识字，不能得那礼拜六之花。"②虽然陈美是个诚实、心地单纯的人，却未能收获一份圆满的爱情。他也是"紫罗兰"的"爱慕者"；然而，就算他"买得起"花，也不意味着他有能力"欣赏"它。合格的赏花人应该像"礼拜六之花"最后嫁的那位青年那样：教育程度高，有世界眼光，有报国雄心。

天赖生的《我的女友》③也是一篇"广告小说"。文中，《礼拜六》再次被拟人化为一位有魅力的青年女性，芳名"黎百禄"。她穿一件紫罗兰色的外套，男主人公在街上迷路时，碰巧遇见她：

> ［她］仰起粉颈，正对着天上默默出神。我见了这样情形，不免有点疑惑起来。又触了我的好奇之心，便立在一棵树的旁边随准了他的视线看去，只见一天白云散漫空际，那成正圆形的月亮，彩色满照天空，倍觉怡人心目。原来他正在那里赏鉴这月夜清景。我暗想这个女子到像文人气度。④

男主人公首先赞许了黎百禄小姐的"文人气度"，他继而发现，这位女士在很多方面都高出他一头：

---

① 达纾庵：《礼拜六之花》，《礼拜六》第 III 期（1921），第 40 页。
② 同上，第 41 页。
③ 天赖生：《我的女友》，《礼拜六》第 187 期（1922）。
④ 同上，第 67 页。

他于交际上狠是广阔，连外国朋友都有，而且住在此地亦是暂时的，不久就要应本外埠的士女之请去交换学识……一路携了他的玉手，同行旁人看着我，都像表示狠羡慕似的。其中有知道底蕴的说："这是黎百禄小姐，是个大著作家，在小说界中素负盛名的，而且腹内包藏各种故事甚多……"①

小说中的女性形象不仅仅是一位理想的爱人，她被塑造成一位偶像——既富于感官上的吸引力，也带来智识上的启发。

"手捧紫罗兰花束的青年女性"在《礼拜六》的流通中经历了反复生产，代表了杂志的自我书写，并进一步成为"约定俗成"的文化品牌标志。《礼拜六》广告短篇小说中的"造女神"倾向很明显。"紫罗兰"意象，携手无暇且无敌的女性人物，成为杂志最令人难忘的招牌形象。首先推动这一意象的形成的，是主编周瘦鹃那传奇化的爱情故事的传播。不过，在那以后，意象被广泛采用，这一过程中，"起源故事"实际上变得模棱两可，甚至被湮没了。最终，"紫罗兰娘"/"礼拜六之花"与梦想中的恋爱关系、对知识的追求以及世界主义理想全面绑定起来。

第二节　再现："小说家"与"读者"

梁启超的《告小说家》一文写于 1915 年，他在文中表示担心，认为当代小说家的创作会滋生社会腐败：

> 故今日小说之势力，视十年前增加倍蓰什百，此事实之无能为讳者也。然则今后社会之命脉，操于小说家之手者泰半，抑章

---

① 　天籁生：《我的女友》，《礼拜六》第 187 期（1922），第 69 页。

章明甚也。而还观今之所谓小说文学者何如？呜呼！吾安忍言！吾安忍言！其什九则诲盗与诲淫而已，或则尖酸轻薄毫无取义之游戏文也，于以煽诱举国青年子弟，……近十年来，社会风习，一落千丈，何一非所谓新小说者阶之属？循此横流，更阅数年，中国殆不陆沉焉不止也。呜呼！世之自命小说家者乎？吾无以语公等，惟公等须知因果报应，为万古不磨之真理，吾侪操笔弄舌者，造福殊艰，造孽乃至易。①

梁启超之所以感到焦虑和愤怒，是因为他深切认可小说在"群治"方面扮演的重要角色。身为世纪之交"小说界革命"的先驱，梁启超见证了小说文类在短短十年间不断增长的社会影响力；另一方面，他抨击当前小说创作质量低下，为小说作者的堕落和"失职"感到痛心。将近二十年前，在《译印政治小说序》（1898）中，梁启超指出，"小说家"一职应该由国家精英担任：

> 在昔欧洲各国变革之始，其魁儒硕学、仁人志士，往往以其身之经历，及胸中所怀政治之议论，一寄之于小说。于是彼中缀学之子，黉塾之暇，手之口之，下而兵丁、而市侩、而农氓、而丁匠、而车夫马卒、而妇女、而童孺，靡不手之口之，往往每一书出而全国之议论为之一变。②

① 梁启超：《告小说家》，选自《晚清文学丛钞·小说戏曲研究卷》（阿英编，北京：中华书局，1960 年），第 19—21 页。首次发表于《中华小说界》第 2 卷第 1 期（1915）。
② 梁启超：《译印政治小说序》，选自《晚清文学丛钞·小说戏曲研究卷》，第 13—14 页。

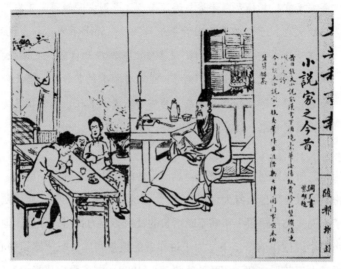

图 6.1 《小说家之今昔》(《大共和画报》1915 年第 17 期)

以上引文表明，梁启超认为，新观念、新议论，靠的是"自上而下"的传播：一个单向、透明的过程。而到了一〇年代，梁启超关于小说生产和接受的"金字塔"假设受到强烈挑战：当时，小说写作和杂志编辑成为新式中学毕业的年青一代常见的职业选择。从 1914 年到 1915 年，通俗期刊蓬勃发展，很可能是这一现象直接触发了梁启超的悲愤——新一代"小说家"的实践情况，干扰甚至打击了梁启超的最初设想。

　　梁启超发表《告小说家》的同一年，《大共和画报》上刊登了一幅漫画，题为《小说家之今昔》(见图 6.1)。画面左边是一个坐在桌边的男人，正在一张纸上写字；桌子的另一边，一个女人正盯视着他，一边做饭，身边还有个孩子。这是一幅普通人家的家常景象——房间很小，床和灶台离得很近。画面右边是一个士大夫样貌的男子，在一间雅致的书房里独坐阅读。漫画旁附诗一首，作为说明：

> 昔日能文小说家，汉书下酒境豪华。洛阳纸贵珍如璧，价值连城信足夸。今日能文小说家，一只秃笔作生涯。惜无七件开门事，柴米油盐酱醋茶。

显而易见，这幅漫画旨在为当世的"小说家"叹苦经。文字说明中称"小说家"在传统社会是受人追捧的职业，纯属歪曲；这种说法，只不过为了制造对比，衬托当下小说家的辛苦而已。不过，另一方面，对"过去"的"误解"微妙投射了最近二十年间"小说"和"小说家"命运经历的变化："小说界革命"把小说创作和"小说家"职业提拔到极其重要的地位，激励了智识阶层的小说创作活动。与此同时，1905 年，科举考试废除，印刷工业发展之下，大众阅读市场得以开拓，因而吸引了相当数量的、受过中等教育的人投入职业写作生涯。某种程度上，漫画中对于"昔日小说家"的塑造对应的正是梁启超对"小说家"位置的描述，即强调这一身份在社会上应有的崇高地位，当然，梁启超并不是从经济收入角度来衡量的。画面左半部的"今日小说家"是对于迅速扩大的写作—阅读领域的生动写照：小说家面对的是"烟火气"的一生。所谓"烟火气"，不仅指小说家不得不依靠文学创作获得物质必需，同样意味着他的写作素材和灵感来源，抑或对他和读者之间关系属性的描述。漫画中的女人和孩子很可能是小说家的家人，但他们也可以代表"想象中的读者"——在一种缺乏距离感的关系里，等待、监督甚至潜在参与着作者的创作活动。

　　"小说家"这一称谓在中文中沿用已久。《汉书·艺文志》中"小说家"被列为"诸子十家"的最末位：

> 小说家者流，盖出于稗官。街谈巷语，道听涂说者之所造也。孔子曰："虽小道，必有可观者焉，致远恐泥，是以君子弗为也。"然亦弗灭也。闾里小知者之所及，亦使缀而不忘。如或一言可采，此亦刍荛狂夫之议也。

作者班固补充道："诸子十家，其可观者九家而已"，鉴于"小说家"一派依赖"道听途说"，非君子所为，不值得重视。到了二十世纪初，"小说家"的概念在文学改革与现代化的背景下被重新树立起来，小说创作的鼓吹者和试水者，无论梁启超、鲁迅还是胡适，无不致力于学术视野中的传统框架建构，展开对"小说"以及"小说家"概念的重述和再造。另一方面，大众媒体也参与了"小说家"形象的构建，在某些通俗表述中，甚至圣人也同"小说家"身份挂上了钩。比如，《孟子为小说家之祖》发表在《四川公报》副刊的"娱闲录"上：

> 古今原始云：虞初撰周说九百四十三篇，小说始于虞初。吾谓孟子齐人有一妻一妾章，实开后世小说之先河。[1]

事关"圣人"形象的创造性重铸，有点语出惊人的意思，但同时以"娱闲"名目为掩护。"小说家"在日常报刊中频频出现，或可侧面透露，在二十世纪初的中国，通俗大众对这一身份的熟悉程度。事实

---

[1]　我闻：《孟子为小说家之祖》，《娱闲录·四川公报》第 19 期（1915）。

上，"小说家"成为话题，不仅证明了这一职业的繁荣；更重要的是，这一现象表明，"小说家"可能涌现成为特定时期的"历史主体"，并以差异化的形象，活跃于不同类型的文化出版之中。

一种直观再现"小说家"形象的主要方式是视觉形式。从一〇年代起，《礼拜六》《游戏杂志》等一系列最畅销的通俗杂志开始刊登小说家的肖像。在二十年代初同样有影响力的《小说月报》上，也有不少小说家照片（1921年，沈雁冰取代恽铁樵，成为杂志主编）。作一比较，可以捕捉到微妙差异：《礼拜六》和《游戏杂志》中的照片说明信息包括作家的英文原名及其中译，而在《小说月报》里，仅标注原名。另外，通俗杂志刊登的小说家照片，时不时体现出一种轻松活泼的风格：和《小说月报》里通常选用的头像和半身像不同，《礼拜六》的西方小说家照片往往是在日常情景中拍摄的。其中，"书房"是最常见的场景之一。见图6.2—6.4：

图6.2 "书室中之讬尔斯泰（俄国第一小说家）"
（《礼拜六》1914年第20期）

图 6.3 "英国名小说家科南达里著书之室"（《礼拜六》1915 年第 50 期）

图 6.4 "书室中之哈葛德（英国小说名家）"（《礼拜六》1914 年第 20 期）

以上三幅照片，格调轻松愉悦，富于情节性：哈葛德的台面上摆着一束花，而托尔斯泰穿着睡衣，多多少少稀释了他的大师光环。

狄更斯的肖像也常在报刊上出现。图 6.5 这幅"英国名小说家却而司迭更司之家庭"来自《礼拜六》：

From left to right: Mr. H. F.
Chorley,
Miss Kate Dickens, Miss Mamie
Dickens,
Charles Dickens,(in white bowler),
C. A. Collings (reading), and Miss
Georgina Hogarth. The group
is at the entrance to Gad's Hill.

从左至右卡袤君 開脫迭更司
小姐 英孈迭更司小姐
却而司迭更司君（白色毯衣
者）考林司君（覩書书）吞傑
納崔茹司小姐

影小君司更迭司而却
CHARLES DICKENS

图 6.5　"英国名小说家却而司迭更司之家庭"（《礼拜六》1914 年第 2 期）

这幅照片拍摄于狄更斯的私人庄园盖德山庄（Gad's Hill Place）门口。照片中的人物姿势悠闲：一个男人在读书，一个女人坐在门口的台阶上出神。实际上，照片原本附注的说明并没说这是一张家庭合影，除了狄更斯以外的两个男人是乔利（H. F. Chorley）和柯林斯（C. A.

Collings），是狄更斯的两个圈内朋友。而《礼拜六》的编辑在使用照片时，决定自说自话，把它定性为"家庭"，或许是出于激发读者兴趣、联想和共鸣的考虑。

　　除了西方小说家的肖像之外，中国本土小说家的相片也经常出现在通俗刊物中。对本土小说家的视觉呈现往往更为有趣。有时候，一个男小说家会把自己打扮成女性，在读者面前展示异装形象。图 6.6 这幅照片发表于 1914 年，相中人有"小说家瘦鹃"和其他三位"新剧家"。四人皆穿着西式裙装，虽然他们全都是男性。

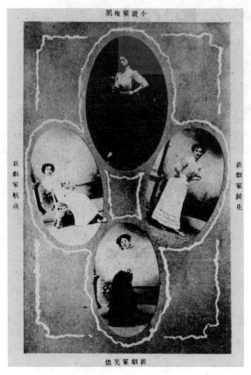

图 6.6　"小说家瘦鹃等"（《游戏杂志》1914 年第 4 期）

通俗：
大众视野与文类实践

影雙頭並痕梨高蝶病戴家劇新

图 6.7 "新剧家戴病蝶高梨痕并头双影"（《繁华杂志》1914 年第 4 期）

　　清末民初，照相时作异性装束打扮的做法似乎颇为时髦，尤其在文艺圈子里，特别是那些和舞台表演有关的人们。其时，不少文明戏演员（"新剧家"）都曾经穿着女装在报刊上亮相。图 6.7 是另一个例子，照片中的高梨痕和戴病蝶是启民社 ① 成员。照片的构图以及人物的姿势，同月份牌女郎颇为相似。头靠头的女性化姿态譬喻了"并蒂莲"之意，象征着牢不可破的女性情谊。不过，通过照片说明，揭破人物真实身份，造成了一种围绕图像的"双重效果"——被展示的对"姊妹情"的模仿迂回地指向"兄弟情"，或者说，"同志情谊"。二十世纪早期的异装照相，拍摄的情境各异，功能目的也不同。对于专业

---

　① 启民社，辛亥革命后出现的新剧社团之一，1913 年 10 月 1 日成立于上海，初名启民新剧研究社。社长孙玉声，副社长张屏翰，主要成员有周剑云、凤昔醉、高梨痕、戴病蝶、朱耐吾等。

戏剧演员而言，一定程度上，这一实践似乎只不过证明了戏曲中"男旦"传统的延续；但另一方面，以"摄影"这一现代视觉表现形式为载体，加上人物身上的西式服装，无不突出"新奇"和反常规特点。

可是，异装的小说家就是另一回事了。图6.6中周瘦鹃和三位新剧演员的组合，似乎是暗示着，他和他们一样，同样具有"表演性"的身份特征。照片中的人数为四，符合文化习惯，而"小说家"占据顶端位置，仿佛他是"四美之首"。而且，从姿态上来看，周瘦鹃也显得比其他三人更强势：他笔直地站着，左手撑腰，毫无娇柔之态，倒有几分英气。拍照时，周瘦鹃还不到20岁。1914年，他开始在文坛上崭露头角，发表作品中相当一部分是翻译小说。不以真面目示人，为年轻作家增添了神秘感。而以西方女性的着装示人，则潜在和他的译者身份相呼应：他是文学领域"西方图景"的建构者之一，另外，通过扮装，他自己也仿佛成为这图景的一部分。变装的小说家可能会让读者联想到他的创作和翻译中的女性形象，以及他惯用的"紫罗兰"意象——既来自异域，又经过了本土的转译。周瘦鹃不止一次借"女体"自喻。许多年后，在《红楼琐话》(1956)中，他还自比林黛玉，认为自己的创作实践分享了黛玉的"工愁善感"。[①]几十年间，"异装幻象"(transvestite phantasmagoria)[②]在周瘦鹃的思想中流连不去，而且以一种"跨国式"图景展示出来。从一个小说家的角度出发，周瘦鹃的"异装"行为（无论以视觉或是文字形式）超越了单纯个人层面的对于"异性"的某种认同感，而进一步指向跨越了"作者"和"人物"之间界线的"文学主体"的建立。除周瘦鹃以外，还

---

① 周瘦鹃：《红楼琐话》，选自《花前续记》，第56—59页。

② Chen Jianhua, "A Myth of Violet: Zhou Shoujuan and the Literary Culture of Shanghai, 1911—1927," p.158.

有其他《礼拜六》作者尝试异装打扮，并在杂志上刊登。比如，第147 期上刊登了李允臣的女装照相（见图 6.8）。照片已经模糊，不过大致可以辨认出，李允臣打扮成女学生模样：他在花园里，悠闲地靠着一棵树。他的样子很像《礼拜六》的封面女郎，事实上，他可以是任何日常报刊里常见的时髦的城市青年女性形象。如果没有图片说明，单靠图像，完全看不出"她"的真实身份是小说家。

图 6.8 "本篇作者允臣君玉照"(《礼拜六》1922 年第 147 期)

除了异装之外，有些"小说家"的肖像强调了人物的家庭角色，而非职业身份。比如，图 6.9 是一○年代颇为多产的通俗作者李东垫的照片。照片里，他不是一个人，身前有一个小男孩，可能是他儿子，

图 6.9 "小说家（东埜）"（《繁华杂志》1914 年第 4 期）

这样的设计，显然是意在突出主角作为父亲的身份。可以注意到，在以上几个通俗期刊的例子中，"小说家"形象都不是以符合一般社会"期待"的方式塑造出来的：不同于那些外国小说家，照片里的中国小说家既不在阅读，也不在写作。换句话说，照片本身并未建立图像与说明文字之间的"自明性"关联。不但如此，这些作者的真实身份一定程度上被隐藏了——他们成了反串演员、女学生、父亲，等等。照片提供的信息，要么是联想式的，要么是误导式的。这似乎暗示着，

图 6.10 "爱读礼拜六者"(《礼拜六》1922 年第 179 期)

"小说家"身份需要在体验或实践其他社会角色的过程中得到实现。

除了"作者"照片之外,《礼拜六》中还有另一种常见的人物肖像:读者照片。很难核实这些"读者"的身份,以及照片的来源,他们可能是杂志编辑的朋友,有些则是读者自愿寄照片给杂志刊登。从照片看来,读者跟小说家无甚两样。如下所示,图 6.10 里是两兄弟和他们的女儿;图 6.11 则是站在公园里的一位年轻女子,图片说明"天津兢存女学教员"。这两幅照片,与李允臣和李东垄的肖像照作一比较,相似程度不言而喻。以"顾家男性"的形象示人,呼应了时下男性应该承担家务和抚养孩子的新观念。而与之相对,女性形象则是"出门在外"、受过教育且具有职业身份,是个"新女性"。此外,当读者的职业身份被注明时，一般是"教员"或者"学生"，这种有意识的"突出"表明了杂志关于"隐含读者"（implied reader）的设想。①

图 6.11 "爱读礼拜六者"（《礼拜六》1922 年第 177 期）

尽管"小说家"一职并非天然同"表演性"相关，但我们从以上

---

① 伊泽尔（Wolfgang Iser）提出，"隐含读者"指的是特定作品在创作过程中设想和期望的读者，是作品在言说时假设的聆听对象。参见 Wolfgang Iser, *The Implied Reader: Patterns of Communication in Prose Fiction from Bunyan to Beckett* (Baltimore: Johns Hopkins University Press, 1974)。

列举的通俗小说家相片中，可以得到一个印象，即它们普遍存在模仿或实践"小说家"以外身份角色的特点。另一方面，"小说家"和"读者"形象在杂志里的共存带出了一个有形的"阅读共同体"。而两种身份之间的（视觉）相似性在阅读/写作过程中渲染了一种互相扮演，甚至互相替换的效果：当读者把自己的肖像寄给杂志以供登载时，他们自己似乎也成了"作者"；而当读者注视着小说家的肖像时，熟悉的场景可能让他们如同望向镜中，那镜中反映的正是他们自己的生活。除视觉再现之外，"小说家"形象还进入了《礼拜六》的短篇小说创作之中。在这些文本里，"小说家"往往担当着双重角色：他是小说主人公，与此同时，他负责对所目击的"故事"作出戏剧化处理。

《礼拜六》中的一些爱情短篇以"小说家"和"读者"为主人公。在这些故事里，恋爱关系的展开，始终与"写作—阅读"的流通过程相互缠绕。《期望》① 讲的是表兄妹间没有结果的爱情。故事发生在一个星期六（当然是为了呼应杂志名称）。女主人公娟儿前往探望她的表兄——一位小说家，不经意看到了他未完成的小说手稿。手稿里记叙了一个青年小说家因为贫困而恋爱受阻的故事。娟儿是手稿的第一个读者，同时，手稿也相当于向她作出的爱的告白。读完故事，她的眼泪涌出来，表兄却安慰她："妹妹，你应该欢喜，今天是礼拜六。""礼拜六"在这里被当作"安慰剂"，给人带来休闲、抚慰和文学阅读。另外，这句话是对小说标题"期望"的呼应，企图抚平伤感——"期望"还有，因为他们的爱情还没有走到终点，正如手稿尚未完成一样。

---

① 夏冈生：《期望》，《礼拜六》第 143 期（1922）。

《喜相逢》①则是美满结局。小说结尾，作者周瘦鹃解释道，创作这篇小说是为了迎合一位广东读者的需要，后者曾经向周瘦鹃抱怨，他的小说太过于伤感了。也就是说，是"小说家—读者"之间的互动鼓励并催生了小说创作，而这种"互动"进一步被爱情叙事所吸收。小说里，梅一云是城市里生活的普通人，一场火灾中，他失去了父母和财产，实际上，纵火者是他的邻居，为的是骗取保险金。这场灾祸之后，梅一云不得不辍学，靠算命测字为生。更让他难过的是，他和喜欢的女孩失去了联络。很久以后，一天，他买了一本"上海出版最精美的小说杂志"，然后，他注意到，杂志里一个叫魏碧影的作者，正是他的爱人。从她的文字里，他同样感受到她的思念。于是，他也写了一个故事，题为《我的回顾》，寄给杂志社，作为对她的回应。故事得到发表，梅一云受到主编的赞赏。当主编听说他们的故事以后，偷偷安排了这对青年恋人在外滩的重聚。小说结尾，青年恋人得偿所愿，在黄浦江畔团聚，重新立下誓言。这篇故事里，是"阅读"帮助梅一云找到了他失联的恋人，而从"读者"向"小说家"的身份转换，使得他的"私人自我"得以拓展成为具备流通性的抒情主体。过程中，文学杂志既是平台，也是"媒人"。进一步来说，"喜相逢"除了指涉恋人的相逢，也可以指涉作者与读者的相逢，即把爱情关系的建立比拟为"小说家—读者同情联盟"的形成。

《花开花落》②在文本内实践了小说家和他的女主人公之间"爱的凝视"。故事叙述了男主人公"小说家某君"见证了对面公寓里一个不知名女孩的悲喜，和她最终的亡故。透过窗户，"凝视"得以发生：

---

① 周瘦鹃：《喜相逢》，《礼拜六》第 120 期（1921）。
② 瘦鹃：《花开花落》，《礼拜六》第 8 期（1914）。

女孩家开着的窗户暴露了闺房的隐私，使她的私人空间向"男性凝视"开放。在传统中国小说中，一扇打开的窗户常常作为关键道具，促成风流韵事的发生。最著名的场景，莫过于《金瓶梅》里，潘金莲因为跌落撑窗户的竹竿，认识了西门庆。李渔的《夏宜楼》里，瞿吉人用望远镜偷看娴娴小姐，并让她误以为自己有法术，最终轻松收获一段良缘。"开着的窗户"同欲望以及女性身体关联起来。图 6.12 和 6.13 是《礼拜六》中的两幅读者照片。

图 6.12 （《礼拜六》1922 年第 189 期）

图6.13 （《礼拜六》1922年第185期）

照片里的两位女士都身处半开放空间。图6.12中是一处西式风格的阳台，这是一帧室内侧面照，人物的脸几乎完全处于阴影中。图6.13的人物可能身处一处公共场所（像是一间茶馆）。人物站在窗口，附身向下张望。她可能是在欣赏街景，或者仅仅是在发呆。镜头是从远处拍摄的，也许来自对面的窗户。有趣的是，两张照片的呈现效果都是模糊的（要么笼罩在阴影中，要么人物离镜头很远），这种呈现方式，实际上干扰了男性凝视的主导性地位——女性身体仅仅被部分曝光。

《花开花落》的叙事风格体现出类似特征。故事采取了第三人称限知视角，在空间结构方面，可能会让当代读者想起希区柯克（Albert Hitchcock）的《后窗》：叙事者"小说家某君"始终处于一个固定的观察位置——他家的窗户后面。尽管对面的女子离他咫尺之遥，他却从始至终保持距离。他从未拜访她，或以任何方式介入她的生活，虽然他似乎对她着迷。他一直待在自己的座位上，等待她的出现；而他所能得到的，仅仅是通过一些视觉碎片，探测到模糊的线索。事实上，他主要依靠想象力和同情心来推断女子在公寓里发生的故事。故事的开头是晚春的一天，"小说家某君"刚刚完成一篇"哀情小说"：

> 四月三日。落花无言，芳草自春。绿窗锁怨，碧阑横恨。小说家某君方草一哀情小说，竟掷笔，微喟而起，低回无已。[1]

感慨情的毁灭性力量之余，小说家起身开窗，向外观望。他是唯一的观看者，但不是唯一"受众"。时不时地，他的朋友"画家某君"会上门拜访，他向画家朋友转述他所看到的，伴有一定程度的添油加醋。转述的过程与写作过程具有相似性。通过两人的对话，女子的"故事"得以展开。这两位观察者各自的职业身份，代表了两种基本的美学再现形式：视觉的和文字的。如果我们在譬喻层面上理解"小说家某君"的"凝视"（即作者对于创作对象的关注），那么，整个过程可以被看作两位富于审美经验的作者关于创作经验的分享。小说中，有时候，画家会质疑小说家的叙事，使得后者的权威被微妙地撼动了：

> 小说家忽若有所得，遽欣然谓画家曰："吾友，对窗之一室

---

[1]　瘦鹃：《花开花落》，《礼拜六》第 8 期（1914），第 33 页。

第六章　短篇小说里的"读者""小说家"与品牌意识　　　　211

已有人卜居矣。其人似一花娇玉艳之美人也。"……画家曰："吾辈画家，到处收拾画稿，美人亦画稿耳。自不得不絮絮相问，彼窗中人果美人乎？"小说家曰："果美人也。君少安毋躁，吾当语以一二。余居此将一年矣。日在此窗下捉笔属稿，偶或举目外望，即见对窗敝败之窗纱，临风摇曳，作瑟瑟声。色灰白，不知曩时之为红为绿，其年事当叫余为老。今日晨起，推窗忽见此敝败灰白之纱已一变而为雪白之茜纱，缘以粉红之边，为状乃至艳。余一望而知此空屋已为美人居矣。"画家曰："君言乃无根。岂必美人而后能用雪白之茜纱为窗纱乎？居者或为一白发老妪，亦未可必。"小说家曰："否，否。余见其窗前桌上有一玉胆之瓶，瓶中满贮玫瑰之花，似以笑靥向人，娇艳欲滴。且此雪白茜纱之后，似有一亭亭倩影也。"①

显然，没有任何直接线索证明，住在对面的女子是个美人。小说家所提供的，仅仅是暗示、烘托女性美貌的文学修辞，即一系列"象征符号"："雪白之茜纱""玫瑰之花""玉胆之瓶"，等等。因此，小说家越是坚持女子是个美人，读者就越怀疑，这种结论只不过是他一厢情愿。从头到尾，几乎不存在任何有说服力的事实。如果要说小说家拥有任何可以依傍的"资源"的话，那也只是他自己的想象力，或者借用弗洛伊德的说法，是他的"白日梦"。文本的限知视角，加上以对话作为主要叙事形式，赋予《花开花落》一种冲突效果：对于"被看"处境毫无知觉的女性身体，似乎保障了男性凝视的单边权力地位。可是，男性观看者行为范围有限，他的凝视活动也难以稳定、持

---

① 瘦鹃：《花开花落》，《礼拜六》第 8 期（1914），第 34 页。

通俗：
大众视野与文类实践

续地进行，何况，他的判断还会遭到质疑，这一切，都削弱了观看者的权威。相应地，尽管住在对面的无名女子为小说家的窥视癖和白日梦提供了理想的身体对象，可事实上，在观看者的"镜头"中，无论她的形象，还是她的生活，始终保持着模糊和碎片化的呈现特点。故事是开放式结尾，对面女子的命运如何，被悬置了，不过，就作家的联想看来，"殉情"情节难以避免：

> 小说家偃卧床上，见画家来，立跃起，含泪言曰："吾当语君以今日事。今日之晨，彼美已复其常态……历一时许，始藏事既，即衣罗衣，裳罗裳，亭亭玉立，如新嫁娘。……歌毕即徐徐攀登窗槛，展其双玉臂……"画家跃起大呼曰："彼美岂竟随绿珠化去耶？"小说家掉头泣下曰："吾不知，吾不知，尔时吾已下吾百叶窗矣。"①

"小说家某君"自觉地"遮蔽"最后一幕，可以被解读为作者主动"收敛"了他的部分叙事权力。另外，借由小说作者和小说主人公"小说家某君"之间的"身份认同"，主人公那持久的碎片化凝视，以及凝视的中断，成为对"写作过程"的可视化呈现，是修辞技巧的公开展示。

有些短篇小说暴露了小说家的家庭生活，并带有取笑的意味。《小说模型》② 是一则关于小说家张先生的喜剧故事。张先生全身心投入小说创作，在日常生活中异常笨拙。他醉心于"收集做小说的资料"；

---

① 瘦鹃：《花开花落》，《礼拜六》第 8 期（1914），第 41 页。
② 许厪父：《小说模型》，《礼拜六》第 153 期（1922）。

故事开头，作者仔细介绍了张先生的"收集分类系统"：

> 大小说家张先生在著作界中差不多享了三四十年的大名。这人记性狠坏，他做小说的屋子里摆着许多的粉牌子，长约二三寸，阔约寸许。上面画着许多人物，人物旁边又注着他的名字，或男或女，或大或小都注得明明白白，又有一张特制的写字台，大小抽斗总共有二三十个，抽斗外面也写着生死逃亡、出仕行乞等字样。他想好了小说的资料，先将书中应用人名一一画图注名，方才开笔。做到这人出世，据他把这人的牌子放在出世的抽斗里，要是做到这人死了，便把那牌子找出，移到死亡的抽斗里去，其余穷通贵贱、得失兴衰，统统照此办法，再也不得舛差的。[①]

这种充满戏谑的描写，使得"小说家"形象难以达标"才子"的典型形象：他有言语障碍，面对询问只会张口结舌，且记性极差。而且，引文把创作行为去神秘化了，把它还原为一种机械过程，和工厂里的流水线运作甚为相似。故事标题里的"模型"正是强调了这种机械化特征。实际上，小说家自己看起来也像一台机器，除了他搜集的资料之外，他对任何事情都无法应付。一天，张先生去看望岳父；和平常一样，他一刻不忘收集资料，就连在人家家里做客时也一样。回家后，他不小心把记录着岳父资料的卡片扔进了"死亡"抽屉里。张太太没跟丈夫一起回家探望，又难以从张先生口中得到家人的近况信息。她碰巧注意到丈夫投掷卡片的举动，以为父亲已经过世，大恸。

---

① 许廑父：《小说模型》，《礼拜六》第153期（1922），第64—65页。

即便此时，张先生依然无法开口向妻子解释，甚至因为卡片从"死亡"抽屉里取出，自己也开始怀疑岳父是否已经亡故。接着，张太太翻阅了小说家的手稿，里面找不到关于父亲亡故的情节，这才平息了她的焦急和疑虑。纸上能言善辩的小说家在真实生活中"失语"；"文本事实"反过来成了生活现实的唯一佐证。在这个故事里，"小说家"以漫画般的"怪人"形象示众，标题"小说模型"一方面看起来是对创作方法的展演，另一方面却嘲讽了（其中或许也包含自嘲）一种机械化的工作和生活状态：正是流水线般的"模型"造成了小说家的"异化"，原本应该把握能动和主导角色的小说家，最终沦为"模型"的附庸。

《小说家之妻》① 里的小说家抱石特别擅长创作家庭改良主题的小说。陈桐云小姐是他的读者，因为喜爱他的作品而向他求爱。他们很快就订婚了。为了办一个体面的婚礼，抱石暂停写作短篇小说，转而改写长篇，因为长篇连载的收入更高。结婚以后，他加倍努力，为的是维持生活水准。他劝诫他的妻子：

> 我们结婚虽是由于精神结合，但一半还是我的心血所促成……我们房间的器具和你穿的衣服可算是我的心血的结晶体，据我看起来似乎都有血的色彩，嗅起来都有血的腥气。所以，我们的爱情必保守到死，衣服器具也不可弄坏，那才对得住我的心血呢。②

---

① 张碧梧：《小说家之妻》，《礼拜六》第 161 期（1922）。
② 同上，第 38 页。

以恋爱故事来说，这段引文相当"去浪漫化"：爱情的保存需要以物质的保护为证明；而"写作"职业不过是普通体力劳动的一种。小说家的虚荣心滑稽地和他的经济焦虑以及不能按时完成创作的担心相交融，使得他成天在焦头烂额中度过。他没有时间和妻子说话；妻子桐云苦恼于沉闷的婚后生活，和朋友一起去了日本，这无疑进一步加重了抱石的经济负担。桐云离开后，他时不时寄信给她，每一封都显示出"做小说的本领"，"写得哀感缠绵，淋漓尽致"。① 可是，他那最初赢取桐云芳心的情书，最终没能挽留住她的爱情。桐云和别人有了恋爱关系。得知消息，抱石喷出一口鲜血，溅在他正在赶工的稿子上。《小说家之妻》里，擅长"家庭改良"主题的小说家在家庭关系中完全失败，这种情节设计，似乎质疑了文学经验在真实生活中的有效性。进一步来说，把"家庭小说"作者刻画为实际家庭生活的"失败者"，小说暗示了文学生产者和文学生产在贯彻和推动社会改革实践过程中的能量有限性。

"小说界革命"挑战并改变了小说的传统地位。然而，一〇年代蓬勃发展的通俗文学期刊日益把"小说"发展成为一种在多数城市大众的经济负担能力之内、日常化、流通性强的商品，这种情况，一定程度上违背了"小说界革命"所鼓吹的启蒙理想。与此同时，"小说家"成为大众媒体中高频率出现的流行词。而"小说家是什么"需要在"小说家"与读者的关系之中呈现出来，在此过程中，一个假定的"写作—阅读"共同体得以展现。小说家—读者关系经常被修辞化为恋爱关系，抑或一种"相似性"关系，象征了作者群体与读者群体之间理想化的"同情性结合"。"小说家"的多元化形象借由视觉

---

① 张碧梧：《小说家之妻》，《礼拜六》第 161 期（1922），第 41 页。

和文学形式呈现出来，通过一系列再现实践，"小说家"形象进一步发展为一个生发出种种联想的"创作主题"。以《礼拜六》的实践为例，"小说家"常常被塑造为忙碌于日常生活的形象；不仅如此，有时候，"小说家"似乎享受"藏身于"他人的生活之中。通俗话语赋予了"小说家"形象世俗性、表演性和些微滑稽感，消解了这一形象自"小说界革命"以来获得的庄重感和权威性。

从一〇年代到二十年代，《礼拜六》在通俗文化生产领域建立了品牌效应。与此同时，通俗作家们高度意识到他们作为"小说家"的职业身份。而且，相比起更为精英的文学实践者，他们给出了截然不同的自我形象。此外，通过把"读者"形象纳入图景，通俗作家们令"写作—阅读"的流通过程有形化和动态化。而在其中发挥重要功能的文学创作形式——短篇小说，得到充分利用，成为巩固文化品牌、阐明创作活动及其理念的极富表现力的媒介。

第七章　从《礼拜六》到"礼拜六派"：
二十年代"新/旧"文学之争

第一节　"礼拜六"：一个关键词

从一〇年代到二十年代，上海的阅读市场上出现了百十种通俗刊物。十几年的时间里，大事频发，从辛亥革命到五四运动，从军阀混战到1927年的北伐战争。这段时期，大众阅读的兴趣、口味和关注同样经历着戏剧性变化。在民初涌现的诸多通俗文艺刊物中，《礼拜六》是非常有影响力的一本。其发行分为两个阶段，中间相隔五年，共200期。《礼拜六》第一期发行于1914年6月6日，满百期后，于1916年停刊。1921年，《礼拜六》复刊，再满百期，于1923年2月彻底结刊。《礼拜六》的编者和作者中不少人都是资产阶级革命的支持者，不少作品中流露出对辛亥革命失败的痛惜和悲愤。《礼拜六》诞生的同一年，第一次世界大战爆发。《礼拜六》的主编之一、著名通俗作家周瘦鹃回忆了杂志在1916年走下坡的原因，据他的说法，是因为当时的主编王钝根"倾向于实业"[①]（根据记录，1915年，王钝根辞去在《申报》的编辑工作，开办公司经营铁业[②]），最终导致杂志衰落。另一条发表在《申报》里的评论把杂志的衰亡归结为一战引

[①]　瘦鹃：《〈礼拜六〉旧话》，选自《鸳鸯蝴蝶派文学资料》（上），第231页。

[②]　郑逸梅编：《南社丛谈》，第101页。

起的纸价的上涨。[1]

1921 年 3 月，《礼拜六》复活；此时，它面对的是一个全然不同的生产环境。一〇年代后期，"白话文运动"逐步展开，像《新青年》这样专门的新式白话文刊物日趋成熟。紧接着的五四运动进一步加强了"文学革命"的势头。从 1920 年开始，《申报》版面上充斥着白话教材和白话小说的销售广告（从消息页到副刊都是如此）。事实上，这一现象，是跟教育部在二十年代初要求以白话文取代文言文作为中小学教材语言的指令保持同步。[2] 另外，1921 年年初，沈雁冰接手了恽铁樵在《小说月报》的主编工作。恽铁樵在文学史上被归为"旧派"作家，沈接手后，《月报》很快成为新文化运动的前线刊物之一。两个月以后，《礼拜六》复刊。没什么证据可以表明《小说月报》换帅和《礼拜六》复刊之间的明确联系。按照周瘦鹃的说法，复刊仅仅是因为王钝根"忽然高兴起来"[3]。但不管怎么说，《小说月报》的转型对《礼拜六》来说至少意味着一件事：回归以后，它面对的是一个全新的竞争性环境。

不过首先让我们了解一下杂志在一〇年代的情形。二十年代末，周瘦鹃在文章中回忆道，杂志出版首年的销量称得上火爆：

> 出版以后，居然轰动一时。第一期销数达二万以上，以后每逢礼拜六早上，中华图书馆的大门还没有开，早有人在那里等着买礼拜六咧。那时馆主既笑逐颜开，我们也兴高采烈。中华图书

---

[1] 寂寞徐生：《复活后之礼拜六》，《申报》1921 年 4 月 3 日，第 14 版。

[2] 黎锦熙：《国语运动史纲》(上海：上海书店出版社，1990 年)，第 29—36 页。

[3] 《〈礼拜六〉旧话》，选自《鸳鸯蝴蝶派文学资料》(上)，第 232 页。

馆的小楼一角变做了我们做文章说笑话吃老酒的俱乐部。①

1914 年是上海通俗期刊出版的重要年份。除了《礼拜六》，还有十来种杂志在同一年开始发行，比如《中华小说界》《眉语》《香艳杂志》《白相朋友》，等等，几乎每个月一种。不过，即便局面如此，《礼拜六》在当时是鲜有对手的，不仅因为它比多数通俗杂志维持的时间长，更因为它得到相当程度的社会反响。借用周瘦鹃的说法："《礼拜六》两度在杂志界中出现，两度引起上海小说杂志中兴的潮流，也不可不说是杂志界的先导者。"②复刊前，一些受众广泛的报纸（比如《申报》）上登有对《礼拜六》的"复活"表示欢欣的广告／友情文章。③这些文章的出现，一方面必然靠杂志自己出手，提前炒热气氛，一方面也确实可以客观反映《礼拜六》的市场话题性和广大的"朋友圈"。

从另一个角度来说，《礼拜六》的影响力同样可以以它所激发的来自"对手"的抨击作为衡量。实际上，长期以来，我们对《礼拜六》的了解，或者说，对大多数"旧派""鸳鸯蝴蝶派"作品的了解，多半需要依靠新文学阵营的作者们对它们的严厉批判来达成。这种对立状况是从 1921 年开始的，到了下半年和 1922 年，矛盾更尖锐了。1921 年 6 月，复刊后不久，《礼拜六》第一次作为首要抨击对象出现在新文化知识分子的评论文章里。西谛（郑振铎）用"反流"一词

---

① 《〈礼拜六〉旧话》，选自《鸳鸯蝴蝶派文学资料》（上），第 231 页。
② 同上，第 232 页。
③ 参见如寂寞徐生：《复活后之礼拜六》；徐絜：《礼拜六之花》，《申报》1921 年 6 月 19 日，第 14 版。

来形容《礼拜六》上刊登的作品。① 在这篇短小尖锐的评论中，西谛谴责《礼拜六》作者们的"滥竽充数"：尽管他们试图披上"新"的外衣，骨子里依然是"旧"的。西谛举的例子是一篇题为《父子》的短篇小说，作者是周瘦鹃。他转述道，这篇小说刻画了这样一个年轻人，接受的是新式教育，骨子里却是个旧式的"孝子"。他从不违逆自己的父亲，父亲患病，儿子用自己的血来救活他，最终献出自己的生命。西谛从两个方面批判这个故事：维护封建道德；缺乏科学知识。②

西谛是《文学旬刊》作者中率先对通俗刊物发起攻击的人之一。他的文章令人感受到一种强烈的"清洁"观念："新""旧"之间边界清晰，否定了任何交流的可能性。其后，不少加入批判行列的新文化知识分子都采取和西谛一致的态度。再往后，在针对通俗文学的相关批评中，《礼拜六》杂志日益稳定为主要目标。接下来，很快，到了 1922 年，借由"礼拜六"，发展出一个针对特定作家群体的贬义性称谓："礼拜六派"。这一称呼的指涉对象，不仅包括《礼拜六》的作者，也包括所有和《礼拜六》属于"同类"的沪上时下通俗期刊，比如《星期》《半月》《紫罗兰》《红杂志》等。沈雁冰《"写实小说之流弊"?》一文的副题中，"礼拜六派"与"黑幕派"并列。③ 文章旨在反驳吴宓把俄国现实主义小说与"礼拜六派"以及"黑幕派"混为一谈的"谬点"。文中，沈雁冰一面赞赏俄国小说，一面谴责"礼拜六派""把人生的任何活动都作为笑谑的资料"，同时却"拥护孔圣人的礼教，崇拜社会上特权阶级"。④

---

①② 西谛：《思想的反流》，《文学旬刊》1921 年 6 月 10 日。
③④ 沈雁冰：《"写实小说之流弊"?》，《文学旬刊》1922 年 11 月 1 日。

从我们今天的认识来看，很难确切说出"礼拜六派"和"鸳鸯蝴蝶派"之间究竟有什么区别。不过，事实上，《新青年》在一〇年代末批评"鸳鸯蝴蝶派"时，指的基本是当时的言情小说，比如徐枕亚的《玉梨魂》和吴趼人的《恨海》。恐怕要到三十年代，"鸳鸯蝴蝶派"才大大扩充了所指，被用来涵盖所有跟新文化阵营有过争论的通俗作家。① 至少，二十年代初那些针对整体通俗文学的批评声音里，"鸳鸯蝴蝶派"极少被使用，频繁出现的是"礼拜六派"，既指杂志，也指作者。从字面理解，"鸳鸯蝴蝶派"单指"才子佳人"小说；而"礼拜六派"，用沈雁冰的话说，"中了'拜金主义'的毒"，"迎合社会心理"②。然而，在中国现代文学史的叙述框架下，最终，这两个术语指向同一群人。

同"礼拜六派"和"鸳鸯蝴蝶派"相比，"旧派"相对中性。范烟桥、郑逸梅等用"旧派"自我指称③；这个用法也经常出现在当代关于通俗文化的研究中。不过，二十年代初，新文化知识分子极少使用"旧派"或"旧派文人"；事实上，他们否认这些通俗作品可以代表"旧文学"和"旧文化"。在另一篇评论文章中，沈雁冰强调尽管通俗期刊"思想方面技术方面，都是和新派小说相反的"，是"旧的"，但这并不意味着它们属于"旧文化旧文学"。④ 他引用了《晨报

---

① 参见钱杏邨：《上海事变与鸳鸯蝴蝶派文艺》(1932 年)，选自《鸳鸯蝴蝶派研究资料》(魏绍昌编，上海：上海文艺出版社，1962 年)，第 49—62 页；郑振铎：《〈中国新文学大系·文学论争集〉导言》(1935 年)，选自《鸳鸯蝴蝶派文学资料》，第 805—806 页。

② 沈雁冰：《自然主义与中国现代小说》，《小说月报》1922 年 7 月 10 日。

③ 范烟桥：《民国旧派小说史略》，选自《鸳鸯蝴蝶派研究资料》，第 166—274 页；郑逸梅：《民国旧派文艺期刊丛话》(香港：汇文阁书店，1961 年)。

④ 沈雁冰：《真有代表旧文化旧文学的作品么?》(1922 年)，选自《鸳鸯蝴蝶派研究资料》，第 21—22 页。

副刊》中一篇题为《杂感》的文章，强调"礼拜六派"代表的是"现代的恶趣味"。[①] 文末，沈雁冰希望"宝爱真正中国旧文学的人们起来辨正"，保护中国旧文艺不会"蒙受意外的奇辱"。[②]

在二十年代初的批评声浪中，"礼拜六派"被扣上"反流"的帽子，贬斥含义不言而喻，但又模糊不清；此外，他们常常被谴责为"旧"，同时却被排斥出"真正的旧文艺旧文化"的范畴。对这些批评文章的回顾促使我们回到历史语境，对一系列批评术语的建构、意义和使用再作辨析。来自五四知识分子的猛烈围剿发生不久之后，《礼拜六》杂志走向终点。它的复刊历时两年，在此期间，通俗报刊出版经历了第二次高潮。其中有些刊物很快夭折，有些则持续了相当一段时间（例如《红杂志》，创刊于1922年，1924年更名为《红玫瑰》，继续发行了七年之久）。围绕"礼拜六派"的分歧并未随着《礼拜六》的终刊而结束。而且，可以注意到，从1921年到1922年，通俗刊物、作家之间逐渐达成一种肉眼可见的"联盟"。当然，这种联盟部分取决于作家之间的私交，以及商业合作的需要，但另一方面，同样体现了价值观念和文学观点的共享。很大程度上，是新文化阵营的挑战和谴责激发了结盟行为的发生，但如果仅仅把通俗作者之间的互通声气和相互支持看作承受外部压力之下相对被动的"应激反应"，恐怕是不足的，其中或许包含着主动出击的可能性。前文已经提到，以往的研究中，一般认为通俗文学缺乏形式意识、话语能力和价值判断；另外，也少有研究对通俗作家在面对五四围剿时的回应状况作充分考察，甚至有些评论轻率地认为通俗作家根本缺乏论战的能力，或

①　沈雁冰：《真有代表旧文化旧文学的作品么？》（1922年），选自《鸳鸯蝴蝶派研究资料》，第21页。
②　同上，第22页。

是"自知理亏"。通过对论争过程的重新观察和全面考量，或许可以这些结论提出质疑，事实上，通俗作家们可能并不像我们以为的那样"沉默"。

在这一部分的讨论中，"礼拜六"是核心关键词。作为考察对象，《礼拜六》杂志的研究价值可以总结为两点：首先，《礼拜六》堪称一〇年代到二十年代初最具影响力和代表性的通俗文艺期刊。其次，《礼拜六》的重要性远远超过杂志本身；它在中国现代文学史上扮演了一个重要的角色。值得我们注意的是它的"语境价值"：很大程度上，《礼拜六》的诞生、复活和终结见证、参与并推动了那一时期的文化生产。从《礼拜六》到"礼拜六派"的过程，看得出，杂志对五四知识分子的社会及文学改革规划投下了一片不大不小的阴影。另一方面，对于"通俗阵营"而言，《礼拜六》和"礼拜六派"的污名驱动着通俗作者们结盟，用文学创作和评论为自己发声。以《礼拜六》/"礼拜六"为轴心，我们得以展开一个更为复杂的文学生产关系网络。

第二节　"新/旧"漩涡中的《礼拜六》

九十年代以来，民国通俗文学研究在海内外方兴未艾。这一话题开拓的前提，是就以五四新文学为正统的现代文学史叙述展开重新评价和补充的问题意识。在更为具象的层面上，重估通俗文学价值，首先意味着对一系列既定的价值语词进行再度审视，譬如"鸳鸯蝴蝶派"、"礼拜六派"、"通俗"、"新/旧"之分，等等。胡志德《清末民初"纯"和"通俗"文学的大分歧》[①]一文追溯了二十世纪中国文学

---

① 胡志德著，赵家琦译：《清末民初"纯"和"通俗"文学的大分歧》，《清华中文学报》2013 年第 2 期，第 219—251 页。

场域内"纯文学"和"通俗文学"两个概念的生成和发展。作者指出，二者的分化乃至分歧，并非始于五四之后，而是早在梁启超等晚清知识分子鼓吹"新小说"之际，就已埋下伏笔："梁在文中（1898年的《译印政治小说序》）将外国小说与迄今多数中国小说论断为绝然相反的价值类型，即前者具有道德价值，后者则是腐败迁毒。"[①] 因此，晚清时期对"小说"文体的地位拔高和重新定位，包含着重要一环，即把精英化的、进步的"新小说"跟"落后腐败"的传统窠臼以及时下常见的小说创作类型区分开来，建立起小说文体在价值/道德判断方面的二分。而到了1915年，面对通俗文学报刊的繁荣，梁启超深感焦虑，在《告小说家》一文中，他"以道德观点将中国诸多问题全然归咎到道德有缺陷的小说家，他这种对当时小说几近歇斯底里的责难，再清楚不过地表现出一种已然形成的急迫观点，此即精英者对'民众的声音'的必要谴责"。[②] 胡志德进而提出，1920年以后"纯文学"阵营对"通俗文学"的严厉批判背后，实际上延续了晚清知识分子对于丧失"文化代理权"的焦虑感。

胡志德的研究，立足当下文学观念/偏见，从"后"往"前"看，追寻历史根源，极富启发。不过，需要说明的是，在他的论述中，无论"纯文学"还是"通俗文学"概念的使用，就很长一段时期而言，都属于后设性的用法。王国维在《论哲学家与美术家之天职》（1905）[③] 里使用"纯文学"一词，并大致对应为"纯粹美术上之目的者"，一

---

① 胡志德著，赵家琦译：《清末民初"纯"和"通俗"文学的大分歧》，《清华中文学报》2013年第2期，第221页。

② 同上，第234页。

③ 王国维：《论哲学家与美术家之天职》，选自《王国维论学集》（北京：中国社会科学出版社，1997年），第296页。

向被视为最早的"纯文学"提出者。其后引用过该语汇的，有鲁迅①、朱自清②、周作人③等。但总体而言，从晚清到民国早期的文学场域里，这一术语在文学讨论中地位并不突出，常常只是在各种论述中发现近似于现代纯文学观念的表达，而非"纯文学"的直接提法。另外，"通俗"一词，在1910年代，乃至二十年代初期，并非一个贬义词。二十年代初，当沈雁冰、郑振铎等人对通俗文学发起攻击时，鲜用"通俗"指称对方。在官方语境里，"通俗教育"是民国初年就开展的一项事业，根据《中国教育大事典》记载，1915年，教育部设立通俗教育研究会。此后，各省纷纷设立通俗教育会、通俗教育讲演所、通俗图书馆，作为推行社会教育的机关，到了二十年代初，已遍布全国。④鲁迅曾任通俗教育研究会辖下的小说股主任，1917年，著名通俗作家周瘦鹃的小说翻译集《欧美短篇小说丛刊》获得研究会褒奖，审核评语即出自鲁迅之手。应当说，民初环境下，"通俗"至少是一个中性词，并不构成知识分子深恶痛绝的"他者"。

相对而言，在民初的文学文化论战中，被频繁使用的是"新"和"旧"。它们通常同时出现，用以贬抑对方、标榜自身、区别"敌我"。虽然当年指称的"旧文学""旧文人"很大程度上与今天所说的"通俗文学"对象重合，但并不能简单地理解，"新/旧"和"纯文学/通

① 鲁迅：《摩罗诗力说》，选自《坟》(北京：人民文学出版社，1973年)，第54页。
② 朱自清：《朱自清散文全编·序》，《文学周报》第345期 (1928年11月25日)。
③ 周作人：《关于通俗文学》，《现代》第2卷第6期 (1933)。
④ 刘英杰主编：《中国教育大事典》(杭州：浙江教育出版社，2001年)，第709—710页。

俗文学"之间，是可以替换的对应关系。实际上，两组概念之间的最大差异，在于其各自隐含生产语境和时代需求。考察"新/旧"在特定时空下的广泛使用和特殊意义，不仅有助于"通俗文学"本身的重新定位，更能在"历史化"的前提下厘清整体性的文化生产领域价值取向和不同文学力量之间的竞争消长关系。陈建华在《周瘦鹃、茅盾与二十年代初新旧文学论战》①一文中揭示了"新"在二十世纪中国负荷的"全球现代性秩序的深刻烙印"②。他提到，早在戊戌变法期间，"康有为、梁启超以'维新'为口号，取自《诗经》中'周虽旧邦，其命维新'，在康有为进呈光绪帝的奏章中一再出现'舍旧图新'、'破除旧习，咸与维新'的表述。这个'新'不仅指'新的制度'，实际上在他的全球意识中把'新'与'旧'并置已含有'现代'与'传统'的二元对立"。③陈建华聚焦二十年代五四知识分子针对通俗作家/报刊群发起的强势批判，认为其话语核心便在于晚清以降"新""旧"各自绑定的价值预判："说到底'新派'在历史进化'现代性'的合法前提下建构其强势话语，……另一方面所谓旧派处于弱势，在新派眼中理论上对于'国家'、'民族'贡献甚微，且在国难深重之时不忘娱乐消闲，正属恶劣'国民性'的体现。他们被贴上'谬种'、'妖孽'、'黑幕'、'复古'、'鸳鸯蝴蝶派'、'封建小市民'等标签，表明背离历史潮流，由是在中国现代文学史上凡属'旧'的都被

---

① 陈建华：《周瘦鹃、茅盾与二十年代初新旧文学论战》（上、中、下），《上海文化》第 107 期（2013 年 11 月）、第 108 期（2014 年 1 月）、第 109 期（2014 年 3 月）。

② 陈建华：《周瘦鹃、茅盾与二十年代初新旧文学论战》（上），《上海文化》第 107 期，第 33—46 页。

③ 同上，第 34 页。

钉在'历史耻辱柱'上。"① 而当论战发展到如火如荼之际，参与争论的双方——包括被贬低为"旧"的通俗作家——似乎都对这一组标签所包含的预设性价值评判表示出某种程度的理解甚至认同，这一点提醒我们，对于隶属不同文学阵营的创作者而言，尽管写作风格、观念立场等方面截然有异，甚至彼此冲突，却仍然受到共通的历史语境、文化驱力和知识体系对话语建构的影响和制约。

在以往研究的基础上，本章将进一步聚焦二十年代初，更准确地说，是 1921 年到 1923 年。在此期间，围绕"新／旧"问题，五四新文学家和通俗作家之间经历了前所未有的冲突和对峙；此外，值得注意的是，这两年多的文学论争，与通俗期刊《礼拜六》的复刊关系密切。

前文已经提到，《礼拜六》是民初最具影响力的通俗文学杂志。它首次发行于 1914 年 6 月，两年后满一百期停刊。到了 1921 年，杂志复活，再发行一百期，最终结刊于 1923 年 2 月。可以注意到，《礼拜六》先后参与了辛亥革命后以及新文化运动后两个文化文学变革时刻，这样的经历，颇为特殊。在中国现代文学史上，《礼拜六》也的确扮演了一个特殊的角色：复刊不久，它就被新文化同人作为"文学逆流"代表施以鞭笞，变成二十年代初文坛上"新／旧"论争的一个关键词。《礼拜六》最初是被动地介入二十年代初文坛上的"新／旧"论争，但很快，它成为触动"逆流"作家们开展内部动员和外部交涉的契机；而从当代批评的视角来看，梳理围绕《礼拜六》杂志的一系列事件更有助于我们厘清历史情境中话语分歧的生成及其复杂性。另

---

① 陈建华：《周瘦鹃、茅盾与二十年代初新旧文学论战》（上），《上海文化》第 107 期，第 35 页。

外，在《礼拜六》不断被新文学家们点名的过程中，催生了重要的通俗文学批判概念"礼拜六派"，并最终同"鸳鸯蝴蝶派"一起，作为一个专门术语，进入正统文学史的词汇库，其背后的生产机制却日渐虚化。重返历史现场、探究"礼拜六"如何扩展成为"礼拜六派"，无疑富于意义。

1921年3月，《礼拜六》正式复刊。复刊第一期里有一篇题为《一九二一》①的短篇故事。故事中，一个叫张老三的人买了号码为"1921"的彩票，中了五万块钱。从此，他奉"1921"为神圣，把周遭一切、包括自己的名字都改作"1921"，"发宣言""散传单"，昭告天下。直到最后，他的迷信也没有破灭，因为他从一本小说刊物上得到信仰的肯定：

> ……当下就买了回去。翻开一看，却是小说栏，第一篇小说题目是"一九二〇与一九二一"他就连忙看下去。这篇小说原来是寓言体，一九二〇和一九二一本是指的年份，却假定是两个人。说那一九二〇怎样怎样坏，又说一九二一怎样怎样好，振兴国家发扬民气都倚靠着他。……（他）用手拍了一下膝头，又抹了一下鼻头道："一九二一原来这样好，你不看个个人都想倚靠他，都很希望他嘞。"②

这篇小说若有所指但又语焉不详，作者本身的态度也是模棱两可：既有调侃之意，又似含着期待。1921年上半年的文坛被"变革"的气

---

①　张碧梧：《一九二一》，《礼拜六》第 101 期（1921），第 19—25 页。
②　同上，第 20—21 页。

氛笼罩：1月，文学研究会在北京成立，同时，沈雁冰接手原属"旧派文人"辖下的《小说月报》，而主编《申报·自由谈》的周瘦鹃则在栏目中开始每周一期的"自由谈小说特刊"；3月，《礼拜六》复刊；5月，文学研究会机关刊物《文学旬刊》发行，成为"旧文学"批判的重地。《申报》上"《礼拜六》复活"广告中强调"内容大加改革，新旧兼备"[①]，显然，面对不同以往的文学空气，编辑部是做了准备的。而且，对于"新"这个有待充实的能指，《礼拜六》表现出浓厚的兴趣。

第三节　"自由谈小说特刊"里的风云变幻

周瘦鹃是二十年代初文学图景中的重要人物。1921年，他同时主持着《自由谈》和《礼拜六》的编辑工作，也是主要作者之一。实际上，《自由谈》上历时七个月的"小说特刊"专栏为观察不同文学势力之间的关系变化提供了一个很好的平台。为"特刊"供稿的，多为跻身报刊出版业的通俗作家，也有青年学生读者。他们所阅读和关心的，既有通俗作家们的作品，也包括新文学作品。在早期的评论文章中，不时可以看到对新文化作家小说创作的点评。譬如一位署名"凤兮"的评论者，显然西洋译作、新文学读得不少，且颇有见地：

溯海上小说家自吴趼人作，始知刻画社会，同时冷笑二氏，以着论余暇，用平话译西籍，豁达通透。……周作人在文化运动中，实为一员骁将，然吾苟见其十年前与其弟树人所刊之域外小

---

① "消息栏"，《申报》1921年2月13日，第14版。

说集，则当惊诧不已，盖译小说而简古朴茂至此，世所蔑有，林琴南视之，亦当退避三舍。①

我国非无创作小说，惟足当创作而无愧者，盖亦鲜矣。且我国创作小说，祗短篇而止。长篇则未之前闻也。凤兮所见不广，仅以所嗜而论之。鲁迅先生狂人日记一篇，描写中国礼教好行其吃人之德，……此篇殆真为志意之创作小说，置之世界诸大小说家中，当无异议，在我国则唯一无二矣。②

文化运动之轩然大波，新体之新小说群起。经吾所读自以为不甚少，而泥吾记忆者，止狂人日记，最为难忘。外此若叶楚伧之牛，陈衡哲之老夫妻，某君（适忘其名）之一个兵的家，均令人满意者。……晶报诸子，不附新文学，而作短篇小说之用平话者，如胡寄尘之阎王的新思潮、马二先生之可怜之女郎、李涵秋之一百冥寿，均为创作之别裁，而偏于嘲弄者耳。……愿诸大文家其兴起，以鲜明其旗帜于世界之文坛。（书讫，忆商务印书馆今年之小说月报，方大革新，具创作一栏，以居处乡僻，尚未得见也）③

将通俗文学和新文学并举而论，各表其长，是"自由谈小说特刊"中并不少见的现象。而且，从第三段引文的意思看，这两派文学力量显然并非截然二分的关系，更倾向于是在共同文学思潮（短篇小

---

① 凤兮：《海上小说家漫评》，《申报》1921 年 1 月 16 日，第 14 版。
② 凤兮：《我国现在之创作小说》，《申报》1921 年 2 月 27 日，第 14 版。
③ 凤兮：《我国现在之创作小说》，《申报》1921 年 3 月 6 日，第 14 版。

说创作的蓬勃）影响下语言、风格的差异性选择。引文中，得到列举和赞美不只是像鲁迅这样享有盛名的作家，还包括冰心、陈衡哲等文坛新秀。另外，《小说月报》方兴未艾的改革行动业已落在作者的视野之中，虽未正面评论，至少态度绝不消极，甚至很有几分期许。"凤兮"实际上是小说家魏金枝的笔名，1930年，魏金枝加入左翼作家联盟，担任过《萌芽月刊》《新辞林》《文坛》等刊物的编辑，受到鲁迅赏识。但在二十年代初，他是周瘦鹃主持的《自由谈》上颇为显眼的作者之一。"小说特刊"的前期内容反映出，二十年代初，由通俗文人主导的大众媒介在通俗文学和新文学的推介评论方面是非常活跃的；而作为一个具体的、有迹可循的作者案例，凤兮的写作经历包含着文化立场的迁移和"身份标签"的变换，提示出"新 / 旧"划分背后隐含的暧昧和复杂，唯有投入特定时空和生产语境，才有可能展开合宜的讨论。

到了1921年3月底，"特刊"呈现出微妙的分裂。第11期刊发了一篇题为《小说应当改造了》的文章，作者署名"镜性"。文章提出："创造新青年固是一种狠好的现象，可以满足吾们的新希望。但是现在社会上大半是旧人物的势力，大家趋了极端，他的结果一定被旧人物不许新人物踏进社会。……所以吾的主张，是应当一面创造新青年，一方面改造旧人物。"[①] 另外，镜性用"社会主义""新式标点"来指代"新青年"特色，似乎是有意识地靠拢新文化主张。有趣的是，这篇文章里，"旧人物"始终所指不明，谁是代表了主要社会"势力"的"旧人物"呢？是否也包括主持申报栏目的通俗文人在内？《小说应当改造了》可能是"特刊"中第一篇以争议角度讨论新

---

① 镜性：《小说应当改造了》，《申报》1921年3月27日，第14版。

旧文学的评论，但同一期中不止这一篇。镜性文章下方是主编周瘦鹃的一条短评："小说之作，现有新旧两体，或崇新，或尚旧。果以何者为正宗，迄犹未能论定。鄙意不如新崇其新，旧尚其旧，各阿所好，一切听读者之取舍。若因嫉妒而生疑忌，假批评以肆攻击，则徒见其量窄而已。"[①]两篇文字的并置营造出一种低调但难以回避的冲突感。到了五月，矛盾冲突迹象越发明显。"特刊"作者们尽管仍旧会谈论新文学的贡献，但不再掩饰他们对新文学家关于"新／旧"划分及成见的不满。

《文学旬刊》的面世应该是触动"特刊"态度变化的关键催化剂。1921 年 5 月，文学研究会同人刊物《文学旬刊》发行。第一期刊出"文学界消息"一条："《礼拜六》重新出版，还是把文学当做消遣品，实在太叫人失望了。"[②]虽然挂了新闻头衔，实际蕴含了价值判断在内。1921 年到 1923 年间出版的《旬刊》里时常可以看到有关通俗出版物的批判，恰与《礼拜六》复刊的时段重合。《旬刊》的批判意见大致如下几点：追求消遣，金钱至上，思想虚伪陈腐，艺术粗糙。在抨击通俗文学的同时，《旬刊》时常褒奖改革中的《小说月报》上的"新文学"作品，贬损与赞美并置，形成强烈对照。时任《礼拜六》主编的周瘦鹃本人也成为《旬报》批判的目标。沈雁冰曾以周瘦鹃发表在《礼拜六》中的短篇小说《留声机片》为例，不点名地批评他"'记帐式'描写法"，"没有观察人生的一付深炯眼光和冷静头脑"。[③]郑振铎不满于周瘦鹃小说中对孝道的推崇，叹息"想不到翻译《红

① 鹃："自由谈之自由谈"，《申报》1921 年 3 月 27 日，第 14 版。
② "文学界消息"，《文学旬刊》1921 年 5 月 10 日，第 4 页。
③ 沈雁冰：《自然主义与中国现代小说》，《小说月报》1922 年 7 月，第 4—5 页。

笑》《社会柱石》的周瘦鹃先生，脑筋里竟还盘据着这种思想"。①

周瘦鹃的小说翻译与小说创作齐名。早在一〇年代就译介了易卜生、莫泊桑、狄更斯、安徒生、安特列夫等名家作品。他是《礼拜六》最高产的作者，翻译创作涉猎家庭、爱情、国族、战争、教育、城乡等话题，也代表性地体现着杂志的整体关怀和趣味取向。把他当靶子是策略性的，有杀一儆百之效。前文已经提到，《礼拜六》复刊词中，立志"新旧兼备"，周瘦鹃在对新文学主张表示异议时也强调"新崇其新，旧尚其旧"，言外之意，似度己于二者之外，不独占一端，试图兼容。不过，在意识到自己已被对方归类为立意腐朽之"旧"时，周的回应明显加重了语气：

> 苟精神上极新，则即不加新符号，不用她字，亦未始非新。反是，则虽大用她字，大加新符号，亦不得谓为新也。设有一脑筋陈腐之旧人物于此，而令其冠西方博士之冠，衣西方博士之衣，即目之为新人物得乎？②

"新符号""西方"以及"她"字的使用被当作新文化"强权"的表征特别提出来。其实，在《礼拜六》复刊之初，杂志曾尝试使用新式标点，以标榜"新旧兼备"：第101期到110期中，杂志将部分作品标记为"新体"或"旧体"，内容包括小说和诗歌。"旧体"者使用句读，以文言写就；"新体"则采取标点白话，且在语法和用词上尽量体现欧化色彩。不过，《礼拜六》很快放弃了这种区分，多半因为他

---

① 西谛：《杂谈·思想的反流》，《文学旬刊》1921年6月10日，第1页。
② 鹃："自由谈之自由谈"，《申报》1921年5月22日，第14版。

们自始至终没有真心觉得这样做是有意义和有必要的。

第四节 "礼拜六派"——似"旧"非旧

文言／白话之别构成"新／旧"区分的重要标准，但实际上，就通俗报刊的实践情况看，二十年代初，它们登载的文章作品多以白话为写作语言；比如《礼拜六》中的小说就大都使用白话作来创作，与杂志在一〇年代的情况大相径庭。这种变化，与整体文化风气的导向有很大关系，其中尤以中小学教材的改革为关键。1920年，教育部正式规定从一二年级开始使用白话文教材，直至1922年，除语文课本中的文言文课文之外，所有文言文教科书停止使用，整个过程，可谓迅速急进。《礼拜六》素以中小学生为重要目标受众，自然因风而动。所以，虽然通俗作家们在"是否使用文言"的问题上比新文化家们要温和许多，并不意味着他们执着于文言写作。不过，正如陈建华所言，在上承晚清"国语运动"的"文言合一""国语统一"过程中，一旦白话文被官方赋予了制度化的优势，像通俗作家那种弹性的语言观念，势必会丧失在文化上的话语权。[①]

前文已经引述，自维新运动以降，在知识界，"新"字与"革命""现代""世界"拥抱，光环日益耀眼，成为人人竞逐的"象征性资本"(symbolic capital)；与之相对的"旧"字则沦为贬义词，同"落后""腐朽""反动"绑定。在这样的背景下，曾经领衔大众文学风潮的"礼拜六"作家们，面对文化运动的飓风和"陈旧腐朽"的

---

① Chen Jianhua, "Canon Formation and Linguistic Turn: Literary Debates in Republican China, 1919—1949," in *May Fourth Paradigm: In Search of Chinese Modernity*, ed. Kai-Wing Chow et al. (Lanham, MD: Lexington Books, 2008), pp.59—62.

指责，当然是非常不服气的。他们虽然不像新文化人士那样全力崇"新"，但至少绝不愿意承认自己是"旧"。周瘦鹃回应"苟精神上极新，则即不加新符号，不用她字，亦未始非新"，正暗示了"新"不能拘泥于语言形式、亦非新文化阵营所独占的意思。不过，周的回答，反映出他并没有领悟对手的批判逻辑，也没能充分重视围绕"新"的权力机制生产。细观《文学旬刊》中的相关评论，就可发现，沈雁冰、郑振铎等人对《礼拜六》及"同类"通俗文学的批判，早已不在语言形式的范畴。实际上，在五四批评家眼中，通俗文学的"旧"有别于复古主义的"旧"（譬如林纾），相比起"守旧"，更令人焦虑的是通俗文学对"何者为新"观念形成的干扰：

> "这些《礼拜六》以下的出版物所代表的并不是什么旧文化旧文学，只是现代的恶趣味——污毁一切的玩世与纵欲的人生观（？），这是从各方面看来，都很重大而且可怕的事。"……
>
> 子严君以为此派小说在思想上为害尤大，我也有同感；但是他们在文学上的恶影响，似乎也不容忽视，至少也要使在历史上有相当价值的中国旧文艺蒙受意外的奇辱！我希望宝爱真正中国旧文学的人们起来辨正。①
>
> 白话文虽流行，难保没有人不拿他来作恶。……这句话不幸而应验了。《礼拜六》式的小说，已渐趋于用白话。近来所出版的《星期》征文也上也大大的声明，稿件以白话为主。然而这可

---

① 沈雁冰：《真有代表旧文化旧文艺的作品么？》，《小说月报》第13卷第11期（1922），第6—7页。

以算是新文学运动的势力扩充么？唉！不忍说了！这可以说是加于新文学运动的一种侮蔑而已。①

　　先生攻击《礼拜六》那一类的文丐，是我所愿尽力声援的。那些流氓派的文人不攻倒，不说可以夺新文学的朱，更可以乱旧文学的雅。②

　　除了以上立场明确但缺乏实质内容的控诉之外，沈雁冰还相对具体地批评通俗作家们用"制作粗疏"的作品去讨论"家庭问题""社会问题""离婚问题"，东施效颦，"迎合社会心理"。③从这一系列指责可以看出，以《礼拜六》为代表的通俗文学之所以被定性为"旧"，并非因为它和传统文类的亲密关系，而是因为它是"扰乱视听"的，尤其是，在创作形式或关怀方面，它可能比当时任何其他文学力量都要更近似于新文学，以至于促使五四作家们焦虑起关于"新"的专属性和权威性问题。因此，周瘦鹃回应的"新在于精神而非形式"，并不能达到反驳的效果，反倒正中对方的下怀，鉴于沈雁冰、郑振铎等新文化同人不断强调的正是通俗文学的"伪新"——他们"挪用"/"窃取"了新的形式，但这并不能改变他们精神上"旧"的事实。

　　充当主要箭靶的《礼拜六》在发行期间几乎没有就"新青年"们的抨击作任何正面回应，或许是杂志编辑不愿为了争辩破坏小说刊物的整体氛围，也可能是对自己挺有信心，不为所动。有一次，主编王

---

① C.P.：《白话文与作恶者》，《文学旬刊》1922 年 5 月 21 日，第 4 页。
② 矢二给西谛的信，《文学旬刊》1921 年 6 月 30 日，第 4 页。
③ 玄：《评〈小说汇刊〉》，《文学旬刊》1922 年 7 月 11 日，第 4 页。

钝根做了一篇滑稽短篇小说，写一个为了避免"孝子"嫌疑而不肯救自己父亲的儿子，实际上是调侃郑振铎对周瘦鹃小说《父子》的批评。① 这样的情况不多，却令人印象颇深，"讲故事"成为议论手段，实为"通俗"本色。不过，即使是在周瘦鹃自己主持的《申报·自由谈》这样的评论性纸媒里，也极少看到过激言论，如此冷静节制的态度，实属不易。

　　通俗阵营中最早发出尖刻声音的是周瘦鹃的朋友袁寒云。袁寒云是袁世凯次子，因反对袁世凯称帝，触怒其父，逃往上海，做了《晶报》主笔。他擅长诗文，文学观念上比较传统。1921 年 4 月，他发表《创作》一文，冷箭直射改弦易帜不久的《小说月报》。文中谈到"上海某大书店出的一种小说杂志"，"从前很有点价值，今年忽然也新起来了……文法，学外国的样，圈点，学外国的样……他还要老着脸皮，说是创作，难道学了外国，就算创作吗?"② 文章措辞刻薄，假借"某文学青年"之口攻击《小说月报》上的作品"狗粪不如"。而在"自由谈小说特刊"中，署名"小松"的作者对袁寒云的态度不以为然，认为"谑而虐"③，于批评无益，彰显出持平的态度。

　　1922 年起，论争变得日益激烈，尤其明显的一点是，有更多通俗作者和通俗报刊加入了论战，这一过程中，起到催化作用的是新文化阵营批判对象的扩大化。在这一年，《礼拜六》不再只是一本杂志，而成了一个文学概念——"礼拜六派"。郑振铎率先使用"礼拜六派"这个术语：

---

① 钝根：《嫌疑父》，《礼拜六》第 117 期（1921），第 1—4 页。
② 寒云：《创作》，《晶报》1921 年 4 月 24 日，第 2 版。
③ 小松：《小说新话》，《申报》1921 年 5 月 22 日，第 14 版。

中国虽然是自命为"文物之邦",但是中国人的传说的文学观,却是谬误的,而且是极为矛盾的。约言之,可分为二大派,一派是主张"文以载道"的,……一派则与之极端相反,他们以为文学只是供人娱乐的。……

前一派的文学观现在已受西洋小说输入的影响而稍稍变动了。……后一派的观念,则几乎充塞于全中国的"读者社会"(Reading Public)与作者社会之中。现在"礼拜六"派与黑幕派的小说所以盛行之故,就是因为这个文学观深中于人人心中之故。①

指控内容没变,对象范围却扩大了——不是屈指可数的某些杂志,而是"充塞于全中国的读者社会与作者社会之中"。沈雁冰反驳吴宓把写实小说和黑幕小说混为一谈,重申写实主义价值,决不能与"黑幕派"等同;跟"黑幕派"为伍的,是"礼拜六派"。沈雁冰引用吴宓的文章,把"《礼拜六》《快活》《星期》《半月》《紫罗兰》《红杂志》"等当红通俗文学刊物统称为"'礼拜六派'小杂志","把人生的任何活动都作为笑谑的资料",是写实的相反。② 从 1922 年开始,"礼拜六派"成为包含批判性和价值预设的普适性的通俗文学指代词,即使在一年后,《礼拜六》终刊,这个称呼仍旧被沿用。

第五节　通俗文人的反击:策略与内核

相较之前,从 1922 年到 1923 年,通俗作家群中呈现出一股"集

---

① 西谛:《新文学观的建议》,《文学旬刊》1922 年 5 月 11 日,第 1 页。
② 冰:《写实小说之流弊?》,《文学旬刊》1922 年 11 月 1 日,第 1 页。

体化"的倾向。当然，他们中的很多人本来就有私交，教育经历和文学趣味也相似，但在报刊编辑和发行的具体过程方面，向来各自为营，没有在行文上达成强势的意识形态统一，也缺乏明显的"团队意识"。五四批评家暴风骤雨般的攻势让他们感受到压力、困惑和愤怒，可从另一个角度观察，这也恰恰刺激他们开始新的文学实践。1922年到1923年初，《礼拜六》进入倒计时，但与此同时，很多新的通俗报刊走进公众视野，包括《星期》《良晨》《红杂志》《最小》《小说世界》，等等。和《礼拜六》相比，这些刊物明显加强了对"评论"文体的重视。譬如资深报人包天笑主编的《星期》就设有"星期谈话会"和"小说杂谈"专栏，评点作品，介绍西方文学思潮，交流写作经验，切入新旧之争，亦检讨自身。

另外，1922年，通俗文学界还发生了两件重要的事：星社和青社的成立。根据两社成员范烟桥和郑逸梅的回忆，星社成立于苏州，青社成立于上海，吸收了当时最具影响力的通俗作者，定期在餐馆或者公园里集会。青社存在时间不长，而星社运作了十余年。青社解散后，社员大多转往星社，活动地点也渐渐移向上海。初成立时，星社成员仅九名，到了1937年，社员上百。① 和文学研究会相仿，两社均有机关刊物出版，譬如《长青》《星》和《星报》。② 在关于青社和星社的记录或怀旧文章中，这两个社团的日常活动常和历史上的文人

① 参见烟桥：《星社十年》，《珊瑚》第8期（1932）；范烟桥：《星社感旧录》，《宇宙》第3期（1948）；纸帐铜瓶室主（郑逸梅）：《星社文献》，《永安月刊》第52、57、58期（1943 & 1944）；郑逸梅：《记过去之青社》，选自《淞云闲话》（上海：上海日新出版社，1943年）。

② 《长青》是青社的同人周刊，1922年9月开始出版，5期而终；《星》是星社周刊；《星光》是星社小报，每周一期，第1期出版于1922年7月22日，21期后停刊。

雅集相提并论①；当然，传统的文人结社绝不会想民初文人那样，与定期的刊物出版绑定，即便对于二十年代初的通俗作家们来说，这也是新颖的尝试。文学研究会和青社、星社成立于先后两年，对于通俗作家来说，之所以结社，一部分出于实际需要的考量，为的是壮大自身，以应对论战的爆发；同时，与报刊出版相配合的社团活动恰恰表明文学研究会的先行实践可能对他们产生了某种启示作用。

一方面，基于文学创作和社会改革观念的分歧，通俗作家与五四作家之间发生多方面的争议，内容涉及家庭革命、自由恋爱、文言/白话、直译/意译等话题。另一方面，也应当注意到，这两派文化/文学势力之间的交锋性对话也逐渐促进/刺激了"边界"的生成和清晰化，强化了自我身份的塑造。一个有趣的例子是，1922年开始发行的通俗报刊中，不少作者专用"伊"作为女性第三人称；而在此之前，常用的是"他"。这种变化是自觉的。在《最小》登载的一篇文章中，对"伊"的使用被作为一种专属于青社的"特征"标记出来：

> 小说中用着第三位代名词处最多。近来一般作者感得单用一个"他"字兼代男女性非常含浑而不便，所以把原有的"他"字代男性，另用一字来代女性。有的用"她"字，有的用"渠"字，有的用"伊"字，各持一理。……即以青社人物而论，青社社员二十二人，都是现代中国小说界的优秀份子，据我所知，以十一年底为止，其中也已有十三个人专用"伊"字为第三位女性代名词了。②

---

① 天命：《星社溯往》，《万象》第3卷第2期（1943）。
② 曼郎：《青社文风大半伊》，《最小》第7期（1922）。

1919 年，新文化人士开始讨论用哪个字来专门指涉女性，取代容易混淆性别的"他"，大致出现了"伊"和"她"两种选择，最后倾向于后者，因为"伊"的使用有地域性，且偏近文言。[①] 相应地，可以观察到，《小说月报》中，"她"的使用也逐渐频繁起来：1921年，"伊"和"她"仍然平分秋色，从 1922 年开始，"她"压过了"伊"。在这样的语境下，青社倡"伊"就显得别有意味。通俗文人认为应该利用大家熟悉的已有资源，另造生字没有必要，他们还调侃说，倘若要立"她"，就不能漏了"娥"和"妳"。[②] 一字之差的背后是观念冲突下的文化角力；另外，也不可否认，"区别"的生产依赖于"对话"活动，而竞争性对话之下，保障"差异"的文化/文学选择成为自身身份建构的关键作用力。

从新文化阵营对通俗文学发起的攻势中，可以看出，"命名"是一种重要的文化政治策略；而通俗作家们在表述自身、建立区别时，同样借鉴了这种策略。顶着"礼拜六派"的恶名，他们也开始进行小说界的派别划分。在他们的划分中，时下一般的通俗文学势力属于"新体"或"白话体"小说派，五四文学则被称作"欧化体"。譬如天朱石的《小说正宗》一文：

（一）

白话体的小说派。此派浅显通俗，自为小说正宗。不过从前专注于长篇的，现在却因时间经济和种种关系以短篇流行了。

---

① 例如参见刘复：《"她"字问题》，《新人》第 1 卷第 6 期（1920）。
② 朱子佳：《随感录》，《红杂志》第 58 期（1923）。

（二）

古文体的小说派。此派自推林纾为代表者。……现在受新文化运动的抨击，已有销声匿迹的现象。

（三）

骈文体的小说派。此派全失。小说的功用，较古文派更坏。……此派作者居然不少，在四五年前曾经风行一时，现在可拆穿了纸老虎哩。

（四）

欧化体的小说派。此派是最新从西洋贩进来的，名曰语体，其实欧化太甚。坚深奥妙的地方，或者过于古文。作者都张着新文化运动的旗帜，不特藐弃了古文派、骈文派的小说，并且藐弃了正宗的白话派小说。实在还屏绝了中国的一切文学。……

以上四派实在只有白话派的小说是小说正宗。……现在所最为正宗小说之敌便是欧化体的小说派。①

这里，我们再一次看到，"新"以及白话的使用是至关重要的、被竞逐的时代价值指标。另一方面，通俗阵营强调五四文学的白话是"欧化"的，丧失了本土性，因此不能为"小说正宗"，却点明了白话文运动之初的急进理念埋下的潜在危机，同时也结合自身实践，提示出小说创作"白话化"进程中的内部异质性。

从今天的角度看来，通俗文学家的"命名"实践显然是失败的。二十年代以后，五四文学在文学以及文化生产领域充分建立起权威性

---

① 天朱石：《小说正宗》，《良晨》第 3 期（1922），第 32—33 页。

和排他性，成为中国现代文学的正宗。当代读者对于民初通俗文学开展了解，也往往只能借助"礼拜六派""鸳鸯蝴蝶派""民国旧派"等由新文化阵营奠定的专有概念。也就是说，在正统文学史的叙述里，民初通俗文学始终是"被指称"的，属于通俗文学家自我表述的语汇几乎是空白。不过，在重访文学现场的过程中，我们发现，这只是问题的一面；另一面，通俗文学家们似乎并不执著于名词和术语的创造，很快，他们自己也开始运用对手制定的名词和概念，并且长期沿用。下面三段引文来自频繁参与论争、隶属"礼拜六派"阵营的张舍我，分别发表在1923年发行的《最小》第3、14、15期上；以他为例，可以窥见，通俗作家如何逐渐"接受"和消化"礼拜六派"这个贬低意味的称谓：

> 一部份自命新文化小说家，每批评不用新式圈点的小说作者为"礼拜六派"。……他们以为《礼拜六》里发表的小说，足以代表我们十几个人的个性、文风、特点和主张。……所以我们费尽了心血，或自信也许有人赞许于文艺上有价值的作品，他们也绝不肯一看。等到要作批评小说的文字，便闭着眼睛，瞎说一句"他是礼拜六派，是一篇卑鄙的黑幕小说。"那些不懂"何为小说"的少年，也应声道："礼拜六派，黑幕小说。"唉这就叫做"礼拜六派"吗？[①]

> 一部份新式圈点的小说家，常说"礼拜六派"的小说，是卑鄙龌龊的非人道的黑幕小说。我们原不大去理他们。因为我们的

---

① 张舍我：《什么叫做"礼拜六派"？》，《最小》第3期（1923），第3页。

小说，是否卑鄙龌龊，是否非人道，是否黑幕小说，或者是否有文艺的价值，只要有群众的观览和批评，他们的骂，原是极少有价值的。[1]

《礼拜六》没有了，"礼拜六派"这句话，从哪里说起呢？作礼拜六派小说的人还在，而且比较没有谩骂以前，似乎反而多了几个人。[2]

不难发现，虽然发表时间相隔不久，张舍我的态度却发生转变，从一开始的反感和抵制变成了仿佛"自觉"的自我指称。当然，这种表面上的接受实际包含着"去污名化"的努力，策略上"以退为进"。同样地，对于五四批评家们经常使用的"文娼"[3]"文丐"[4]"小说匠"[5]等诋毁性称呼，"礼拜六派"一一拿来，重新诠释[6]，以文字游戏的方式，在反诘的同时表述自身。

"去污名化"的行动一直延续到当代，成为正统文学史叙述表面下的一条潜流。五十年代，周瘦鹃回忆出版经历，表示自己"是个十十足足、不折不扣的礼拜六派"，但同时声明"至于鸳鸯蝴蝶派和写四六句的骈俪文章的，那是以《玉梨魂》出名的徐枕亚一派，《礼

---

① 张舍我：《谁做黑幕小说?》，《最小》第 14 期（1923），第 3 页。
② 张舍我："礼拜六派"哪里去了?》，《最小》第 15 期（1923），第 3 页。
③ 见矢二给西谛的信，《文学旬刊》1921 年 6 月 30 日，第 4 页。
④ 见 C.S. 在"杂谈"中的评论，《文学旬刊》1922 年 9 月 11 日，第 4 页。
⑤ 见玄：《评〈小说汇刊〉》，《文学旬刊》1922 年 7 月 11 日，第 4 页。
⑥ 参见寄尘：《文丐之自豪》，《红杂志》第 28 期（1923）；文丐：《文丐的话》，《晶报》1922 年 10 月 21 日；赵苕狂：《一块文丐的牌子》，《最小》第 14 期（1923）；范烟桥：《小说匠》，《最小》第 101 期（1923）。

拜六》派倒是写不来的"。① "鸳鸯蝴蝶派"一词产生于二十世纪一〇年代末,最初单用来指涉《玉梨魂》《恨海》一类的言情小说。二十年代初,新文化人士多用"礼拜六派"来批判通俗文学,极少使用"鸳鸯蝴蝶";但三十年代以后,后者已经被用来涵盖所有通俗文学,与"礼拜六派"毫无区分。周的表态,把"礼拜六派"和"鸳鸯蝴蝶派"区别开来,且包含了微妙的扬己贬他的意味。另外,据魏绍昌回忆,六十年代,当范烟桥和郑逸梅为他编辑的《鸳鸯蝴蝶派研究资料》提供文献时,要求被称为"民国旧派",而非"鸳鸯蝴蝶派"。②而到了八十年代末,作为民国通俗文学资料最重要整理者的魏绍昌进一步为"鸳鸯蝴蝶派"洗脱了背负半个多世纪的罪名,说它是"一顶美丽的帽子"③。

　　本章着重考察了 1921 至 1923 年间,五四新文化阵营与通俗文人之间发生的激烈论争和对峙。文中的重要关键词"礼拜六派"关涉到两方面:其一,"礼拜六派"是由民初著名通俗期刊《礼拜六》引申而来,扩大成为一种文学概念,这一现象,侧面反映出《礼拜六》在当时的文化影响力;其二,该词出现于 1921 年《礼拜六》复刊后不久,充满贬损意味,是新文学家用来统称二十年代初通俗文学及其作者的,这一点,其实也预示了"民国通俗文学"作为一个大而化之的"整体"被正统现代文学史记录的方式——无论被称作"礼拜六派""鸳鸯蝴蝶派"还是"民国旧派",只揭示了同一个事实,即通俗文学始终处在"被命名"的位置上,以"背离"并且"低于"主流文

---

① 周瘦鹃:《闲话〈礼拜六〉》,选自《花前新记》(南京:江苏人民出版社,1958 年),第 46 页。
② 魏绍昌:《我看鸳鸯蝴蝶派》(香港:中华书局,1990 年),第 3 页。
③ 同上,第 14 页。

通俗:
大众视野与文类实践

学思潮的形象烙刻在文学史图景中。

　　当我们更近一步，便可窥见，"礼拜六派"的命名机制背后，汹涌着一股以"新/旧"论争为中心的文学史漩涡。经过对具体史料和文献的考察，可以得出以下结论：所谓"新"与"旧"的对峙，落实到五四知识分子和通俗作家之间，更像是围绕"新"这一极富吸引力的时代性"象征资本"展开的诠释、竞争和占领。一方面，沈雁冰、郑振铎等针对通俗文学的批判中透露出，通俗文学的"旧"不同于复古主义的"旧"，更确切地说，它是"伪新"——以滥竽充数、东施效颦的恶劣姿态，构成对新文化阵营在"新"的观念建构和灌输方面的干扰甚至威胁。另一方面，从通俗作家的角度出发，被指认为"旧"，显然是难以接受的。他们采取了自我辩护，但终究敌不过立场分明、口吻强势的新文化阵营。这一过程中，可以观察到，在策略层面上，通俗文人似乎有意识地学习对方，试图"师夷长技以制夷"，比如"命名"的策略，更重要的，是"团队意识"的逐渐形成。而随着论战的扩大化，以及"阵营划分"的日益清晰，通俗作家们开始自觉建立"区别"，使得双方之间的分界线愈加明确。就这一事实而言，恰恰是二十年代初的论争经验促进了通俗文人去审视、定位和表述自身。而那些带有蔑视意味的称号，也在持有"通俗立场"的作者们跨世代的挪用中，经历着意想不到的变迁和反转。

第八章 结论

第一节 民初通俗文学场域的再书写

从晚清到民国，短短几十年间，印刷工业的蓬勃迅速开发和拓展了大众阅读市场。在此过程中，看似"中立化"的技术普及始终与意识形态和价值观念的生产和分化相互缠绕。譬如，在以期刊出版市场为重要依托的清末"小说界革命"中，梁启超等对"小说"文体的地位拔高和重新定位，包含着重要一环，即把精英化的、进步的"新小说"跟"落后腐败"的传统窠臼以及时下常见的小说创作类型区分开来，建立起小说文体在价值／道德判断方面的二分。到了新文化运动时期，分化、竞争和对抗变得更加尖锐，其中主要的两股文化生产力量，是新文学和通俗文学，而后者，在中国现代文学史上，一贯扮演着刻板且反面化的角色，甚至可以这么说，在当代，关于民初通俗文学的历史定位，大致还依循着沈雁冰、郑振铎等新文化运动代表人物在二十年代作出的批判性描述。另一方面，近年来，围绕"鸳鸯蝴蝶派"等关键词，海内外民初通俗文学的研究并不少见，一定程度上，这一话题已经成为新的"热点"。不过，在承认已有研究的贡献的同时，不能不注意到，它们往往依然有意无意地忽视或者说回避着一些关键性问题，比如意识形态、文类形式和生产理念等。本研究尝试进行的，正是在前人基础上，从"外部"和"内部"两方面着手，对民初通俗生产作一考察。

研究从文类视角入手，为的是召唤出特定时代共有的知识／文学氛围。以此为前提和抓手，不同文化文学力量之间形成互相参照，在勾连互通中侧写出"通俗"差异化的面貌。另一方面，研究将"礼拜六"（包括民初期刊《礼拜六》和作为文化符号的"礼拜六"）作为通俗代表，可以呈现出大众期刊的运作模式和自我身份的生产过程。这种生产是在内外合力之下实现的。研究的主体部分分为六章，结构上体现纵向时间发展线和横向对话关系两条脉络。第二第三章围绕文类输入问题，与同期短篇小说作品翻译比对，从中关注民初通俗领域多层次的"翻译"现象。第四章关于清末民初"短篇小说"译创风潮背景下通俗作家的小说理论译介和生产，在整体化的文学潮流中考察通俗生产领域的独特贡献。第五章以文本解读为主，借用了西方文学中的"情节剧"概念，对通俗短篇小说的美学风格和常见情节结构作出列举和解读。第六章以《礼拜六》为例，考察其"阅读共同体"的建构实践，主要涉及一类"功能性"短篇小说，既宣传包装"文化品牌"，又表达理念，促进"小说家"与"读者"之间的结盟。第七章围绕二十年代初的"新／旧"文学之争展开，进一步丰富并揭示"通俗"的实践语境。

　　"短篇小说"是本研究的核心维度。从十九世纪末到二十世纪一〇年代，作为新近引入的文类观念，"短篇小说"完成了在期刊出版中的制度化进程，压倒"连载小说"，成为最重要的期刊文体。在民初短篇小说翻译、创作与理论的热潮中，通俗作家做出了丰富的贡献。他们的译创数量极其可观，除此之外，在小说理论的介绍和发挥方面，他们也有所作为，这一点，在现代文学史中，一直受到忽略。借由对外来理论著述的借鉴和引申，围绕"短篇小说"这一蓬勃发展的文学形式，通俗作家确立了新的文类意识；另外，以同时代五四作家的短篇小说作品和理论译介作为参照，通俗作家的选择体现了文学理念层面的分化，验证了文学观念的多样性。而他们在理论上的特定取向，最终可以反过来在他们的写作实践中得到呼应。

第二章和第三章围绕由"文学翻译"承载的文类意识问题。第二章就一〇年代三部有影响力的短篇小说译文集展开比较，着重塑写周瘦鹃于1917年出版的《欧美名家短篇小说丛刊》。对比周氏兄弟以及胡适的译文集，在所涉作家/作品有所重叠的同时，《丛刊》体现出翻译理念、主题选择、美学风格等方面的价值分化。比如，主题方面，《丛刊》明确偏好"家庭"，这种偏好影响了对同一作者的文本选择，甚至影响针对同一文本的具体翻译产出——译者的引导性角色也由此凸显。总体而言，《丛刊》呈现的"短篇小说"以日常化、经验化和戏剧化为特征。跨文化阅读很大程度上形塑了周瘦鹃的文学观念，成为他创作的前经验：他视小说创作为文本经验和现实经验的叠加，而文本经验本身包含了阅读、翻译和模仿的过程。

另外，本章关注周瘦鹃对"情"的理解、翻译和运用。一方面，在翻译实践中，周瘦鹃往往通过补充"同情视角"，建立"同情关系"，引导读者充分代入，有意识加强阅读过程中的情感体验。而在情感类型和色彩方面，尽管"哀情"一贯被视作周氏招牌，事实上，就《丛刊》看来，他对"情"的翻译和运用是多元化的。研究撷选了《丛刊》中三篇译文，与英文原文展开比对。可以充分观察到，周借助"润饰"笔法，投射出自己对文本的接受、模仿或局部强化。过程中引入并突出了不同取向的美学风格。尤其值得关注的，是一类荒诞嬉笑风格的爱情故事。通过创造性翻译，自觉体现了对浪漫话语的解构，以及对传统"言情"套路的反讽。

第三章超越了"翻译"的狭义内涵，在跨文化实践的层面上讨论通俗期刊中的文本现象。本章关注了民初两类特殊的通俗短篇小说实践：一类是将翻译作品和原创作品组合起来、冠以标题并发表。这一形式将"翻译／阅读—创作"的过程有形化了，过程中体现出对舶来结构、技巧的征用和重新演绎，有意识建立起译作和原创之间的互文关系。另一类在不避讳作者本土身份的前提下，借用西方人物和情境展开创作。中国作者们尝试将他们的叙述声音融入借来的异域情境、主题和人物之中，大胆抒发世界想象，与此同时，把握住文类／思想旅行中的主体位置。这两类创作，包含了作者的跨文化阅读和再生产，而后者尤其凸显对新兴外来知识和类型化叙事的创造性转化。借由一件异域的外衣，中国作者开启了观察、再现和建构世界的文本旅程，与此同时投射出本土的历史经验和"当下感"。

第四章以二十年代文学生产领域小说理论译介的风潮为背景，考察了另一位重要通俗文人张舍我的编译活动：他编撰的《短篇小说作法》，充分参考了哥伦比亚大学英文系教授威廉的 *A Handbook on Story Writing* 一书。在编译过程中，张氏把"短篇小说"定位为一种专门"激动情绪"的文类，并延续威廉的观点，强调戏剧技巧在写作实践中的运用，着力于探索激发情感的机制。而在短篇小说创作的可操作性方面，张舍我模仿威廉原著中的习题设置，从在地化视角出发，进行了改造和转化。这体现出通俗作家独有的文学观念：相比起强调"天才"，他们更乐于让"短篇小说"成为一门可以传授和普及的关于"情绪"的形式知识。另一方面，张舍我的文论编译，同他在函授教育领域的尝试紧密相连：张氏的目标不仅限于借助域外资源、介绍新兴文类知识，更在于通过对舶来文本教材体例的参考、模仿和重置，把围绕文学写作的知识转化为一套可以被普通市民掌握和操作的"技能"。这一点，体现出身处职业化写作行业的通俗群体的特别志趣和关照。

第五章借鉴了西方文学史上的"情节剧"(melodrama) 概念，对民初通俗短篇小说风格作出细节化的定位和描述。这一"跨语际"借用，主要依据在于两者的风格共性——而所谓的"共同性"，尤其体现在它们在各自的文学史脉络中所扮演的"低俗"角色："煽情""夸张""恶趣味"等贬义语汇，既被西方文学评论家用来指摘"情节剧"文类，也是新文化知识分子们对"礼拜六派""鸳鸯蝴蝶派"文学深表不以为然时的常用词。在"情节剧"概念正名化、以及认可其历史化特征的前提下，本章主要针对三种通俗短篇小说中常见的叙事主题/情节模式，从文本分析入手，考察"短篇小说"文体特征（情节线索集中、浓缩化视角以及片断式风格）与"情节剧"风格（情感强度高，戏剧冲突激烈）的结合。通过对一系列作品的解读，可以看出，借助不同话语（个人与社会，城市与乡村，家国与世界）的并置和交织，这些作品象征化、譬喻化地为变革时代"存影"，戏剧化地呈现出个人与时代、话语之间的紧张，其中所蕴含的意识形态意味，亦不可忽视。

第六章以《礼拜六》杂志生产流通为核心，考察一类特殊的"功能性"短篇小说实践：杂志编辑者以改文类为手段，从中展开对"阅读共同体"的想象。一种是广告性质的短篇小说，烘托和包装了"礼拜六"这一文化品牌。杂志标题常常被人格化为一个魅力十足、学识渊博且具备"世界眼光"的理想化人物，以一种游戏化的叙述形式，表达对于文学创作和文化变革的理念。另一种"功能性"写作，着重将"小说家"和"读者"发展成特定的文学形象，从而动态化地诠释了"写作—阅读"过程。在对"阅读共同体"的文本构建中，一个基于"同情"之上的作者—读者结盟变得清晰可见。而且，二者之间身份转换的可能性得到强调：一个有兴趣、有热心的"读者"，总有机会变成"作者"。"写作—阅读"的流通过程充分融入日常生活情境，成为其中一环，在小说中，这种"流通"常常被隐喻化地比拟为一种恋爱关系："写作"和"阅读"所能激发的，不仅是两个个人之间的爱情，更是日常生活的抒情性。另外，"小说家"的"自画像"也是常见的表现主题。具体说来，"小说家"常常被塑造为忙碌于日常生活的形象；不仅如此，有时候，"小说家"似乎享受"藏身于"他人的生活之中。通俗话语赋予"小说家"形象的世俗性、表演性和些微滑稽感，消解了这一形象自"小说界革命"以来获得的庄重感和权威性。

第七章以"新/旧"和"礼拜六"为关键词；前者透露出时代语境和价值指标，后者既指向代表性通俗期刊，也在特定时空下成为全体通俗文学的概括性"能指"。这一能指的生产者，正是五四新文化阵营。本章着重考察了1921至1923年间，五四新文化阵营与通俗文人之间发生的激烈论争和对峙。文中的重要关键词"礼拜六派"由著名通俗期刊《礼拜六》引申扩展而来，而"礼拜六派"的命名机制背后，汹涌着一股以"新/旧"论争为中心的文学史漩涡。所谓"新"与"旧"的对峙，落实到新文化知识分子和通俗文人之间，更像是围绕"新"这一极富吸引力的时代性"象征资本"展开的诠释、竞争和占领。值得注意的是，随着矛盾的升级，以及抨击对象范围的扩大，不少通俗作者陆续卷入论战，而且，伴随着二十年代初通俗报刊出版的"第二次繁荣"，他们拥有了更多"平台"。1921年，基本仅能在《申报·自由谈》和《晶报》上看到通俗文人的批评和还击声音；到了1922年，新问世的《红杂志》《良辰》《最小》纷纷加入战局。而"新/旧"论战过程也促动了通俗文人去审视、定位和表述自身。就这方面而言，很大程度上，"礼拜六派"在自我辩护与反击中采纳了和他们的对手类似的方法，甚至可以说，是对手的做法启发了他们。尤其是"命名"策略，他们甚至故意使用来自新文化阵营对他们的贬义性称谓，"接受"的表面之下，包含着重新诠释和"去污名化"的努力。这种努力，一直延续至当代。

第二节　何以通俗？

最后，让我们回到一个基本问题：我们能够以什么样的角度和标准权衡通俗文学？如何在历史情境中对其进行重新定位？最终，对民初通俗文学的思考，如何可能丰富和补充我们的阅读方法，以便于在同当代大众文学文化研究的联系和类比中，激发对于方法论的整体反思与拓展？

谈及"通俗"是什么，我们常常易于将其和以下特征相联系：较高的大众接受度和传播量，易于理解的语言和日常化聚焦，相对温和的文化及政治态度（因此也趋于保守），娱乐化，追求商业利益等。其中部分，尤其是娱乐化和商业化两条，既属于有据可循的经验化洞察，又因其自带的负面意味和盖棺定论式的武断倾向，造成对通俗对象开展观察过程中的自我束缚。这也是为什么，在那些重新发掘"通俗"意义的最初尝试中，对既有判定的中性化处理和价值悬置，总会成为行动的第一步。通过近年来的一系列努力，民初通俗文学曾经面对的历史成见，业已经历了重大调整和重述。而当我们重新回顾围绕"通俗"的一系列常识化理解，并为它确定一个最根本、最稳定的属性的话，恐怕要数"大众接受度和传播量"一项。相应地，当我们确定通俗研究的对象时，也必然将这一特征率先纳入考量。因此，本研究主要涉及的作者和写作平台，比如周瘦鹃、张舍我、《礼拜六》、《申报·自由谈》等，均在民国初年拥有大量读者，且在文学

254

通俗：
大众视野与文类实践

生产领域内得到相当程度的关注，所以有资格成为通俗研究的重点考察对象。

但另一方面，必须说明的是，即使像《礼拜六》这样极富代表性、甚至可以上升为时代关键词的通俗出版物，也并非"不可替代"，而且也不存在这样的必要。"不可替代"，是我们描述经典作家或经典作品时经常使用的形容词。而当我们面对特定时期的通俗报刊时，会发现，尽管它们的影响力程度各不相同，市场寿命也有长有短，但彼此之间的相似性，或者说，单一对象本身的"可复制性"，要远远高于那些相对精英化的作家群体的创作。这一点提示我们，或许，诸如"不可替代""独特"之类的词汇，未必是形容一篇通俗文学作品的最好选择。甚至可以这么说：倘若一定要声明某篇通俗作品的"独特之处"，那可能恰恰在于它不是"独特的"。但换个角度讲，正如本研究所呈现的，通俗文学生产极富特点；而且，通俗文学的特点，恰恰是通过和其他文化文学力量建立交互对话关系，才得以更鲜活地生产和揭示出来。正因如此，研究以"对话"为主要线索，并在多个层面上得到体现：不同阵营之间的对话关系，同个阵营内部的对话关系，不同话语之间的交叉效果，代际比较，等等。

有"对话"就意味着有"边界"。二十年代初的"新/旧"论争显然是"边界"形成的一大重要时刻。正如我们所观察到的，随着冲突升级，论争双方均采用了特定策略来加固和强化边界，其中重要一着，在于"命名"。新文化知识分子率先为批判对象"命名"，生产出一系列贬低性称谓；很快，通俗作家也吸取了这一做法。他们不仅把"命名"用在对手身上，同样用在自己身上。一定程度上，正是同新文化阵营之间火药味十足的"对话"激发通俗作者们聚焦自我身份认知发起反思、确认和巩固。但与此同时，以"对话"视角切入研究，其效果在于挑战和扰乱原有的关于"边界"过于清晰的预判。比如，同样在第七章中，通过论争过程的细节化展示，使得中国现代文学史上"新"与"旧"之间的界线变得有些暧昧不明。实际上，尽管在文化与社会改革理念方面存在差异和分歧，但很多时候，似乎是围绕"新"这一时代象征资本的竞争意识激化了双方之间的冲突。另外，在通俗文学的日常创作活动中，鉴于其包容性特征，"跨界"现象始终存在。通俗文本成为不同话语／领域之间撞击和协商的试炼场。

从晚清到五四，中国知识分子在"新"与"旧"、"严肃"与"消遣"之间逐步画下清晰界线。伴随着界线的确立，针对通俗文学的一系列刻板化评价同时得到确立，并逐渐被吸纳为正统文学史话语的一部分。在当代，以清末民初的通俗文学与文化为对象的研究，往往通过挑战／打破既有边界，来重新评估"通俗"在历史场景中的位置。于是，在一些研究者充满热情的解读下，通俗文学不但是"严肃的"，甚至可以是"颠覆"和"解构"的——比如第五章中提到的周蕾的研究，认为鸳蝴派小说《玉梨魂》以夸张的方式微妙消解了它表面上标榜的儒家美德。而在有的研究中，通俗作品甚至被拿来和世界文学名著作比较，并力求两者在价值水平方面显得势均力敌。诚然，这些研究证明了通俗文学可能具备的价值和潜能。但即使如此，我们仍然需要追问一个问题：除了把通俗作品的名字补充到经典名单上之外，是否还存在其他证明"通俗"价值的方法呢？当然，这样的追问并不是为了质疑通俗作品成为经典的可能性，但不能忽视的是，"经典化"策略本身存在局限："经典化"是一种不容怀疑的褒奖吗？事实上，它是否构成精英主义标准对于文学价值的再一次武断的"同质化"呢？如果是这样的话，那么，打破边界、"重新洗牌"的做法，显然并不像研究者所预期的那样永远理想化且富于创造力。

正是基于以上问题意识，本研究建立了相应的基本路径：一方面，研究选取若干关键词（以"短篇小说"和"礼拜六"为主）为突破口，而与之发生关系的主体是复数且不确定的。这样做有助于避免对特定生产主体的"特殊化"，进而将关键词置入跨领域、跨阵营的整体社会文化语境中加以考量。另一方面，配合"整体"这一前提性关照，"结构"成为贯穿全文的一个潜在预设。研究揭示了历史场域中通俗生产的结构主义特征，同时主张一种结构主义式的通俗阅读方法。这一点，在第四章和第五章的论述尤其体现出来：第四章围绕通俗作家对短篇小说理论的译介，在引入和申发的过程中，可以清晰看到译介者对"模式"/"公式"的接受和发扬。第五章展现了实践与理论的呼应，选取一〇年代和二十年代初通俗短篇小说中频繁出现的几种叙事结构和叙事道具展开讨论，每一种都配合文本罗列和分析，而非以单篇"优秀"作品的方式举例，这么做，正是旨在表明通俗创作活动的集体化和结构化倾向。而且，特定时空下，对于特定情节道具的大范围共享，正是通俗文学的贡献所在。这些"道具"是时代情境的浓缩，继而在一次又一次的反复书写中，发展成为一系列表意丰富鲜明的譬喻符号。另外，从经验角度来说，相比长篇小说或诗歌，短篇小说文类似乎本身就在经典化的可能性方面"略逊一筹"。而这样的印象，一定程度取决于，以报刊为主要媒介的短篇小说，是如何被阅读的。前文已经提到，关于这一文类的早期重要观念，正是把它看作一种"只准备被阅读一次"的文化产品，在这"一次性"的阅读过程中，实现最大程度的"单纯、统一的文本效果"。① 当然，文体的

---

① Andrew Levy, *The Culture and Commerce of the American Short Story*, p.22.

"一次性"首先取决于杂志媒介本身的"一次性"。尤其当我们以通俗期刊为考察对象时，面对浩若烟海的文本，"打捞经典"不见得是最恰当的处理方法。以大量阅读为基础，不特意突出其中一二，甚至有意识地"无名化"，从中摸索特定时空下的"情感结构"（structures of feeling），恐怕更有价值。

因此，有必要进一步前景化的，是研究过程中阅读方法的调整和拓展问题。如果说，多年以来，"文本细读"（close reading）一贯是我们处理经典文本（无论小说还是诗歌）的不二法则，那么，当转向通俗文本时，它是否依然是一个必然性的选择？总体说来，"细读"的要义是"减速"。在减速的过程中，"盯视文本的语言，而非穿透它，进而思考语言是如何运作的，发现其中的费解之处"。[1] 或者说，文本的难度、暧昧性和不确定性会因为细读而陡增，意义空间经历不断开辟，批评者在其间所做的尝试，堪称一种充满内部拉扯且需要精细平衡的极限运动。就速度方面而言，面对通俗文本，或许需要有意识地"反其道而行之"，展开"快读"。这样的选择，并非因为通俗文本"经不起"慢读——事实上，从研究者的主观角度出发，假设对象文本具备或者不具备充足的表意潜能，都不应该成为方法论采纳的决定性因素。选择"快读"，前提在于假想通俗文本生产的同时代读者的阅读方式，并发起模仿。以一般读者的行为特征和偏好为线索和依据，从而建立方法论，这或许正是通俗研究有别于经典研究的地方。"通俗"的核心指标及其合法性基础，正在于阅读群体的非特定性和文本的高流通性，而通俗生产及流通所表征和带动的，是特定时代下

---

[1] Jonathan Culler, "The Closeness of Close Reading," *ADE Bulletin* 149（2010）: 23.

整体媒介环境的活跃程度、生产者主动介入并建构公共空间的实践能力以及读者大众和生产者之间的想象性连接互动。因此，通俗对象永远不应该成为被特殊化、等待读者细嚼慢咽的"孤本"，而是流转于人群中、四面通达、前赴后继的社会交互载体。另一方面来说，"快读"和"细读"未必是彻底的反义词关系。卡勒（Jonathan Culler）概括"细读"的主要模式之一是"鼻子贴地"（nose to the ground）①，意喻阅读者和文本无限贴近的关系，为的是细致入微地观察文本。相较之下，"快读"意味着"忽近忽远"的关系，也就是说，一个同时包含了"留神"和"掠过"的过程。反向观之，一定程度上，或也取决于通俗文本自身的叙事结构和风格特点，向特定阅读形式发出召唤和邀约。总之，对于研究者而言，"快读"既意味着向文本外部的流通节奏靠拢，也指向文本内部的"通俗机制"。

当下，通俗研究已经日益被学术界所接纳，甚至成为主流话题之一。即便如此，就方法论层面而言，仍然有待进一步调整、拓展和开发。当代媒介环境繁复多变，文化对象类型复杂，难以轻松描摹，文化生产之间的"边界"也越发暧昧。或者说，"类型"概念本身需要得到质疑和重塑，而"边界"一词在何种意义上使用，也需要重估。最终，如何表述我们时代的"通俗"？这个概念是否依然成立？倘若成立，如何在学术领域形成更加开阔有效的"通俗"视野？一系列棘手但有趣的问题扑面而来，未来可期。

---

① Jonathan Culler, "The Closeness of Close Reading," *ADE Bulletin* 149 (2010): 24.

参考文献

中文文献

阿英：《晚清文艺报刊述略》，上海：古典文学出版社，1958。

阿英编：《晚清文学丛钞·小说戏曲研究卷》，北京：中华书局，1960。

陈伯海、毛时安、陈超南编：《上海文化通史》，2卷本，上海：上海文艺出版社，2001。

陈伯海、袁进编：《上海近代文学史》，上海：上海人民出版社，1993。

陈建华：《抒情传统的上海杂交——周瘦鹃言情小说与欧美现代文学文化》，《中山大学学报·社会科学版》第51卷第6期（2011），第3—5页。

陈建华：《民国初期周瘦鹃的心理小说》，《现代中文学刊》第2期（2011），第37—49页。

陈建华：《从革命到共和：清末至民国时期文学、电影与文化的转型》，桂林：广西师范大学出版社，2009。

陈建华：《革命与形式——茅盾早期小说的现代性展开，1927—1930》，上海：复旦大学出版社，2008。

陈建华：《"革命"与现代性：现代中国革命话语考论》，上海：上海古籍出版社，2000。

陈建华：《紫罗兰的魅影：周瘦鹃与上海文学文化，1911—1949》，上海：上海文艺出版社，2019。

陈平原、夏晓虹编：《二十世纪中国小说理论资料》，第1、2卷，北京：北京大学出版社，1989。

陈平原、王德威、商伟编：《晚明与晚清：历史传承与文化创新》，武汉：湖北教育出版社，2002。

陈平原：《二十世纪中国小说史》，第1卷，北京：北京大学出版社，1989。

陈平原：《中国小说叙事模式的转变》，上海：上海人民出版社，1988。

丁守和编：《辛亥革命时期期刊介绍》，北京：人民出版社，1983。

董丽敏：《想象现代性：革新时期的〈小说月报〉研究》，桂林：广西师范大学出版社：2006。

范伯群：《中国近现代通俗文学史》，南京：江苏教育出版社，1999。

范伯群：《中国现代通俗文学史（插图本）》，北京：北京大学出版社，2007。

范烟桥：《中国小说史》，苏州：秋叶社，1927。

冯并：《中国文艺副刊史》，北京：华文出版社，2001。

戈公振：《中国报学史》，北京：生活·读书·新知三联书店，1955。

韩一宇：《清末民初汉译法国文学研究（1897—1916）》，北京：中国社会科学出版社，2008。

洪煜：《近代上海小报与市民文化研究，1897—1937》，上海：上海书店出版社，2007。

胡翠娥：《不是边缘的边缘：论晚清小说和小说翻译中的伪译和伪著》，《中国比较文学》第3期（2003），第69—85页。

胡适译：《短篇小说集》，安徽：安徽教育出版社，2006。

胡适：《胡适选集》，第7卷，台北：文星书店，1966。

姜进编：《都市文化中的现代中国》，上海：华东师范大学出版社，2007。

李长莉：《晚清上海社会的变迁》，天津：天津人民出版社，2002。

李家驹：《商务印书馆与近代知识文化的传播》，北京：商务印书馆，2005。

黎锦熙：《国语运动史纲》，上海：上海书店，1990。

李明伟：《清末民初中国城市社会阶层研究》，北京：社科文献出版社，2005。

李楠：《晚清民国时期上海小报研究：一种综合的文化、文学考察》，北京：人民文学出版社，2005。

《文学旬刊》，7卷，上海：上海书店，1984。

刘铁群：《现代都市未成形时期的市民文学：〈礼拜六〉杂志研究》，北京：中国社会科学出版社，2008。

鲁迅：《中国小说史略》，北京：人民文学出版社，1973。

鲁迅、周作人译：《域外小说集》，北京：新星出版社，2006。

鲁迅：《鲁迅全集》，第4卷，北京：人民文学出版社，2005。

孟兆臣：《中国近代小报史》，北京：社会科学文献出版社，2005。

潘少瑜：《想象西方：论周瘦鹃的伪翻译小说》，《编译论丛》第4卷第2期（2011），第1—23页。

潘少瑜：《维多利亚〈红楼梦〉：晚清翻译小说〈红影泪〉的文学系谱与文化译写》，《台大中文学报》第39期（2012），第247—294页。

芮和师等编：《鸳鸯蝴蝶派文学资料》（上下），福州：福建人民出版社，1984。

唐小兵编：《再解读：大众文艺与意识形态》，香港：牛津大学出版社，1993。

汤哲声、禹玲：《周瘦鹃为什么对莫泊桑的爱情小说情有独钟？》，《东方翻译》第1期（2011），第40—45页。

《礼拜六》，20卷，扬州：广陵书社，2005。

《红杂志》，2卷，上海：上海书店，1989。

王德威：《想象中国的方法：历史·小说·叙事》，北京：生活·读书·新知三联书店，1998。

汪晖、余国良编：《上海：城市、社会与文化》，香港：香港中文大学出版社，1998。

王儒年：《欲望的想象：1920—1930 年代〈申报〉广告的文化史研究》，上海：上海人民出版社，2007。

王晓明等编：《批评空间的开创：二十世纪中国文学研究》，上海：东方出版中心，1998。

王智毅编：《周瘦鹃研究资料》，天津：天津人民出版社，1993。

魏绍昌编：《鸳鸯蝴蝶派研究资料》（上下），上海：上海文艺出版社，1962。

魏绍昌：《我看鸳鸯蝴蝶派》，香港：中华书局，1990。

吴福辉：《都市漩涡中的海派小说》，长沙：湖南教育出版社，1995。

吴俊等编：《中国现代文学期刊目录新编》，3 卷，上海：上海人民出版社，2010。

夏晓虹：《晚清女性与近代中国》，北京：北京大学出版社，2004。

熊月之等编：《上海通史》，上海：上海人民出版社，1989。

许慧琦：《"娜拉"在中国：新女性形象的塑造及其演变（1900s—1930s）》，台北：政治大学历史系，2003。

徐晓红：《青社同人刊物〈长青〉》，《新文学史料》第 4 期（2011），第 163—167 页。

薛绥之、张俊才编：《林纾研究资料》，福建：福建人民出版社，1983。

杨联芬：《晚清至五四：中国文学现代性的发生》，北京：北京大学出版社，2003。

姚玳玫：《想象女性：海派小说（1892—1949）的叙事》，北京：中国社会科学出版社，2004。

袁进：《中国文学观念的近代变革》，上海：上海社会科学院出版社，1996。

袁进：《近代文学的突围》，上海：上海人民出版社，2001。

《月月小说》，6 卷，上海：上海书店，1980。

张赣生：《民国通俗小说论稿》，重庆：重庆出版社，1991。

张丽华：《现代中国"短篇小说"的兴起》，北京：北京大学出版社，2011。

赵君豪：《中国近代之报业》，上海：商务印书馆，1940。

郑逸梅编：《南社丛谈》，上海：上海人民出版社，1981。

郑逸梅：《民国旧派文艺期刊丛话》，香港：汇文阁书店，1961。

周瘦鹃译：《欧美名家短篇小说丛刊》，长沙：岳麓书社，1987。

周瘦鹃、骆无涯编：《小说丛谈》，上海：大东书局，1926。

周瘦鹃：《花前新记》，南京：江苏人民出版社，1958。

周瘦鹃：《花前续记》，南京：江苏人民出版社，1956。

英文文献

Adorno, Theodor W. "The Culture Industry: Enlightenment as Mass

Deception. " *Dialectic of Enlightenment*. Trans. Max Horkheimer & Theodor W. Adorno. John Cumming. NY: Continuum, 1990, pp. 120—67.

Anderson, Benedict. *Imagined Communities: Reflections on the Origin and Spread of Nationalism*. New York: Verso, 1991.

Anderson, Marston. *The limits of realism: Chinese fiction in the revolutionary period*, Berkeley: University of California Press, 1990.

Ang, Ien. *Watching Dallas: Soap Opera and the Melodramatic Imagination*. London: Routledge, 1991.

Armstrong, Nancy. *Desire and Domestic Fiction: A Political History of the Novel*. New York: Oxford University Press, 1987.

Bakhtin, M. M. *The Dialogic Imagination: Four Essays*. Trans. Caryl Emerson & Michael Holquist. Austin: University of Texas Press, 1994, 1981.

Barthlein, Thomas. " 'Mirrors of Transition' : Conflicting Images of Society in Change from Popular Chinese Social Novels, 1908 to 1930." *Modern China* 25 (1999): 204—228.

Baudrillard, Jean. *The Consumer Society: Myths and Structures*. London: Thousand Oaks, Calif.: Sage, 1998.

Bourdieu, Pierre. *The Field of Cultural Production: Essays on Art and Literature*. New York: Columbia University Press, 1993.

Bourdieu, Pierre. *The Logic of Practice*. Trans. Richard Nice. Stanford: Stanford University Press, 1990.

Braester, Yomi. *Witness against History: Literature, Film, and Public Discourse in Twentieth-Century China*. Stanford, Calif: Stanford University Press, 2003.

Brooks, Peter. *Reading for the Plot: Design and Intention in Narrative*. Cambridge, MA: MIT Press, 1989.

Brooks, Peter. *The Melodramatic Imagination: Balzac, Henry James, Melodrama, and the Mode of Excess*. New Haven and London: Yale University Press, 1976.

Chen, Jianhua. "A Myth of Violet: Zhou Shoujuan and the Literary Culture of Shanghai, 1911—1927." Ph.D diss., Harvard University, 2002.

Chen, Jianhua. "Canon Formation and Linguistic Turn: Literary Debates in Republican China, 1919—1949". In *Beyond the May Fourth Paradigm: In Search of Chinese Modernity*, edited by Kai-wing Chow, Tze-ki Hon, Hung-yok Ip, and Don C. Price, 51—70. Lanham: Lexington Books/Rowman and Little Fied, 2008.

Chow, Eileen Cheng-yin. "Spectacular Novelties: 'News' culture, Zhang Henshui, and Practices of Spectatorship in Republican China." PhD diss., Stanford University, 2000.

Chow, Rey. *Mandarin Ducks and Butterflies: Female Melancholy as Fiction and Commodity.* In *Selected Papers in Asian Studies* 21. Western Conference of the Association for Asian Studies, 1985.

Chow, Rey. *Primitive Passions: Visuality, Sexuality, Ethnography, and Contemporary Chinese Cinema.* New York: Columbia University Press, 1995.

Chow, Rey. *Woman and Chinese Modernity: The Politics of Reading between West and East.* Minneapolis: University of Minnesota Press, 1991.

Croissant, Doris, Catherine Vance Yeh and Joshua S. Mostow, eds. *Performing "Nation": Gender Politics in Literature, theater, and the visual arts of China and Japan, 1880—1940.* Leiden: Brill, 2008.

De Certeau, Michel. *The Practice of Everyday Life.* Translated by Steven Rendall. Berkeley: University of California Press, 1984.

Debord, Guy. *The Society of the Spectacle.* Trans. Donald Nicholson-Smith. New York: Zone Books, 1994.

Denton, Kirk A. and Michel Hockx, eds. *Literary Societies of Republican China.* Lanham, MD: Lexington Books, 2008.

Des Forges, Alexander. *Mediasphere Shanghai: The Aesthetics of Cultural Production.* Honolulu: University of Hawai'i Press, 2007.

Dissanayake, Wimal, ed. *Melodrama and Asian Cinema.* Cambridge: Cambridge University Press, 1993.

Dong, Madeleine Yue and Joshua L. Coldstein, eds. *Everyday Modernity in China.* Seattle: University of Washington Press, 2006.

Duara, Prasenjit. *Rescuing History from the Nation: Questioning Narratives of Modern China.* Chicago: University of Chicago Press, 1995.

Esherick, Joseph W., ed. *Remaking the Chinese City: Modernity and National Identity, 1900—1950.* Honolulu: University of Hawai'i Press, 2000.

Feng, Jin. *The New Woman in Early Twentieth-Century Chinese Fiction.* West Lafayette, IN: Purdue University Press, 2004.

Freud, Sigmund. "Creative Writers and Daydreaming", *Critical Theory Since Plato.* Ed. Hazard Adam. Fort Worth: Harcourt Brace Jovanovich College Pub., 1992. pp.712—6.

Galik, Marian. *The Genesis of Modern Chinese Literary Criticism (1917—1930).* London: Curzon Press, 1980.

Giddens, Anthony. *The Consequences of Modernity.* Stanford, Calif.: Stanford University Press, 1990.

Gillis, John. *A World of Their Own Making: Myth, Ritual, and the Quest for Family Values.* New York: Basic Books, 1996.

Gimpel, Denise. *Lost Voices of Modernity: A Chinese Popular Fiction Magazine in*

通俗:
大众视野与文类实践

Context. Honolulu: University of Hawaii Press, 2001.

Glosser, Susan. *Chinese Visions of Family and State, 1915—1953*. Berkeley: University of California Press, 2003.

Goodman, Bryna. "Appealing to the Public: Newspaper Presentation and Adjudication of Emotion." *Twentieth-Century China* 31, no. 2 (2006): 32—69.

Goodman, Bryna. "The New Woman Commits Suicide: The Press, Cultural Memory and the New Republic." *Journal of Asian Studies* 64, no.1 (2005): 67—101.

Goodman, Bryna. *Native Place, City, and Nation: Regional Networks and Identities in Shanghai, 1853—1937*. Berkeley: University of California Press, 1995.

Habermas, Jurgen. *The Structural Transformation of the Public Sphere: An Inquiry into a Category of Bourgeois Society*. Trans. Thomas Burger and Frederick Lawrence. Cambridge, Mass: MIT Press, 1991, 1989.

Hall, Stuart. *Representation: Cultural Representations and Signifying Practices*. London: Sage, 1997.

Hamilton, C. *The Art of Fiction*. New York: Doran and Co. 1939.

Hanan, Patrick. *Chinese Fiction of the Nineteenth and Early Twentieth Centuries: Essays by Patrick Hanan*. New York: Columbia University Press, 2004.

Hansen, Miriam. "Fallen Women, Rising Stars, New Horizons: Shanghai Silent Film as Vernacular Modernism." *Fim Quarterly*, Vol. 54, No. 1 (2000): 10—22.

Hays, Michael, ed. *Melodrama: The Cultural Emergence of a Genre*. New York: St. Martin's Press, 1996.

Highmore, Ben. *Everyday Life and Cultural Theory: An Introduction*. London: New York: Routledge, 2002.

Hill, Michael. "No True Men in the State: Pseudo/Translation and 'Feminine' Voice in the Late Qing." *Journal of Modern Literature in Chinese*. Vol.10. No.2 (2011): 125—48.

Hockx, Michel, ed. *The Literary Field of Twentieth-Century China*. Honolulu: University of Hawai'i Press, 1999.

Hockx, Michel. *Question of Style: Literary Societies and Literary Journals in Modern China, 1911—1937*. Leiden: Brill, 2003.

Hockx, Michel. *Question of Style: Literary Societies and Literary Journals in Modern China, 1911—1937*. Leiden: Brill, 2003.

Hu Ying. *Tales of Translation: Composing the New Woman in China 1899—1918*. Stanford, CA: Stanford University Press, 2000.

Huters, Theodore. *Bringing the World Home: Appropriating the West in Late Qing and Early Republican China*. Honolulu: University of Hawai'i Press, 2005.

Huters, Theodore. "Culture, Capital, and the Temptations of the Imagined

Market: The Case of the Commercial Press." In *Beyond the May Fourth Paradigm: In Search of Chinese Modernity*, edited by Kai-wing Chow, Tze-ki Hon, Hung-yok Ip, and Don C. Price, 27—49. Lanham: Lexington Books/Rowman and Little Fied, 2008.

Iser, Wolfgang. *The Fictive and the Imaginary: Charting Literary and Anthropology*. Baltimore: J. Hopkins University Press, 1993.

Iser, Wolfgang. *The Implied Reader: Patterns of Communication in Prose Fiction from Bunyan to Beckett*. Baltimore: Johns Hopkins University Press, 1974.

Jameson, Fredric. *Postmodernism: or The Cultural Logic of Late Capitalism*. Durham: Duke University Press, 1991.

Jameson, Fredric. *The Political Unconscious: Narrative As a Socially Symbolic Act*. Ithaca, N.Y.: Cornell UP, 1981.

Johnson, David, Andrew J. Nathan and Evelyn S. Rawski, eds. *Popular Culture in Late Imperial China*. Berkeley: Univeristy of California Press, 1985.

Judge, Joan. *Print and Politics: "Shibao" and the Culture of Reform in Late Qing China*. Stanford: Stanford University Press, 1996.

Leavis, Q. D. *Fiction and the Reading Public*. London: Chatto & Windus, 1965.

Lee, Haiyan. "All the Feelings That Are Fit to Print: The Community of Sentiment and the Literary Public Sphere in China, 1900—1918." *Modern China* 27 (2001): 291—327.

Lee, Haiyan. *Revolution of the Heart: A Genealogy of Love in China, 1900—1950*. Stanford, CA: Stanford University Press, 2007.

Lee, Leo Ou-fan. *Shanghai modern: the flowering of a new urban culture in China, 1930—1945*. Cambridge, Mass.: Harvard University Press, 1999.

Levenson, Joseph. *Revolution and Cosmopolitanism: The Western Stage and the Chinese Stages*. Berkeley: University of California Press, 1971.

Levy, Andrew. *The Culture and Commerce of the American Short Story*. New York: Cambridge University Press, 1993.

Link, Perry. *Mandarin Ducks and Butterflies: Popular Fiction in Early Twentieth-century Chinese Cities*. Berkeley: University of California Press, 1981.

Liu, Lydia H. *Translingual practice: literature, national culture, and translated modernity—China, 1900—1937*. Stanford, Calif.: Stanford University Press, 1995.

Lu, Hanchao. Beyond *the Neon Lights: Everyday Shanghai in the Early Twentieth Century*. Berkeley: University of California Press, 1999.

Lukács, Georg. *The Theory of the Novel: A Historico-philosophical Essay on the Forms of Great Epic Literature*. Trans. Anna Bostock. Cambridge, Mass: MIT Press, 1971.

通俗:
大众视野与文类实践

Mao, Peijie. "*The Saturday*: Popular Narrative, Identity, and Cultural Imaginary in Literary Journals of Early Republican Shanghai." Ph.D. diss., Stanford University, 2009.

May, Charles E., ed. *The New Short Story Theories*. Athens: Ohio University Press, 1994.

Meng, Yue. *Shanghai and the Edges of Empires*. Minneapolis: University of Minnesota Press, 2006.

Mukerji, Chandra, and Michael Schudson, eds. *Rethinking Popular Culture: Contemporary Perspectives in Cultural Studies*. Berkeley: University of California Press, 1991.

Mulvey, Laura. *Visual and Other Pleasures*. Bloomington: Indiana University Press, 1989.

Pollard, David, ed. *Translation and Creation: Readings of Western Literature in Early Modern China*. Amsterdam: J. Benjamins, 1998.

Qian, Nanxiu, Grace S. Fong, Richard J. Smith, eds. *Different Worlds of Discourses: Transformations of Gender and Genre in late Qing and early Republican China*. Leiden: Boston: Brill, 2008.

Reed, Christopher. *Gutenberg in Shanghai: Chinese Print Capitalism, 1876—1937*. Vancouver: University of British Columbia Press, 2004.

Said, Edward W. *Culture and Imperialism*. New York: Knopt: Distributed by Random House, 1993.

Said, Edward W. *Orientalism*. New York: Vintage Books, 1979.

Shih, Shu-mei. *The Lure of the Modern: Writing Modernism in Semicolonial China, 1917—1937*. Berkely: University of California Press, 2001.

Simmel, Georg. *Classic Essays on the Culture of Cities*. Edited by Richard Sennett. New York: Appleton-Century-Crofts, 1969.

Stevens E. Sarah. "Figuring Modernity: The New Woman and the Modern Girl in Republican China." *NWSA Journal* 15, No. 3 (2003): 82—103.

Tang, Xiaobing. *Chinese Modern: The Heroic and the Quotidian*. Durham: Duke University Press, 2000.

Todorov, Tzvetan. *The Fantastic: A Structural Approach to a Literary Genre*. Trans. Richard Howard. Ithaca, N.Y.: Cornell University Press, 1975, 1973.

Tompkins, Jane P. *Sensational Designs: The Cultural Works of American Fiction, 1790—1860*. New York: Oxford University Press, 1986, 1985.

Wakeman, Frederic, Jr. and Wen-hsin Yeh. *Shanghai Sojourners*. Berkeley: University of California Press, 1992.

Wang, Ban. *The Sublime Figure of History: Aesthetics and Politics in Twentieth*

Century China. Stanford, Calif: Stanford University Press, 1997.

Wang, David Der-wei. *Fin-de-Siècle Splendor: Repressed Modernities of Late Qing Fiction, 1848—1911*. Stanford, CA: Stanford University Press, 1997.

Wang, Hui, Leo Ou-fan Lee and Michael M.J. Fischer. "Is the Public Sphere Unspeakable in Chinese? Can Public Spaces (*gonggong kongjian*) Lead to Public Spheres?" *Public Culture* 6.3 (1994): 597—605.

Wang, Juan. "The Weight of Frivolous Matters: Shanghai Tabloid Culture, 1897—1911" Ph. D diss., Stanford University 2004.

Watt, Ian. *The Rise of the Novel: Studies in Defoe, Richardson, and Fielding*. Berkeley: University of California Press, 1957.

Weinbaum, Alys Eve et al., eds. *The Modern Girl Around the World: Consumption, Modernity, and Globalization*. Durham: Duke University Press, 2008.

Widmer, Ellen and David Der-wei Wang, eds. *From May Fourth to June Fourth: Fiction and Film in Twentieth-Century China*. Cambridge, MA: Harvard University Press, 1993.

Williams, Raymond. *Culture and Society, 1780—1950*. New York: Columbia University Press, 1983.

Williams, Raymond. *Keywords: a vocabulary of culture and society*. New York: Oxford University Press, 1985.

Wong, Timothy C, ed. *Stories for Saturday: Twentieth-Century Chinese Popular Fiction*. Honolulu: University of Hawai'i Press, 2003.

Wong, Wang-chi. *Politics and Literature in Shanghai: The Chinese League of Left-wing Writers, 1930—1936*. Manchester: Manchester University Press, 1991.

Xu, Xiaoqun. "Cosmopolitanism, Nationalism, and Transnational Networks: The *Chenbao Fujuan*, 1921—1928." *The China Review A*, no.1 (2004), 145—173.

Xu, Xueqing. "Short Stories by Bao Tianxiao and Zhou Shoujuan during the Early Years of the Republic." Ph.D diss., University of Toronto, 2000.

Yeh, Wen-hsin, ed. *Becoming Chinese: Passages to Modernity and beyond*. Berkeley: University of California Press, 2000.

Yeh, Wen-Hsin. *The Alienated Academy: Culture and Politics in Republican China, 1919—1937*. Cambridge: Council on East Asian Studies, Harvard University Press, 1990.

Zarrow, Peter ed. Creating *Chinese Modernity: Knowledge and Everyday Life, 1900—1940*. New York: Peter Lang, 2006.

Zhang, Dongming. "Modern Chinese Popular Fiction." Ph. D diss., Cornell University, 2005.

Zhang, Xudong. "Shanghai Image: Critical Iconography, Minor Literature, and

the Un-Making of a Modern Chinese Mythology." *New Literary History* 33 (2002):
137—168.

Zhang, Zhen. *An Amorous History of the Silver Screen: Shanghai Cinema, 1896—
1937.* Chicago, III.: University of Chicago Press, 2005.

图书在版编目(CIP)数据

通俗:大众视野与文类实践/罗萌著. —上海：
上海人民出版社,2023
ISBN 978-7-208-18449-7

Ⅰ.①通… Ⅱ.①罗… Ⅲ.①中国文学-通俗文学-
文学研究 Ⅳ.①I206

中国国家版本馆 CIP 数据核字(2023)第 144186 号

责任编辑 陈佳妮
封面设计 曹婷婷

通俗:大众视野与文类实践

罗 萌 著

出　　版　上海人氏出版社
　　　　　　(201101　上海市闵行区号景路 159 弄 C 座)
发　　行　上海人民出版社发行中心
印　　刷　上海商务联西印刷有限公司
开　　本　890×1240　1/32
印　　张　8.5
插　　页　3
字　　数　201,000
版　　次　2023 年 10 月第 1 版
印　　次　2023 年 10 月第 1 次印刷
ISBN 978-7-208-18449-7/I·2102
定　　价　48.00 元